緣來是冤家 1

風文創 1058

明檀 著

目錄

序文

明檀

我未曾想過居然還能有為自己小說作序的一天，反正動筆寫這本小說之前絕對沒想到。因為我那無可救藥的拖延症，這本小說寫了很久，但幸好寫到最後，這篇文的初心一直未變，這是一個女主與男主互相救贖的故事。

寫這篇文開始，最折磨人的是書名與文案，我甚至拉了幾個好友建群，每每都要被我折磨了個遍，問問哪個版本、哪個書名最好。所以這裡還得感謝好友們在上班摸魚時給我提的各種建議，非常感謝。

還得感謝這篇文，給了我無數個正當的理由買了不少平時捨不得買的書，做心理建設的時候非常理直氣壯。當然，買了之後深夜裡看著帳戶餘額嘆氣的時候也是有的。

然後想談談寫小說的事，這兩天吃飯，媽媽突然對我說：「我還記得你小學的時候班主任跟我打電話說你上課時候偷偷寫小說。」

我回道：「我沒有，你別瞎說。」

媽媽又道：「你班主任把本子收走了，讓我好好盯著你學習，後來我在辦公室又找到了一本。」

我只能無言以對。於是與媽媽尷尬不失禮貌地結束了這頓飯後，我開始去翻家裡的櫃子，還真翻出了幾本以前寫過的本子，一看，劇情還挺狗血。

記得小學的時候懵懵懂懂地寫，好像能寫出來就非常滿足了。到初中時期有點意識了，寫出來讓室友看，一直追問有沒有看下去的慾望，說起來如今最好的朋友會看小說，還是被當時的我帶入坑的。高中時期太忙了，但手依然會癢，總忍不住去寫點什麼，寫出來就舒暢了。到了上大學後，就一直寫到現在。

從小到大，家裡給報了很多才藝班，書法、舞蹈、古箏、聲樂等等，我一樣都沒堅持下去，每次乖巧地站在媽媽面前舉起小手義正言辭地保證「絕對好好學」。不出意外，都荒廢了。

而唯一堅持到現在的，就是寫小說。

當意識到這個的時候，我感覺自己是慶幸的，因為我有著一件一直喜愛並且不會放棄的事，我會持續不斷地去創作，創造新的世界、新的人物。

同時，就像永遠相信有一個九又四分之三月臺，有一列火車會通往魔法世界一樣，我也永遠相信我塑造的人物會生活在另外一個平行世界。

希望這本小說在閒暇之餘能給你帶來樂趣，祝閱讀愉快。

第一章

消融的雪水滲進殘破的繡鞋裡，冷得彷彿無數根銀針刺著骨，沈芷寧捂著幾個新出爐的包子在懷中，想緩解一下寒意。

待身子回暖了些許，她輕輕跺了跺腳，將黏附在繡鞋邊緣的雪塊跺散，繼而攥緊手中的幾包藥材，彎眉微蹙，腳步加快在東華門街上跑著。

自從前些日子下了大雪，這條平日裡繁華熱鬧的街道就甚少有人出來閒逛了，唯有一些人家派遣的小廝裹得嚴嚴實實出來採買年貨。

沈芷寧小跑過幾家，耳邊還縈繞著小廝與鋪子老闆的討價還價聲。

「薛老闆，咱們府上來你鋪子裡訂過多少貨你可得記著些啊！今兒個連個零頭都不抹去，你是看不起咱府上主子呢？」

「疏忽了、疏忽了，這幾十兩零頭自是不用付了……」

沈芷寧頓了頓腳步，心中唏噓，幾十兩可供家裡過上好些日子呢，竟是這般輕巧抹去了，而這一念頭方落，她一陣恍惚，恍惚間猶如隔世。

說來，離沈家衰亡也才不過兩年。

沈家本是江南望族，她乃沈家三房之女，行五，家族累世簪纓，祖上人才輩出，世居吳州，唯獨祖父沈煊那一輩因升遷舉家搬至京都，後致仕回鄉。這一遷並未使得沈家在江南勢弱，反而更為顯赫，來往皆貴胄，出入無白丁。

幾代創辦下來的沈家家塾西園更是聞名遐邇，引得無數讀書人趨之若鶩，最為鼎盛之時，連京都都有不少皇親國戚前來拜之入學。

然而一夜之間，忽喇喇似大廈傾，昏慘慘似燈將盡。

她記得很清楚，那兩日，先是朝內巡撫入蘇江，過吳州，大伯設宴接待，次日巡撫召見，大伯再也未歸。之後便是一道聖旨，說沈家勾結朝中大臣，書信來往，通敵叛國。

沒有冤情，沒有內隱，罪證確鑿。

大伯確實做下了那等事，連累了整個沈家。一個月都未到的時間，大房滿門抄斬，其餘幾房的男眷判刑的判刑，流放的流放。她的爹爹在流放的路途中死去，兄長則在審問時扛不住嚴刑拷打，凌晨死在了冰冷的牢房裡。

那幾日，沈家喪幡飄在風中，哭聲響徹吳州上空。

隨後，沈家被查封，二房與四房女眷早就尋著了去處，她與娘親無處可去，投奔了祖父生前在京都有些許關係的同僚，可同僚怕受牽連也不敢多加接濟，只給了一處在東城牆附近安平巷的小院子。

但能做到如此，沈芷寧已感激涕零。

接下來的兩年，她與娘親還有一名貼身侍女雲珠一道生活。如無意外，她們私藏的一些銀兩也夠三人過好些日子，但兩年前父兄的噩耗傳來，娘親聽後一病不起，兩年的大夫問診與藥材費掏空了整個家底。

去年的那個寒冬，娘親受了寒氣，更是加重了病情，而那時已入不敷出，她每日幫人寫字掙來的那點銀錢根本堵不上缺口，只能每家每戶問過去招不招女工。

然而別人看她的樣子，只當是什麼富貴人家的姑娘耍樂子，被人笑罵了不知多少次，之後她咬牙剪下了齊腰的長髮，用泥灰抹了臉，蓬頭垢面前去，終有一戶缺浣衣女的人家，嫌棄地接受了她。

那天拖著身子回院子，娘親撫著她紅腫的雙手泣不成聲，深夜時，娘親枕在她的膝上輕聲道：「芷寧，要不就讓娘去了吧。」

怎麼可以呢？要是連娘親都走了，她還活在世上做什麼？

沈芷寧想到此處，酸澀翻湧，死死攥著手中的藥材，往家的方向跑去，濕透的繡鞋踩踏過覆著厚雪的街道，留下一道道新的腳印。

她家在安平巷，安平巷的位置很偏僻，也沒多少戶人家，後巷口連著東門大街，此乃大道，平日裡就極少有人會走動，頗為靜謐。

然而沈芷寧方跑到附近，就感到一點不對勁——未免安靜得過分了。

這般想著，繞過街道，一下映入眼簾的就是幾列腰佩雁翎刀的官兵，排列整齊，氣勢肅然，立在安平巷巷口。

安平巷這個地方怎麼會招來這麼多官兵？

沈芷寧方有疑問，就聽到巷中傳來娘親的一聲慘叫，聽得沈芷寧心頭猛顫地狂奔過去，那些個官兵見著人不要命地衝過來，立刻擋在巷口。

「你們是何人？為何在此處？」沈芷寧掙扎著想進巷子。「放我進去！娘！」

官兵冷臉一把推開沈芷寧，用力過大以至於她被徑直推倒在地，積雪紛揚，她的髮上與身上皆是。

沈芷寧顧不上自己的狼狽，飛快爬起來，方剛站穩，就只見巷中一名高大魁梧的男子從沈家施施然走出，娘親與雲珠踉蹌追著他。

娘親拖著那殘破的身子，聲音淒慘。「大人，求求您了，這是我丈夫最後的遺物了，不過就是一塊不值錢的玉珮……」

因長久不下地，又追得急，娘親很快摔倒在地，雲珠趕緊扶著。但那名男子連個眼神都未曾施捨，徑直走出了巷口。

沈芷寧箭步衝上前就要去搶男子手中的玉珮，還未到他面前，就被他一腳踹在小腹上，這力道幾近致死的一腳，踹得沈芷寧飛了出去。

倒地的那一瞬，椎心的疼痛從小腹源源不斷傳至全身，喉間腥甜，沈芷寧止不住咳嗽，一咳，白雪便染上了腥紅。

「沈家的人怎麼還是這麼不識好歹？搶？憑妳？」那男子幾步就來到沈芷寧身邊，又是一腳踹至她心口。

「啊！」

沈芷寧一聲慘叫，心口疼得她下意識蜷縮身子想緩解疼痛，眼前陣陣發黑時，娘親已撲到她身上，想替她擋住接下來的傷害。

沈芷寧提起利器，忍痛護著娘親在身後，讓雲珠將娘親帶遠些，才抬眼對上那男子，冷聲道：「你既知我們是沈家的人，難道不知沈家一案兩年前就已了結？你今日帶兵前來，搶民物、欺病婦，就不怕我一紙告上順天府，治你個欺壓百姓之罪！」

「好啊！」那男子一把狠狠拽過沈芷寧的髮。「我等著妳去告，記住了，老子姓程名琨，看看寫著老子大名的狀紙順天府尹敢不敢收！」

接著，宛若扔破布般將沈芷寧扔至一旁，嫌棄似地拍了拍手，道：「只拿了妳們的玉珮，沒把妳們帶去徐大人面前審問，妳們就該感恩戴德磕頭跪謝老子開恩網開一面了！結案？遠著呢！」

說罷，程琨又朝沈芷寧啐了一口，繼而打算收兵走人。然而還未轉身，就聽見響如驚天雷鳴的馬蹄聲，眾兵開始慌亂，四處張望環顧，沈芷寧撐著睜眼。

遠處東城門大開，一行鐵騎疾馳而來，宛若黑雲壓城，壓得周遭一切似乎都在晃晃震動，眾兵慌亂之下紛紛散開。

沈芷寧看不清到底是哪些人，東城門常有高官出入辦事，她也只認為是哪位公卿大臣回京。

但程琨下意識覺得受到冒犯，大聲呵斥。「大膽！我們乃徐大人……」

程琨的話未說完，一道鐵鞭以破空之勢急襲而來，帶著一陣勁風，徑直抽上了程琨的半邊臉，抽得他凌空翻身倒地。

「啊！」隨著慘叫，雪地上倏地一下多了幾行血跡，顯眼刺目。

隨之一瞬的工夫，那一列鐵騎已將程琨帶來的官兵團團圍住，戰馬之上，個個重甲在身，手持長槍，直指眾兵，動作之利，速度之快，更不乏肅殺之氣，足見訓練有素。

沈芷寧嚇得回縮了身子，立刻抬眼看向為首的男人，他乃這列鐵騎之首，五官如刀鑿，挺鼻、薄唇，直擊心底的凌厲與侵略感撲面而來。高騎駿馬，身披織金玄色大氅，右手戴著一玄鐵套，指尖在雪色中微微反光，隨意搭著馬鞭，落在程琨身上的眼神無情無緒，彷彿就在看一件死物。

「徐斐濟養的狗這麼會叫，回頭讓他來替我調教調教。」

在他身後的另一男人粉頭白面，持有長鞭，鞭上血跡還一滴一滴落於雪地，顯然是剛才鞭打程琨之人。

程琨聽到這聲音，再抬眼看清了眼前的來人，驚恐爬上了他的血臉，整個人匍匐在地，抖如篩糠。「秦大人……杜大人……」

秦大人……杜大人……

沈芷寧先是抬頭一愣，隨後眼睛微微睜大，接著她的頭越垂越低……居然是秦北霄與杜硯。

說到此二人，可謂真驚才絕豔之人物。

杜硯是秦北霄最得力的左膀右臂，雖曾為內廷太監，但辦案、審案能力之強，民間都盛傳一聲「杜閻王」。

而秦北霄，當年力壓眾臣強勢入主內閣拜相，先是連推舊案無數，涉案人數達千人，行事之雷霆，手段之狠戾，一時震撼朝野。再來他在世家門閥還巍然立於朝內之時，硬是排議闢道鋪下新政，混亂崩潰之中，新政在他把持下竟以蓬勃生機發展，大有顛覆舊狀之勢，如今他乃權傾朝野第一人。

而她與秦北霄唯一的關係，或許只是他曾在沈家家塾進過學，而她碰巧出身沈家，沾了個「沈」字罷了，二人甚至都未說過一句話。

如今，竟在這兒碰到了。

在沈家時，他尚是罪臣之子，眼下她是罪臣之女，真乃造化弄人。

杜硯輕掃了一眼沈芷寧。「這是何人？」

程琨爬在地上，回話。「是……是沈氏舊人。」

「沈氏案兩年前已結，徐大人派你前來再尋沈氏舊人，可是怕近來考功司下查他功績未達，想著翻上一翻舊案，便可過考功司一關？」

杜硯聲音尖利，不乏諷刺之意。

程琨不敢再開口說一句話。

杜硯看了秦北霄一眼，秦北霄狹長眼眸微抬，目光漠然，杜硯沒有猶豫，又一鞭子抽向程琨。

這一鞭，人直接沒了聲息，直愣愣地倒在了雪地中，血跡蔓延。

沈芷寧不是第一次看到死人了，但這般近地看人死在她面前，即便是迫害自家的人，她還是忍不住顫抖，她目光空洞地掃視了全場，最後停在秦北霄的馬蹄下。

馬蹄下是她這些日子以來洗衣掙錢買來的藥，是娘親的救命藥，如今外頭的油紙已破，裡頭的藥材散落了一地。

沈芷寧發了瘋似地跑過去，跪在地上捧著散落的藥材，想將它們重新放回油紙裡，沒捧幾次，忽然又意識到了什麼。

她的包子呢？包子應該還好吧？

她又從懷裡掏出揣了許久的包子——包子還在，但已經碎成渣了。

沈芷寧愣了許久，最後一口一口將碎成渣的包子死命塞進嘴裡，邊塞，眼淚不住地流。

她知道自己現在一定狼狽極了。衣衫襤褸，頭髮凌亂，盡沾著雪，雪下的泥土黏在衣裙上化成一灘黑糊糊的印跡，她則像個瘋子一樣吃著手裡的包子。

但包子是用錢買來的，不能浪費！

她吃著吃著，這幾年無盡的苦楚與辛酸湧上心頭。吃著糠醃菜時，她是從未覺得苦的，人各有命，這或許就是她的命；穿著破爛衣物、受到昔日舊友羞辱時，她也坦然接受，未曾反駁，只覺得世間沈浮，三分人事七分天。

可，父兄都死了，她甚至都未能見他們最後一面。娘親重病在身，日夜咳嗽哀嘆，每每她聽著娘親壓著嗓子的咳嗽都不敢再睡，只睜眼至天亮，大夫還說，或許是撐不過這個冬日了……

藥沒了……怎麼會這樣呢？怎麼會這樣呢？

她越想越疼，疼得渾身每一處都似乎在被那程琨一腳一腳狠狠踢著，而那心口更疼，疼得她不得不去用手揪著心口，想緩解那陣陣襲來的痛苦，可不得法，漫天席捲的悲慟幾乎要將她擊垮了。

她哭著，揪著心哭著，哭得看不清所有，看不清自己的處境，眼前白花花的一片，就像是兄長死時掛起來的白幡。

不知哭了多久，無盡的淚水滾落，滑過寒冷的臉龐帶著刺痛，但突然，一個更為冰冷刺骨的東西觸碰著她的臉龐。

沈芷寧身子一僵，睜大眼——那是秦北霄戴著玄鐵套的手，指尖就宛如一件冷兵器，堅硬且銳利，飛快劃過她柔嫩的面龐，引起陣陣戰慄。

雪下得更大了，伴著寒風呼嘯，沈芷寧身上的衣物被吹得揚起，她卻嚇得一動都不敢動，下意識緊緊閉上眼。

直到那指尖離去，沈芷寧身子才不緊繃，睜眼看向秦北霄。

他正於高處看她，眼神冷漠睥睨。「眼淚最是無用。」

說罷，他便徑直轉身勒馬離開。

杜硯在後，尖利高喊。「且都跟上，聖上等著覆命，莫要遲了！」

又是一陣雷霆馬蹄聲，不過一會兒，東門大街空盪盪一片。

沈芷寧癱軟在地，雲珠才敢上前紅著眼眶慢慢扶她掙扎站起。

才站穩未多久，又聽得一陣刺耳嘶鳴，原是杜硯掉頭騎馬疾奔而來，不過瞬間已至她面前，翻身下馬。

他走到沈芷寧跟前，道：「聽大人之令，來給沈小姐送點東西。」說著，從袖中掏出一疊厚厚的銀票遞給沈芷寧。

又道：「大人還說了，沈小姐，天命不足懼。」

說罷，杜硯上馬走了。

沈芷寧則捏著手中的厚厚一疊銀票，又哭又笑，最後淚水直直地掉下來，烙在她冰冷的手背上，滾燙無比。

緩過勁來後，她甩開雲珠朝娘親站的方向跑去。她想說「有救了」，可她今日實在被程琨踢得狠了，雙腿一下失力，整個人往前撲了去。

眼前一片黑暗，人全然沒了意識。

彷彿無邊的黑暗從四面八方擠壓過來，壓得沈芷寧宛若溺水一般，在最後一口氣即將消失之前，沈芷寧拚命睜眼，一下坐起了身，大口喘氣。

未喘幾口氣，她就發現了不對勁。

她正面所對，是一扇鏤花窗，暖陽透過間隙，灑在窗前的黃花梨案桌上，案上置有甜白釉瓷瓶，瓶內一枝海棠獨秀，和著窗景，一派春色明媚。

窗外，清脆鳥叫不斷隱約傳來，空氣中瀰漫的除了淡淡的海棠香，更多的是另一種熟悉的香味，像極了小時候娘親用金顏香、沈香與檀香一起調和的清婉香氣。

沈芷寧越來越覺得奇怪，不由自主起身。

往左看，牆上掛的是墨梅並番馬圖三軸；往右看，是另一案桌，擺有黃花梨插屏和一白釉蓮瓣紋盤，盤內堆著她小時候極愛吃的九製話梅。

她越看，腦子裡的畫面越清晰。

這……這不是別的地方，這是沈府，這是她的家，而這處地方是娘親屋裡的碧紗櫥，是她小時候常常午睡的地方！

她本以為不過是擺設與裝飾像，可再怎麼像，哪有一模一樣的道理？

但是，她不是昏倒在東門大街了嗎？就算躺著，也應該躺在安平巷的家中，怎麼來到了這裡？況且沈家早就被查封、抄家了，最奇怪的是，明明是冬日，應該還下著雪，怎的外頭卻是春日？

第二章

沈芷寧心中疑惑越來越多，最後乾脆跳下了架子床。

是的，跳下。

意識到這點之後，沈芷寧一臉吃驚，低頭看了眼自己。

老天爺，自己的個子什麼時候這麼小了？

她連忙小跑到槅門處，一把推開，槅門一推開，就看見一座山水三摺屏風。

果然是在娘親的屋裡，那娘親呢？雲珠又在哪裡？

沈芷寧有著太多的疑問，急著跑出去。

剛跑到屏風旁，沒了視線的遮擋，她就看見娘親正微靠在玫瑰榻椅上，手拿繡繃，指捏銀針認真地刺繡，屋外的春色韶光籠罩在她身上，溫暖祥和。但說她是娘親，偏又不像娘親，她沒有滿頭銀絲，面容不憔悴，整個人也並未到風燭殘年之狀，反而面色紅潤，杏眼漣漪汪汪。

眼前的娘親不是她近兩年一直照顧著的娘親，而是她年少時記憶中的娘親，是吳州出了名的美人陸紈芳。

沈芷寧突然不敢上前了，她怕這是一個夢，一旦被打擾，夢就碎了。

這時，一道爽快熟悉的嗓音從對面隔間響起。「夫人，那塊藕絲羅緞找到了！沒掛在衣架上，夾在被褥裡頭呢。」

話音落下，隔間的紗簾被撩起，沈芷寧睜大眼看著常嬤嬤笑盈盈地出來，手裡頭拿著一塊白緞，遞給娘親。

常嬤嬤?!常嬤嬤不是已經死了嗎？

那時沈家被查封，流言蜚語滿天飛，常嬤嬤聽不慣別人對沈家的詆毀，上前爭辯了幾句，被人推倒在地，一下就去了。怎的還好好地站在這裡？

「來，我瞧瞧，是這塊沒錯，我本以為掛在衣架上呢，原是在被褥裡，怪不得那新來的丫鬟找不著。」陸氏放下繡繃，接過白緞，撫了撫面料，笑道：「還是這藕絲羅緞好，摸著輕薄，給芷寧當夏衫正合適。」

「如今才初春呢，夫人就想著夏衫了，我們姑娘還在長個子，再過些日子，這尺寸就變了。」

「我曉得的，待會兒等芷寧醒了，咱們先量量，往大了做總沒錯。」

陸氏滿臉笑容地將那塊藕絲羅疊得整整齊齊，放在一側，又要拿起繡繃，然還未拿起，門口的丫鬟進來通報。「夫人，蔣嬤嬤來了。」

蔣嬤嬤是二房屋裡的嬤嬤。聽到這通報，常嬤嬤一下便皺起了眉頭。

陸氏手一頓，笑容一僵。「請進來吧。」

不一會兒，丫鬟領著一體型微胖的嬤嬤進了屋，大多這個體型的嬤嬤都顯得十分笨重遲緩，而這位倒是腳步快，動作也極快，十分精明幹練。

未等陸氏發話，她一進屋便尋了位置坐了下來，對陸氏道：「給三夫人請安，我們夫人派老奴過來送點東西。」

說著，這位蔣嬤嬤一揮手，身後跟著的小丫鬟捧上一漆金托盤，盤上放的是一支頗為精緻的銀花卉紋釵。

「我們夫人說了，現在老夫人歸家，家裡的小輩以後每日定都要請老夫人的安，總不好太過素淨。」蔣嬤嬤擺了擺手，讓小丫鬟把托盤捧上前讓陸氏看清楚些，繼而接著道：「這一支釵是我們夫人專門請了珍翠街裡最好的老師傅打造的，總共就打了兩支，一支我們六小姐留著，這一支特地送來給五小姐。」

「那我替芷寧謝過二嫂了。」陸氏笑了笑。

蔣嬤嬤回道：「三夫人客氣了，只是咱們夫人還有一事想請三夫人幫幫忙。」

稀罕事。她那眼高於頂的二嫂，竟有事尋她幫忙？

「二嫂有何事需要我幫忙，都是一家人，嬤嬤說吧。」

「是這樣，今兒個老夫人方回府，待休整完畢，晚間定是要見一見各房的小輩，到時也會傳五姑娘前去，只是……」蔣嬤嬤頓了頓，哎呀了一聲。「三夫人莫見怪，就是五小姐平日裡行為異常，整日傻呵呵的，我們夫人擔心會衝撞了老夫人，也怕老夫人見自家孫輩這般平白添了憂心，讓她老人家徒增煩惱，實屬不孝，便想著，要不今兒就別讓五小姐去了，以後……」

「且拿著妳們這破釵子走吧！」話未說完，那漆金托盤便被常嬤嬤硬塞回了蔣嬤嬤手裡。「我們五小姐好得很！用不著妳們在這兒說三道四的，平常在背地裡說不夠了是吧？今兒竟跑到三房屋裡頭說我們房的姑娘了，哪兒來的臉？」

「妳、妳！不識好歹！」蔣嬤嬤瞪大了眼，將托盤推給一旁的丫鬟，指著常嬤嬤道：「咱們夫人好心好意，不領情就算了，竟還罵起來了？到底是鄉下出身，一點規矩也不懂。」

常嬤嬤最討厭別人拿她出身做文章，方要捋起袖子大罵一場，便被陸氏攔下來了。「好了！有什麼好吵的？傳出去像話嗎？」

說完這話，陸氏又皺著眉對蔣嬤嬤道：「二嫂的話我知道了，只是這釵確實不能收，還請收回吧。」

「三夫人知道了就行，我也不跟粗人多計較。」蔣嬤嬤笑笑。「三夫人既然不收這釵，老奴也不好強求，那便先帶回了。」

待人都走後，常嬤嬤氣道：「夫人！您也太好脾氣了些！這些人一來，我就知道沒什麼好事情，與夫人您說話都是拿著鼻孔看人，沒規矩！還送什麼釵子？當我們沒見過世面似的！這便罷了，反正平時就這樣，可今日實在過分了些！沒說幾句就說咱們姑娘的不是，還罵咱們姑娘是傻子，這可是在三房，這婆子就敢這麼說話，暗地裡不知道罵得多難聽！也就對咱們這樣，對著大房就一臉獻媚樣！」

「二房一向這般，妳又不是不知道。」陸氏嘆了口氣。「至於那些個說芷寧的話，咱們現在責罵了這婆子，堵了她現在的嘴，就能保住她今後都不說了嗎？就算她不說了，大房、四房的人就都不說了嗎？到時鬧開了，吃虧的還是我們房，以前又不是沒發生過。」

常嬤嬤想反駁幾句，可也不知說什麼，只好輕聲嘀咕道：「咱們姑娘不傻。」

「是不傻，就是單純樂呵了些。」說到這話，陸氏嘴角笑意揚起。「方才妳們聲音那般大，也不知吵醒了芷寧沒有，妳且去看看……哎？芷寧醒了？」

陸氏眼睛一亮，看向躲在一側屏風旁的沈芷寧，忙起身上前，拉起女兒的手。「怎的不再多睡會兒？不是才躺下沒多久嗎？瞧瞧這一腦門的汗，裡頭太熱了嗎？」

陸氏用袖子輕擦了下沈芷寧的額頭，還未擦幾下，懷裡的女兒眼淚直直地往下掉。

「怎麼了，怎麼哭了？」陸氏忙掏出帕子，輕柔擦著女兒的臉龐。「不哭不哭，作噩夢了吧？娘親在這兒呢，咱們不怕。」

說著，陸氏將沈芷寧摟進懷中，輕拍著後背安撫著。沈芷寧感受著娘親真實的懷抱和縈繞在鼻尖、屬於娘親的香味，鼻子又一酸，眼淚更是止不住。

這是真的娘親，不是夢，她回到小時候了！

「姑娘怕是真被嚇著了，老奴去煮碗安神湯給姑娘。」常嬤嬤忙道。

沈芷寧擦乾眼淚，扯了扯她的衣袖，紅著鼻子道：「不用了嬤嬤，我沒事了，我都這麼大了，才不怕什麼噩夢。」

常嬤嬤笑開懷，捏了捏沈芷寧的鼻尖。「是，過了年，姑娘也十四了，是個大姑娘了，那嬤嬤不去煮了，在這兒陪姑娘。」

沈芷寧立刻綻開笑容。

一旁的陸氏看了也笑了。她這女兒笑起來，眼睛就會彎成兩道小月牙，看著便讓人開心，只有那些人不識貨，把芷寧當成傻子。

陸氏揉了揉沈芷寧的髮。「那還要不要再睡會兒，待會兒娘親叫妳。」

沈芷寧搖頭。「不睡了，今日晚間不是要去給祖母請安嗎？錯過了就不好了。」

陸氏一愣，輕聲道：「芷寧，今兒咱們不去了，下回咱們單獨去給祖母請安。」

「夫人，這……您還真聽二夫人的話，今兒不讓咱們姑娘去嗎？今日可是老夫人搬回府裡的第一日啊！若是回頭大夫人拿這事責備您，怎麼辦啊？」

「搬回府裡第一日？是從法華山回府的第一日嗎？」沈芷寧疑惑地開口。

常嬤嬤奇怪地「哎」了聲。「是啊，不過姑娘怎麼知道老夫人是從法華山回府的？」

沈芷寧恍然大悟。

原來她竟然回到了這個時候，她記得很清楚，自從她出生起，祖母便一直在法華山吃齋唸佛，直到她十四歲的初春，祖母才搬回了府，以後便長居府中了。

原來今日是祖母回府的第一日，她還以為不過是尋常的請安。

怪不得娘親看她是一臉擔憂，那二房婆子說話還那麼難聽，因為這個時候她還是個傻子呢……不，應當是所有人都以為她是個傻子。可她不就是心智成熟晚了些嗎？

他們平時要拿她的東西，她隨手給了，欺負她，她也覺得無所謂，難道不是他們占了便宜嗎？呸！得了便宜還在背地裡說她是傻子，以後舌頭都爛光！

但是，娘親聽著心裡應該是不舒服了，於是就不想讓她出屋聽到那些話，可越不出屋，他們說的話越難聽，這會兒娘親不想讓她在其餘幾房皆在的情況去給祖母請安，想來也是這麼一回事。

不過既然是祖母回府的第一日，那方才二房派來的蔣嬤嬤根本就沒說實話。什麼送她釵子給個人情？什麼她行為異常，怕祖母見了平添煩惱？都是幌子！無非就是為了讓祖母別見著她。

這事也是後來她才知道的。今日祖母見小輩認個臉熟是一碼事，實則更重要的是想尋個孫女常伴身邊，好解悶。

他們的祖母、沈家的老夫人，是京都世家門閥齊氏的嫡女。說起齊家的門楣顯貴，沈家怕是怎麼都搆不上，如今朝內還有不少高官是出身齊家，而沈家不過大房一脈出了一個知州。

祖母在齊家時便頗為受寵，看上了到京任職的祖父，硬要下嫁沈家當續弦，齊家那頭是勉為其難答應，這些年來也未斷了聯繫，反而經常特地派人從京都送東西過來。

祖母是沈家續弦，沈家四房皆非祖母所出，但對其極為恭敬，想來也有這方面的原因。如今祖母要選個孫女伴在身邊，二房哪會放過這個接近祖母的好機會？他們尋思著祖母信佛，若是看到她是個傻子，要是起了惻隱之心，點了她伴在身邊，那這好事不就被她這個傻子、被三房搶走了？

倒不如先過來一趟，去了這個隱患，少一人便少個競爭。二房這算盤打得好，打得妙啊！

「娘親，今日我們就去吧，我未見過祖母，也想見見她老人家。」沈芷寧挽著陸氏，眼神頗為渴望。

說實在話，前世娘親將她保護得太好了，以至於她過於隨性，許多事都覺得無所謂，不去便不去了，實則不應當這樣。

沈家一共四房，大房大伯身有知州一職，乃一州之長，更是一家之長，在沈家說一不二，大伯母執掌中饋，內宅之事皆要經她之手，整個大房氣派非凡；二房雖未走仕途，卻是大商人，甚至還搭上了販鹽這一途，富甲一方；四房沒有什麼特別，但大伯與四叔一母所出，皆是嫡子，自然相互扶持著。

只有他們三房，爹爹僅是一個知縣，還遠調外地，常年不在家，家中唯有娘親、兄長與她。而娘親出生貧寒，不得沈家喜歡，又生下了有缺陷的啞哥哥，整個三房甚是遭人嫌棄。

如果家中和諧，那自是一切都好的，但沈家其餘幾房哪一個是善類？事事都要算計、樣樣都各有心思。在這個弱肉強食的地方，一味的逃避與不計較是沒有用的。

三房這般勢弱的情況下，應當有人要站出來，將三房撐起，這樣才不會被越欺越狠，在今後的大事裁決中才有說話的分，沈家……或許也不會落到那個境地了。

如今有這麼一個機會，她記得前世祖母也未選出一個，她何不去試試？

陸氏極少聽到女兒主動要求做什麼，今兒聽到了，稀罕道：「芷寧想要見祖母？」

沈芷寧點點頭。

「既然想見就去吧。」陸氏揉了揉沈芷寧的髮，溫柔道：「來人，給姑娘梳妝，常嬤嬤，妳去姑娘屋裡頭拿件新衣來，素淨點，老夫人吃齋唸佛，怕是不喜那些個俏麗的。」

常嬤嬤一聽這話，立刻開心地應著。「老奴這就去。」

「嬤嬤，等等！」沈芷寧忙攔下來。「不要拿素淨的，越豔麗越好。」

老夫人的喜好，她清楚。

別人都覺得祖母信佛，佛門清淨，想來她也喜歡素雅的衣物，可祖母自個兒喜歡是沒錯，卻不代表她喜歡看小姑娘那般穿。她也是聽祖母身邊的許嬤嬤與她說笑時無意間說起來的，那話她還記著。

「我們老夫人啊，最喜歡長相俊俏的小姑娘了！老覺得年紀輕輕的小姑娘，穿什麼素衣裳，難道不該穿鮮豔衣裳嗎？那看著才教人心情愉悅！」

然而祖母性子淡漠，心思旁人猜不透，只有許嬤嬤這樣從小跟到大的老嬤嬤才知曉，且許嬤嬤也不是個到處亂說的人，以至於一直以來外人都不知祖母這喜好。

常嬤嬤心裡也很是猶豫。難不成真找豔麗的？若是到時被老夫人不喜……

常嬤嬤看向陸氏，但陸氏一向是極寵女兒。「聽芷寧的，妳去拿吧。」

常嬤嬤去拿衣裳，陸氏身邊的貼身侍女給沈芷寧梳妝打扮，好了之後，常嬤嬤也拿衣物回來了。

沈芷寧很快換上。

上身著明霞織成襦，下身一襲藕荷色八幅輕紗裙，輕紗薄翼，以顯藕荷色淡雅，紗裙淡雅，更襯得上襦豔灼如火，配以袖邊的織金芙蓉紋，璀璨奪目。

屋裡似乎一下子亮堂了起來。

陸氏與常嬤嬤就算看慣了沈芷寧，這時也愣了半晌，更別提屋裡其他丫鬟、侍女，個個頻頻偷偷抬頭打量。

沈芷寧在銅鏡面前，滿意地轉了個圈，對陸氏玩笑道：「好看極了吧，娘親，您都看傻了。」

陸氏回過神來後，笑意已溢出了眼。

她知道自己女兒是極美的，且這美與他人不同。這世間有風姿綽約之大氣，小家碧玉之清麗，還有那千嬌百媚之妖嬈。而芷寧的美是明燦如朝陽，萬物靈氣之所向。

眉不畫而黛，黛青似遠山天際初霧之沈積，唇不點而紅，朱紅若春日海棠凝色之精華，而那雙眼眸，澄澈靈動至極，和著正眉心的那點極小淡痣，更添生氣。

本就生意盎然，又著這一身明霞襦裙，人看了哪移得開目光？

第三章

待一切準備妥當，未過一會兒，永壽堂來請人了，陸氏帶著沈芷寧一道前往。

東方為尊，永壽堂位於沈府東南方。

出了三房的文韻院，繞過聽香水榭，經過二房所在的雲蘊樓，至永壽堂附近。還未進院落，沈芷寧就看見了擺在白牆黛瓦下排排極為氣派的萬壽菊，她不禁多看了一眼，這一眼被永壽堂來請人的丫鬟看見了，道：「這菊花是二夫人一早送來的，如今方方初春，哪有什麼菊花開啊？偏偏二夫人弄了好些來，一盆便要價值連城呢！」

此話一出，沈芷寧立刻看到自己娘親回頭看了一眼自己帶來繡了好幾月的繡品，面露窘迫，沈芷寧眉眼一彎，挽起陸氏的胳膊笑道：「禮物貴在心意，祖母看到娘親送的禮也定會高興的。」

陸氏拍了拍沈芷寧的手，臉色舒緩了些。

方才說話的丫鬟聽到沈芷寧的這句話，不由撇了撇嘴，鄙夷的神色一閃而過。

說什麼禮物貴在心意，不就是送不起貴重禮物唄！送個破刺繡，也不嫌寒酸，許嬤嬤也真是的，派自己來請三房，這三夫人什麼本事也沒有，還生了個傻子和啞巴，給沈家丟盡了臉面，她過來辦差事也沒得到個什麼好處，去請二房的好歹也能在二夫人面前露個臉呢。真是晦氣！

帶人即將要進院落，那丫鬟不知被從哪兒伸出來的東西絆了一跤，一下抬頭怒氣衝衝地看向絆她的人——原是沈芷寧的貼身丫鬟雲珠。

剛要破口大罵，就聽見沈芷寧笑了，聲音清脆道：「小心點啊，這可是價值連城的萬壽菊，把妳賣個十次都賠不起。」

說罷，沈芷寧與陸氏等人進了院落。

方進院落，沈芷寧就看見四房的四夫人，也是她的四叔母郭氏和其女兒沈繡瑩與許嬤嬤談笑著。

郭氏與沈繡瑩皆穿得較為素淨，沈繡瑩平日裡是一派扶風弱柳狀，纖纖細腰繫著一花結襻帶，更顯嬌弱與風姿。

郭氏轉身，看清是誰來了後，帕子掩面，似笑非笑。「今兒真是稀奇，三嫂竟也出門了，咦？這是何人？」

她的目光落在沈芷寧身上，神色很是訝異。

「四夫人莫不是在說玩笑話，連我們五小姐都認不出來了嗎？」常嬤嬤回道。

「她怎麼會是那傻……」郭氏下意識就要脫口而出「傻子」一詞，好在有所收斂，將後面的字吞了回去。

而沈繡瑩面色變了不少，但很快收了回來，上前柔聲道：「許久不見五妹，五妹大變樣了，以後五妹也要多出來走走，多和姊妹們一塊兒，也好增進感情。」

說著，沈繡瑩便挽上了沈芷寧。沈芷寧任由她挽著，輕笑著看了她一眼。

沈繡瑩此人很會偽裝，比起二房明面上的羞辱，她則更像是暗草裡的毒蛇，時不時趁妳不注意咬上一口，讓妳許久都緩不過勁來。

但前世她的存在感太過薄弱，更沒有與沈繡瑩爭什麼東西，人家都懶得搭理，二人甚至一年都說不上幾句話，她就算看出了沈繡瑩這性格，以自己的脾性也覺得無所謂，反正她也不會舞到自己面前。

沈繡瑩被這一眼看得有點不舒服，總覺得這傻子與以前不太一樣了，可再細看，心中不住訕笑。

到底還是個傻子，明知道祖母吃齋唸佛，定喜歡素淨的衣裳，竟還穿得這麼鮮豔過來，再好看也不得祖母歡心。這三房真的是一灘爛泥，怪不得一直出不了頭。

而許嬤嬤見到了沈芷寧時，眼睛倒是明顯一亮，還打量了沈芷寧好幾眼，最後道：「夫人、小姐們進屋吧，大夫人、二夫人已經到了，老夫人也在等著呢。」

眾人隨著許嬤嬤進屋，還未進屋，就聽見了二夫人莊氏的說笑聲，笑聲引起了哄堂大笑，裡頭頗為熱鬧。

郭氏與沈繡瑩對視一眼，先一步陸氏與沈芷寧進了屋。

這邊屋內的莊氏剛說完一件趣事，引得屋裡婆子、丫鬟笑成一片，連她那個假正經的大嫂都笑了一下，而坐在上面的老夫人卻是面色淡漠，喝了口茶，什麼話都未說。

這老太婆不是個好應付的角色。

莊氏這般想著，就聽見許嬤嬤說三房、四房的人來了，頓時眉頭微微一皺。蔣嬤嬤怎麼辦的事？不是說三房今日不來了嗎？

莊氏隱下不快，看著一行人進屋，目光一下被跟在陸氏身後的姑娘吸引住了，她走進來的那一刻，彷彿整個屋子都亮堂了，而所有的光華皆在她身上。

莊氏無心注意三房的行禮，只等著這女子向老夫人請安，待她開口，聲音宛若新鶯出谷。「孫女芷寧向祖母請安，願祖母福壽安康。」

這竟是三房的那傻子？

不僅莊氏，在場所有人，除了沈老夫人，皆是大吃一驚。

沈芷寧抬頭，就見整屋人都在看著自己。

這屋內，祖母右下是大房的大伯母徐氏，面容端莊嚴肅，很是莊嚴；左下是二伯母莊氏，一身的珠光寶氣，一派貴氣。在莊氏之下是其女，也就是沈府的六小姐沈玉蓉，同是一身價值不菲的衣裙，衣裳雖貴重卻也是素淨非常，想來花了不少心思。

而上堂的祖母，身著一襲墨綠素緞製衣，頭簪一支素銀釵，手戴一串木佛珠，如此簡單，哪像是世家的老夫人？倒像是一些普通人家做粗活的老婦人，但她舉手投足之間的貴氣卻讓人不可小覷，輕輕一眼掃過來，便讓人心生敬畏。

她的面容極其淡漠，眼神更是冷淡，沒有一點情緒波動，僅是對沈芷寧道：「坐吧。」要不是沈芷寧之前注意到了許嬤嬤對她頗為滿意的反應，她此時說不定也會內心忐忑，不過現在，她平心靜氣地坐到了娘親身邊。

「三弟妹。」沈芷寧方落坐，就聽到大伯母徐氏點了自己的娘親。「芷寧年紀小，還不懂事，但妳這個歲數了，怎麼還一點規矩都不懂？」

徐氏主中饋主了數年，威嚴不經意透露，僅是一句簡單的責問被她一問出來就像是犯了大錯一般。

陸氏慌張地攥緊帕子，緊張開口。「我愚笨，不知哪裡做錯了，請大嫂指教，我以後定改正。」

「誰犯了錯事不改正？可嘴上說改正，下次接著犯，有什麼意義呢？再說了，」莊氏嘲諷的視線在陸氏與沈芷寧身上轉了一圈，緩聲道：「這什麼場合配什麼衣服，哪個大戶人家不是從小便教著？不過啊，三弟妹到底不是大戶出身，不懂什麼規矩，大嫂妳也別責怪了。」

陸氏被說得滿臉通紅，手裡的帕子都攥得快破了。

沈芷寧在旁，心疼與憤怒雜糅。

這是在大庭廣眾之下，無數的婆子、丫鬟面前，祖母也還在這裡，她們都這麼毫無忌憚羞辱娘親，那麼平時會如何？可她前世怎麼就沒注意到這些呢？竟讓娘親受了這麼多的委屈，她真是個蠢貨，世界上最蠢的人就是她了！

「二伯母慎言。」沈芷寧看向陸氏，陸氏目露驚訝，沈芷寧給了她一個放心的眼神，繼而朝向莊氏的方向道：「當今聖上出生之時，被奸人所害，從小便不在宮內生活，吃了不少苦頭，二伯母說的什麼世家、什麼大戶，聖上從小也不是生活於此，二伯母這是在影射聖上不識規矩嗎？」

「妳血口噴人！少誣陷我娘，我娘才沒有這個意思！」沈玉蓉脾性暴躁，倏地一下站起身子來，怒道。

而莊氏一下子沒反應過來這傻子竟出口駁她，回過神後背後一涼，要是這傻子的話傳出去了，可不是什麼小事。如此想來，莊氏怒氣更深，道：「我可未說這樣的話！好妳們母女倆，自己沒有規矩，還倒打一耙了？」

「大伯母、二伯母口口聲聲說我們不懂規矩，芷寧當真是想不通，到底是什麼規矩？難不成是今日見祖母，必得與在座所有人穿得那般素淨嗎？」

徐氏嚴厲的眼神掃過沈芷寧。「當真是不知所謂，錯了規矩還不敬長輩，待之後妳隨我至祠堂，我必請一頓家法，免得以後出去丟盡我們沈家的臉！」

「行了。」沈老夫人緩緩開口。

聲音不響，卻足夠威懾，在座所有人皆鴉雀無聲。

沈老夫人目光一一掃過全場，最後落在徐氏身上。「規矩是要有，但不是繁瑣冗長的規矩。小姑娘愛穿什麼便穿什麼，莫沾了世間俗氣，泯滅了天性。」

這話說的極其直白，還是衝著徐氏說的，一點都沒給徐氏留面子。

徐氏聽了，面色明顯一僵。她在家中主中饋多年，早就習慣了眾星捧月的日子，哪有人敢這麼對她說話？

可面前這位她不能得罪，於是很快恢復了常態，道：「母親說得是，兒媳記下了。」

沈老夫人說完這話，又看向莊氏。「以後那些話，也不要再說了。」

莊氏忙垂首道：「是是是，兒媳嘴賤，以後定不說了。」

沈老夫人嗯了一聲，不再多說什麼，但多看了一眼沈芷寧，不過也僅一眼。

過了一會兒，許嬤嬤帶著幾個端著托盤的丫鬟上來，笑著道：「奉老夫人的命，老奴去拿了些小物件來。」說完擺了擺手，托盤一一被端到幾個小輩面前。

「老夫人一直住在法華山，未見過幾位姑娘，早些時候，我們老夫人還同老奴說著，這見面禮肯定是要備下的。但咱們一直在山上，也不知道如今盛行什麼，想著翡翠定不會過時的，就備下了幾個翡翠手鐲，姑娘們看看喜不喜歡。」

莊氏一眼就瞧見了托盤內的翡翠手鐲，她見慣了好貨，可就算如此，見到的第一眼不免還是在心中感嘆成色好。

翡翠晶瑩玉潤，且那股碧綠很是澄澈，彷彿將吳州城外玥江兩岸的綠色融進江水，美得讓人心動萬分。這一個手鐲恐怕都有市無價，這老夫人竟備下了四個，不愧是齊氏出身。

這選人，玉蓉定要被選上！

莊氏眼珠子一轉，哎呀了一聲。「母親也真是的，應當是她們孝敬您才是，母親怎麼還備下了見面禮。再說了，祖母賞的東西，她們做小輩的哪有不喜歡的？快，玉蓉，去給祖母磕個頭，多謝祖母。」

沈玉蓉聽了，立刻上前就要給沈老夫人磕頭，被許嬤嬤攔了下來。「哪需磕頭，快些起來吧，六小姐。」

沈玉蓉又道：「玉蓉多謝祖母，早些時候聽到祖母回來，玉蓉就一直盼著日子呢！千挑萬選，也為祖母準備了禮物，就當是孫女的心意了。」

此話一出，徐氏與郭氏等人的面色一變。

莊氏養的好女兒，當真是有一套。

沈玉蓉的話說完，就有丫鬟小心翼翼拿上了一座白玉觀音，其色澤圓潤，雕刻精美，一看便知是好物。

徐氏掃了一眼，攏著茶蓋，緩緩喝了一口。「看來玉蓉這平日的月錢不少啊，竟能備得起這等成色的白玉觀音。」

笑話，月錢再多也買不起這觀音，想想就知道是莊氏自己買了，怕老夫人不肯收，就借自己女兒的口送出去。

「可不是？玉蓉這邊我是會多貼點，她有孝心，就算月錢多，這觀音也是攢了許久才買下的。」莊氏笑了聲，轉了話頭問道：「哎？大嫂，今兒個嘉婉怎麼沒來啊？」

沈芷寧聽到了沈嘉婉的名字，腦海裡就浮現了她的身影。

這沈嘉婉就是大房的嫡女，是江南極具盛名的大家閨秀，更是才華橫溢，三歲識字，六歲成詩，再大些便是眾多詩會的常客，稱之一聲風華絕代也不為過，以至於後來沈家出了這麼大的事，大房被滅了門，她還能被人保下進了侯府做了妾室。

「今兒嘉婉參加詩會去了，晚間回來就過來給母親請安。」徐氏道。

「哎喲，這什麼時候不好參加啊？母親方回來，應要先來給母親請安才是。」莊氏回道。

接下來便是大房與二房的一來二往，沈芷寧嫌聽著無趣，逕自吃起一旁案桌的點心，這點心甜而不膩，很是爽口，她又拿起了一塊想讓娘親嚐一嚐，剛遞到一半，就聽到了祖母在對徐氏說書塾的事。

「……前院不能馬虎，後院也得上心。雖說書塾在西園，但西園與沈府僅是一牆之隔。今年與往年不同，要時時留意，事事上心，萬不可出了差錯。」

「兒媳明白。」

「怎麼了？」這邊，陸氏見沈芷寧的手頓在空中，人在發愣，便輕聲問。

沈芷寧回過神，笑笑，將手中點心遞到陸氏手裡。「無事，娘親嚐嚐。」給完，就想著祖母說的話。

是啊，沈家書塾再過些時日便要開學了。祖母所說今年與往年不同，大概是今年來的人過於尊貴，往年雖有皇親國戚，但並非直系，今年卻是三皇子來進學，其餘還有安陽侯府的世子等人。

以及……未來首輔秦北霄。

想到此人，沈芷寧就彷彿感受到他那堅硬且銳利的指尖劃過自己臉頰的冰冷觸感，一陣顫慄。她趕緊不去想了，反正之後她若注意，定會見著他的。

再坐了一會兒，眾人都要回去了，沈芷寧也跟著陸氏身後，準備回自己的院子，然而這時許嬤嬤上前道：「五小姐可有什麼要緊事？若是沒有的話，要不留下來幫老夫人抄一抄佛經，晚飯也在永壽堂用飯吧。」

沈芷寧一聽這話，眉眼一彎，道：「好。」

這一幕自然落入了其他幾房的眼裡。

徐氏皺了皺眉，很快帶著人走了，郭氏與沈繡瑩的面色一下子也變得很不好看。

莊氏與沈玉蓉走在後頭，待沒人時，沈玉蓉焦急道：「娘，怎麼辦？祖母選了那傻子抄佛經，不選我、不選四房的人，祖母難道看中那傻子了嗎？」

「妳別急，這事還沒定數呢。」莊氏點了下沈玉蓉的腦門。「現在不過是選了她去抄佛經，又不是定下人了，還有得磨呢。沈嘉婉是不會去的，那只剩下妳們幾個了，其他幾人成得了什麼氣候？妳放心，娘一定會讓祖母選中妳的，這麼好的事，難不成讓三房占了？他們有那個福氣嗎？笑話！」

第四章

這邊，待人全走後，沈老夫人開始問沈芷寧，聲音淡淡。「多大了？」

沈芷寧下意識站起來，在旁的許嬤嬤趕緊道：「哎喲，五姑娘，不必站著，好好坐下來，站著多累啊。」

沈芷寧不好意思地撓撓頭，回道：「回祖母的話，我十四了。」

「唸過書嗎？可在書塾進學？」

「唸過，但並未在書塾進學，或許大夥兒都覺得我是個傻子吧，不好進學，所以姊妹們去書塾進學時未讓我去，娘親也不想我出院子。」沈芷寧認真道。

許嬤嬤被逗笑了。「五姑娘當真是個趣人，哪個傻子知道自己是個傻子啊？」

沈老夫人看了沈芷寧一眼，沒再繼續問下去，而是道：「今日留妳下來，是想著讓妳幫我抄個佛經，許嬤嬤，妳帶她去吧。」

「五姑娘跟我來，經書在隔間，筆墨紙硯也都有，待會兒要是缺什麼，姑娘跟我說就是。」

許嬤嬤領著沈芷寧去了隔間，過一會兒回來，笑容可掬道：「老奴今日一看到這五姑娘啊，心裡就想，人選有了！」

沈老夫人本在閉目養神，手微微轉著佛珠，一聽這話，緩緩睜眼，慢慢道：「妳怎麼就知道我要選她到永壽堂？今日不過就是喊她抄個佛經，明日我也可讓二房的丫頭過來。」

「別人不知道，老夫人還想瞞著老奴嗎？今兒您可看了幾次五姑娘，而其他幾房的姑娘，您最多瞧一眼便不瞧了。再來，方才大夫人與二夫人責難三夫人，您可是幫著說了話的，您向來厭倦這些事，要不是瞧上了五姑娘，又哪會開口？」

沈老夫人聽這話，神情不變地看了一眼許嬤嬤，隨之面色浮上一層淺淡的笑意，一瞬即逝。「數妳多嘴。」

「老奴不過就是把老夫人心中想的說出來罷了，哪裡就多嘴了？不過老奴與老夫人的想法是一樣的，也覺得五姑娘甚好。」

沈老夫人未說話，轉了幾圈佛珠後，才淡聲道：「是要比其他人好些。這個家裡，上面管事的虛偽自私、囂張跋扈，下面的阿諛奉承，從上至下，各有各的心機，明爭暗鬥、勾心鬥角，根本不是一條心。」

「許是今日出了意外，平時不是這樣的，不過老奴覺得三房倒還好些，也不至於全都是老夫人說的那樣。」

沈老夫人斜看了許嬤嬤一眼，慢慢道：「我看妳也糊塗。在我的面前尚且如此，平日裡恐更加放肆。三房那陸氏，雖不像其他的，但也是個懦弱無能的，好在養的女兒還不錯。」

「瞧瞧，又說回五姑娘了，老夫人方才還不承認，我看啊，就是看中五姑娘了。」許嬤嬤笑咪咪道。

「妳若再多嘴，我現下便讓她回去。」

「好好好，是奴婢多嘴了，多嘴了。」許嬤嬤連忙假意拍了拍自己的臉，接著道：「我去看看五姑娘，不在您這邊擾著您，這總行了吧？哎，這盤點心我瞧著方才姑娘愛吃。」

說罷，許嬤嬤拿了盤點心進了隔間，見沈芷寧正挺直著腰背認真抄寫佛經，便將點心悄悄放至一旁，再躡手躡腳出了隔間。

出去後，許嬤嬤向沈老夫人如實稟報。「寫了好一會兒了，那背一直是筆挺著，一刻都未放鬆，奴婢也偷偷瞧了幾眼寫的字，行雲流水，看著就舒暢極了。」

之後的兩個時辰，沈芷寧都是這般，沒有一點放鬆，從陽光燦爛的午後到紅霞滿天的黃昏，再至天色微微暗沈。

她的眼睛看那密密麻麻的佛經已看得發疼發澀，手也僵硬無比，動一下都有痠麻的感覺蔓延整條胳膊，但她未停，繼續一筆一劃地寫著。不過是抄寫佛經，比起搓洗衣服，輕鬆多了。

一個丫鬟端著茶水點心進來。「五小姐，先吃些東西墊墊肚子，晚飯許要晚些了。」

沈芷寧聽了這話，放下了筆，放下筆的那一刻，整隻手都麻了，她不得不揉捏著手，一邊揉、一邊問：「是祖母在忙嗎？」

「是大老爺來請安了，正同老夫人說著話呢。」

大伯來了。重生一世，接下來又要面對這個讓沈家走向滅亡的人，沈芷寧內心複雜至極，也無心吃點心墊肚子。

她味同嚼蠟塞了一塊後，便起身走出隔間，給那丫鬟比了個「安靜」的手勢。繼而小心翼翼走到了隔間外，藉著屏風遮擋看了幾眼。

祖母高坐上堂，右下便是大伯父沈淵玄，身著官府，頗為威風，不過這個時辰，大伯父應當是下了衙門便急匆匆趕過來請安了。

二人正在說著什麼，沈芷寧離得太遠，聽不清，只好稍微走上前一點，站在一紅柱旁，才隱約聽見了些。

「……母親說的話，兒子謹記。不過，今年來書塾之人確實尊貴，兒子都不知該如何應對。一是那安陽侯府的世子，這世子倒還好，早些年安陽侯府與我夫人徐氏的母家沾點親，也能稍微說上話；主要是那三皇子，他乃貴妃之子，在眾多皇子中還頗為受寵，聽說性子乖張隨意，兒子、兒子就怕伺候不好他。」

「何須你伺候？又何須其他人伺候？」祖母聲音冷淡。「他此次來吳州，定是有聖上的首肯，京城官學、私學何其之多，何必大老遠趕來吳州？一來無非是讓他有個清淨的地方讀書，而不是混跡在京都紈袴子弟中惹事，二來書塾有李先生坐鎮，聖上到底聽過先生的名號，心底也放心些。你把事做得合適，誰會怪到你頭上？又何談伺候？」

「母親說得是，兒子倒未想到這一面上。不過書塾之前應著李先生的要求，除去本族子弟和那些個身分尊貴的名額，剩下的名額按入學試的排名招入書塾，有些是寒門子弟，都是要住西園的學舍的，那三皇子身分如此，這入住學舍怕是會被其他人驚擾，兒子打算另闢一院子給他住下，這也算是合適了……」

「朽木不可雕也！」話還未說完，祖母就打斷了，語氣很是嚴厲。「糊塗！我說的合適是你口中的合適嗎？」

大伯父明顯嚇了一跳，被祖母當眾訓斥，臉脹得微紅，卻也不得不起身鞠躬道：「求母親指點。」

祖母語氣冷淡。「沈家書塾是因為有李先生才有今天之盛名，你所行所做之事要與先生一致。你要一視同仁，富貴者不獻媚，貧寒者不輕賤。三皇子來了，就同住在學舍裡，學一樣學，住一樣住，眾學子無異。若是聖上來了，看到這樣也不會多說一句，這樣才更為放心，這才叫合適。」

大伯父顯然極不認同，還想要多說幾句，被祖母一個眼神掃過去，便不敢說了。

此事說完後，大伯父又道：「除此之外，還有一事。方才下人來報，說是秦家已經把人送來了。」

這話一出，整個屋子似乎凝滯了一般。

沈芷寧更是身子一僵，腦海裡只出現一個名字，但她不能確定，走得更近些，想聽得更仔細。

她好像聽到了祖母的微微嘆氣聲，許久後才聽到祖母道：「人呢？送到哪兒了？」

「人在明瑟館，下人說傷得很重，就算救，恐怕也很難救回來。」

「怎麼受傷的？」

「兒子不知，只知道送來便已經傷了。」

祖母冷笑。「好一群薄情寡義的宗親。秦擊剛死，就這樣對他的獨子，雖說那秦擊也不是什麼好東西，但殃及不到子孫，這秦氏宗族裡好些都還是這秦北霄的叔伯，何至於此？既然已經受傷，那必要先治好他的傷再出行，如今傷不治，先送來沈府，京都到吳州可不近，這般舟車勞頓，豈不就是在要他的命？」

「兒子同母親一樣的想法，這秦家行事也過於不義。不過或許怪不得他們，幾年前靖國與明國交戰時，秦擊身為大將軍囂張跋扈，犯下了不少錯事，被人揭發落了罪，之後明、靖兩國和好，簽下潭下之盟，現在明、靖兩國打算互通往來，秦家當年屠了明國幾座城池，是兩國和好的一塊心病啊！如今秦擎已死，那秦北霄還在，我們沈府若留著他，豈不是自找麻煩？」

「當初定是你被人吹捧了幾句，便忘乎所以應了下來，這事應了又哪是輕易推得了的？如今將人還回去，秦氏好歹也是京都幾大世家門閥之一，還是武將出身，你當他們是吃素的嗎？」

「都怪兒子，是兒子的錯，兒子那也是喝醉了酒才……」

「罷了，你現在就請個好郎中好好給他瞧瞧，之後就讓他去書塾上課吧，也好磨磨他的性子。」

大伯一一答應，之後再與祖母聊了幾句便走了。

沈芷寧則愣在原地，大伯父與祖母說的竟然真的是秦北霄，秦北霄原來這麼早就來沈府了。

遭自己親族嫌棄的罪臣之子，甚至生死未卜。但在以後，他會一人之下、萬人之上，是那個高騎馬上、冷漠至極的首輔大人，那睥睨的目光似乎還居高臨下地落在她身上。

世事無常啊！沈芷寧不禁感嘆。

而她見過那樣貴不可言的秦北霄，眾人簇擁、連杜硯那等人中翹楚都甘心聽命於他，似乎無法想像這位首輔大人落魄之時到底是怎樣的，偏生當下又同在沈府。

奇妙又怪異，糾結又好奇。

帶著這樣的心情，沈芷寧在永壽堂用完了飯，魂不守舍地回了文韻院，剛回主屋，陸氏正在與常嬤嬤說著話，一見著她便眼睛一亮。「芷寧回來啦！」

「用過飯了吧？」陸氏拉過沈芷寧的手，柔聲道：「祖母有說什麼嗎？」

「祖母就讓我抄了佛經，說以後每日都得過去抄經，其他的話倒也沒了。」

「哎喲喲，這抄經多累啊？抄個幾次便罷了，怎的還要每日過去？」常嬤嬤在旁道。

「不是這麼說的，這是好事，二房、四房都想去呢，沒想到老夫人卻留了我們芷寧。」陸氏說著，又看了眼沈芷寧，發現她心不在焉，道：「是不是今兒抄經累了？瞧妳人恍惚的。」

倒不是抄經累的，但真正的理由沈芷寧也不知如何說，只好笑答。「是累了，那娘親，我先回屋休息了。」

說罷，便起身出屋，雲珠連忙跟上沈芷寧。

沈芷寧往自己的屋子方向走了幾步，至轉角處，頓了頓，又調轉往院門的方向。

「小姐！您走錯……」雲珠在後面喊，被沈芷寧迅速轉身一聲「噓」止住了。

沈芷寧出了院門，迎面就是荷花水池，此時天微暗，水池上也像是浮著一層薄霧，她快步繞過荷花池，走上樵風徑，踏洞門，穿竹林，便到了明瑟館門口。

她就算撐著膽子站在明瑟館木門前，也不太敢踏進去，來回轉悠了幾圈，揪掉了幾根秀髮後又深吸、長呼了一口氣。

就偷偷看一眼秦北霄，看完一眼就走，對，就是這樣！

沈芷寧上前推開明瑟館緊閉的木門，木門的銅門環早已生鏽，門推開了，她的手上也都沾滿了鐵鏽與灰塵。

她先踏進了門。

天色逐漸昏暗，明瑟館無論是廊檐下還是門前，都未點一盞燈，遠遠看過去就是一片黑暗，黑暗中隱隱約約有著屋子的輪廓，沒有一點人氣，格外恐怖陰森。

好奇怪，祖母不是叮囑大伯父讓大夫過來救治秦北霄了嗎？難不成這麼快醫治好了人就走光了？連個跑腿遞水的丫鬟、僕從都沒有？不對不對。這兒根本不像是剛來過人的樣子，像是許久沒有人來過的樣子。

難道……大伯父根本沒請大夫來？

沈芷寧意識到這一點，眼皮一跳，飛快地跑上廊檐，後頭好不容易跟上來的雲珠被沈芷寧這突然的動作嚇了一跳，急道：「小姐、小姐！這兒許久沒住人了，我們回去吧！」

沈芷寧未管背後雲珠的叫喚，順著廊檐一間一間屋子跑過去。

這間沒有人。這間也是。到底在哪兒？

沈芷寧突然停下了，目光落在不遠處有隱約燭火跳動的屋子，她頓了頓腳步，立刻衝上前，一把推開了屋門。

一進屋子，陣陣血腥味便撲鼻而來，這濃烈的血腥味中還夾雜著老舊屋子的霉味與臭味。

微弱的燭火在跳動，灰暗的燭影映於斑駁的白牆上放大搖曳，沈芷寧飛快掠過時，帶著一陣風使得燭火快要熄滅，屋中一陣亮、一陣暗。

她在明暗交錯中撥開紗簾，隱約看見內屋架子床上躺著一人，她漸漸走近，待看清時，被眼前的慘狀嚇得忍不住倒退了一步。

少年宛若死人般躺在床上。

身上的衣物襤褸，每一破口處都是一道深見白骨的傷痕，舊的血液已乾涸，凝固在傷口處，新的血珠又冒出來，流在髒污的衣物上。額頭上有磕破的傷口，整張臉被流下的紅色血液與黑色污漬遮蓋，但能看清嘴唇蒼白皸裂，無一點血色。

視線從上至下，最後定在他垂落於床榻的右手，那是隻恐怖至極的右手，像是從滾燙的熱油中撈出來似的肉色模糊，還有數不清大小不一的水疱。

沈芷寧看得身子發涼，僵在原地。

她從未見過一個人傷成這樣，彷彿就像是從高處摔下的瓷娃娃，四分五裂般，而這個人竟然會是秦北霄，將來權傾朝野的首輔大人。

這個時候的秦北霄很落魄，這點她是有猜想過的，但親眼見到了，才意識到自己想像中的落魄與他真正經歷過的，完全不是一回事。

太慘了，大伯父之前說傷得很重，這哪是傷得很重？這是命都要沒了！

沈芷寧快步上前，伸手斂袖探了探秦北霄的鼻息，微弱且斷斷續續。

還好，還活著……

可惜她不是大夫，這一身傷她實在是無能為力，必須得請個大夫來給秦北霄瞧瞧。

「小姐……要不，奴婢去把孫大夫請過來？」雲珠在旁輕聲道，她顯然也被秦北霄的慘狀嚇到了，說話的時候都不敢往床榻上看。

沈芷寧立刻搖頭。「孫大夫不行，他是府裡的大夫，回頭都不用大伯母問，他自個兒就說出來了，那時候事情就大了，孫大夫請不得，得請外面的大夫。」

她當機立斷決定。「去請林廣白。」

林廣白是吳州城裡的名醫，但脾氣很古怪，沈芷寧生怕雲珠請不來，便在她耳畔低語囑咐了幾句。

雲珠聽了面露難色。「這樣說，林大夫真的會來嗎？」

「妳就這樣說，快去快去，記得從後門走。」沈芷寧催促道。

第五章

待雲珠跑走後，沈芷寧開始找銅盆打水。

打好水後，她從袖中抽出自己的帕子，沾點水想給秦北霄稍稍擦拭，而她的手停在空中——竟無從下手！

她看著他那殘破不堪的身軀，找不到一處地方是自己敢輕易觸碰的，唯恐碰了，傷勢更為嚴重。

「你也太慘了些。」沈芷寧嘀咕道。

眼下，也只能輕輕擦拭他的面龐，將血跡與污垢一點一點擦拭乾淨，她也能稍微看清秦北霄的面容。

確實是他，是少年時期的他。五官依舊凌厲非常，宛若一把剛出鞘的刀，銳利得讓人心顫，而這時的他相比於前世她見到的，少了幾分位高權重的壓迫與侵略，多了幾分破碎感。

「杜硯和你手底下那群人，恐怕怎麼都想不到你有過這樣的時候。」沈芷寧又小聲嘀咕著，邊嘀咕邊將帕子放入銅盆中再次擰淨了一遍，這個動作不知道重複了多少次後，銅盆裡的水變得非常渾濁。

沈芷寧再去換了盆水，再拿帕子擦拭他的額頭，從上至下，拂至眉骨時，手碰著了秦北霄的眼睛。

她的手停了下來，澄澈的眼神盯著他緊閉的眼睛盯了好一會兒。

前世她見到的秦北霄，那雙眼睛極具侵略性，讓人不敢直視，也可以說倨傲，似乎不將任何人放在眼裡，不知道少年時期的他是否也是這樣。

這時，一道罵罵咧咧的聲音從屋外由遠至近傳來。「一個死人還要看什麼大夫？鋪子都關了還硬要把老夫拽過來！」

話音剛落，屋門被打開了，一個胖乎乎的老頭揹著藥箱，氣鼓鼓地衝進來。「人呢？」

沈芷寧隨即起身衝出去。「林大夫！這兒！」說著，就扯著林廣白的袖子進內屋。

林廣白被扯得大喊：「扯什麼袖子？老夫自己會走，妳們這主僕倆一個樣！」

進了內屋，林廣白一眼就看到躺在床上的秦北霄，沒再說話，面色一下子嚴肅了起來，藥箱還沒來得及放下就上前把了脈，把了一會兒，神色很是複雜。「竟然真的沒死，這小子好強的韌性，這麼重的傷，人應該早沒了，方才那丫頭跟老夫說的時候，還以為妳們在耍弄老夫。」

「那還有救嗎？」沈芷寧著急問。

林廣白捋了捋自個兒的白鬍子，掃了沈芷寧一眼，回道：「算有吧。」

沈芷寧眉開眼笑。「太好了！」

「妳別高興得太早，回頭要是沒救回來……」

「呸呸呸，一定能救回來，林大夫你好好將他救回來，方才我讓雲珠給你帶的話一定不會食言的！」沈芷寧連忙說，說完後也不留在內屋打擾林廣白醫治，像一陣風出了內屋。

「這沈家的丫頭……」

林廣白將目光投回床上的秦北霄，說來他自幼行醫，如今也大半輩子了，第一次見受此重傷都還不死的人，足見這少年意志之強。既然命不該絕，何不幫他一把？

沈芷寧坐在屋外的臺階上撐著下巴等著，雲珠在她旁邊，忍不住問了自己最好奇的問題。「小姐，這裡頭的人到底是誰啊？您為何要救他？」

是誰？

沈芷寧沈默了一會兒，認真回答。「算是恩人。」

雲珠不知道自家小姐什麼時候還有個恩人了，但小姐這麼說，肯定有她的道理，也便不再問了。

等了許久，才等到屋門打開，林廣白頂著疲憊的面容出來，沈芷寧連忙站起來，快走到他面前。「林大夫，怎麼樣了？」

「接下來好好調養一段日子，應該無大礙了。對了，他的右手除了燙傷，筋骨是盡斷的，這隻右手也算是半廢了，叮囑他啊，以後右手莫拎重物，不然傷情會越來越嚴重。」林廣白見沈芷寧就要進屋門，道：「哎，妳先別進去，老夫還有事與妳說。」

沈芷寧乖乖站住了，看著林廣白從藥箱裡翻出好幾瓶瓷瓶和幾張方子，翻出來後，一邊指著一邊說：「妳記住了，這瓶是給那小子每日敷身上的傷口，這瓶是敷他手上的燙傷，這瓶要塗在他的右手腕處，其餘的這兩張方子是要抓藥煎給他喝，什麼時候喝、怎麼喝，等下老夫再寫個方子給妳。」

「多謝林大夫！」沈芷寧笑著接過了林廣白遞過來的幾張方子，又問：「林大夫，這麼些方子我得給你多少銀子啊？」

林廣白捋了捋鬍子，回道：「去零湊個整，一千五百兩。」

沈芷寧的笑容一下子僵了。「什麼？一千五百兩?!林大夫，你莫不是在搶錢吧？」

「什麼搶錢！光給那小子吊命的那支人參就值多少銀子了！」林廣白橫眉豎眼。「若不是妳這丫頭說要給我抄錄醫書，我今兒個還不來了。」

「好好好，林大夫，只是，能不能再便宜些？」

一千五百兩啊……沈芷寧都要被這個數給嚇死了，前世這個數可供她們一家生活多久了，雖說現在硬要湊一湊也是能拿得出來的，可一想到這麼一大筆錢就要給出去，她的心彷佛有人在拿刀割著。

林廣白堅決搖頭。「就這個數。」

沈芷寧深吸了一口氣，罷了罷了，給就給吧，誰讓她上輩子欠秦北霄，若不是他經過，她、她娘、雲珠怕是都得橫死當場，慢慢還吧。如今她重來一世，那一世就算她去了，雲珠手頭有那些錢，也能帶著娘好好活著吧。

「行，那過幾日我湊好讓雲珠給你送過去。」

「好。」林廣白揹起藥箱，最後臨走前又來了句。「別忘了答應老夫的醫書，記得到時候和銀子一道送過來。」

沈芷寧立刻默唸。

她欠秦北霄的，她欠秦北霄的，她欠秦北霄的……嗚嗚嗚。

林廣白揹著藥箱走了，沈芷寧回屋子再看了一眼秦北霄。

他身上的傷口林廣白都已經包紮好了，手上與額頭上也都塗了藥，相比於之前，倒像是破碎的陶瓷被人一一拼回，但裂縫依然在。

沈芷寧嘆了口氣，雖比之前好了許多，但比之他以後的風光，眼下也算是狼狽至極了吧。

「雲珠，妳把藥瓶和藥方收一下，林大夫說要一日三碗灌下去，現在也沒處去抓藥了，等明日天一亮我們再去抓藥。」

沈芷寧說完，轉身出了內屋，即將跨過門檻時，她鬼使神差回頭看向內屋，隔著那薄如蟬翼的紗簾，看向躺在床上的秦北霄。

不知看了多久，直到雲珠拉了拉她的袖子，沈芷寧回過神笑了笑。「哎呀！想事情想傻了，我們快走，要是被娘親發現不在屋子裡都不知道怎麼解釋，妳可別說漏嘴啊雲珠！」

說罷，沈芷寧拉著雲珠偷偷溜回了文韻院，就當一切未發生過。

到了次日，天還未亮，沈芷寧一骨碌起身，穿衣漱洗後就趕著去了沈府的藥房抓藥，抓完藥後讓雲珠去煎藥，煎好給秦北霄送去，自個兒再陪娘親用早飯，這是慣例。

到了陸氏的屋子，沈芷寧沒吃幾口便要走了，陸氏沒來得及喊她回來，看著風一樣的背影嘆了口氣。「這丫頭也不知道去幹麼，這麼急。」

「能去幹麼？咱們五姑娘無非是往藏書閣跑，」常嬤嬤在旁道，又壓低了聲說：「要老奴說啊，以咱們姑娘的天賦要是去書院，指不定能壓過大房的那位……」

陸氏搖了搖頭。「以後這話莫說，萬事都抵不過她自個兒開心，她不願去，我也不想她去遭人嘲笑。」

這邊，沈芷寧來到了明瑟館。

白日的明瑟館少了幾分陰森昏暗，多了幾分古調蒼韻，石階邊緣爬有青苔，院中大槐樹偶爾飄下來的綠葉落在白石道上。

微風陣陣，吹起她的雲碧衣袂，吹響遠處廊檐下的風鈴。

沈芷寧一下看往叮噹作響的方向，而看到風鈴下的秦北霄時，她本欲抬步的腳突然頓住了，也停在了原地。

他穿著襤褸的衣衫漠然地微靠著廊柱，廊下的陰影隱隱約約遮蓋著他的面孔，卻遮不住他五官那極致的凌厲。

他那隻未受傷的左手，骨節分明，端著一白色瓷碗，而那白色瓷碗明顯是傾斜的，裡頭的藥一一倒在了髒污的地上。

沈芷寧看此場景，瞪大眼睛，立刻跑上前。

「你瘋啦！」她傾身想奪過秦北霄手中的碗，讓他別倒了。

秦北霄的手馬上避開，沈芷寧撲了個空，反而直直地撞到了他的胸膛。

「好痛啊。」沈芷寧捂著鼻子不停地揉著，這也太硬了，像塊石頭似的！

秦北霄冷漠的目光落在撞到他面前的沈芷寧身上，不過一眼，他就退了幾步，害得沈芷寧差點踉蹌摔倒。

「你不要再倒了！」沈芷寧喊著，還是追上前，想將藥碗拿回來。

哪料她一下搶翻了藥碗，剩下的那些滾燙的藥灑在了秦北霄的衣裳、手臂，還有他那已被燙傷的右手上。

那隻右手已是百孔千瘡，這藥又是滾燙，一下灑上去，可想知道有多痛。

但秦北霄沒有任何反應，掃了一眼自己的右手，面色冷淡，轉身走回了自己的屋子。

沈芷寧一愣，連忙追了上去。「對不起，你的手……」

他停下腳步，負手轉身，那雙狹長的眼眸微抬，漠色盡顯。「知道愧疚還留在這裡礙眼？還不快滾！」

這個人什麼脾氣?!

那日東門大街她聽秦北霄對程琨說的話就知道此人毒舌，卻沒想到原來他性格差成這樣！這說的都是什麼話？

沈芷寧忍住氣，深呼吸。

算了算了，自己救的、自己救的、自己救的。不生氣！不生氣！不生氣！

平復下心情後，沈芷寧對秦北霄道：「我會走的，用不著你催我。只是方才你倒的是我給你的藥，這藥你得喝，而不是倒了它，喝了它你才會好起來。」

「妳算何人？給的藥我就得喝？」秦北霄刀一樣的眼神落到沈芷寧身上。

這人嘴裡能有句好話嗎？好歹她也是他名義上的救命恩人，對救命恩人就是這種態度嗎？啊？

沈芷寧嘀咕了一句。「好心當作驢肝肺。」

說完這話，見秦北霄眼神又掃過來，她立刻笑著道：「我沒有惡意，只是發現你傷成那樣，就找大夫配了藥，你要是不相信我，我也可以當場喝給你看，藥得喝的，不喝你的身子就好不了了。」

「誰說好不了？」

秦北霄剛說完這句話，就感覺頭一陣暈，不得不扶了扶案桌。

「你看！我說對了吧？你看你就得喝藥，還把藥倒了。」

沈芷寧一邊說、一邊跑過來扶住秦北霄，秦北霄不喜這種觸碰，想推開，然而還未用力，人就失去了意識。

不知過了多久，秦北霄逐漸清醒了過來，撐開沈重的眼皮，隱約見那女子坐在他的床頭，手中端著那白瓷碗，一邊用勺子舀、一邊吹著。

除此之外，遠處案桌上還放著一小火爐，冒著熱騰騰的蒸氣，傳來陣陣米香。

沈芷寧吹涼著藥，還未吹幾口就感覺秦北霄撐著身子坐起來了，轉過頭一看，他面色依舊蒼白至極。

她喜道：「你醒了就好。」又將藥遞到秦北霄嘴邊。「快將藥喝了吧。」

秦北霄那雙眼眸依然淡漠，眼神輕飄飄落到沈芷寧身上，什麼話都未說，但顯然是不肯喝的樣子。

沈芷寧感受過這眼神，雖然秦北霄還年少，沒有那日在東門大街上那般讓人懼怕，眼下卻也不是那麼舒服。

這個人怎麼這麼難搞？

說來她也見過許多人了，可第一次見到脾氣、性格這般差的人，就算那日他把她的眼淚擦了，說的話也是極為不好聽，想到這兒，那堆銀票又浮現腦海，以及，負擔與壓力卸下的那一刻，絕望中還有一絲希望的喜極而泣。

「如若你不肯信我，我也可以喝給你看，只是這藥你得喝。」沈芷寧這會兒認真道，說著，舀起一勺就要喝下。

他的左手壓住了她的右手，冰冷堅硬，阻止她喝藥，他便鬆開了，繼而冷聲道：「無所謂信不信妳，妳到底是何人？」

「這裡是沈府，我是沈家的女兒，排行第五，叫沈芷寧。」沈芷寧覺得目前得消除秦北霄對她的不信任，於是繼續道：「我是昨日在祖母屋裡聽說明瑟館有人住進來了，我自個兒調皮，就跑過來瞧瞧，沒想到看到你受了這麼重的傷，便請大夫來了。」

秦北霄眼眸微抬。「妳跑來明瑟館正常，但這房間偏僻，妳未過來轉轉便走，反而是找到了這個房間；妳請來大夫也正常，但大清早跑來硬要我喝藥，灑了一碗又來一碗，這番執著，可不是對一個陌生人的態度。」

沈芷寧眼皮狠狠一跳，再抬眼看他，他那狹長的眼眸極具侵略性，壓迫得她心跳都因緊張而加快。

「妳有目的。」

秦北霄此人，現在就算還是少年，也是極不好對付。

沈芷寧歪頭，假裝流露一絲懵懂。「我聽不懂你的意思，我就是過來看了幾眼，娘親和我說過不能見死不救，便請大夫來救了你，這藥也是大夫叮囑要吃的，要悉聽醫囑啊！」

她現在最好的偽裝就是如今自己這豆蔻年紀，想來秦北霄極為心思縝密，應該也不會想到重生這荒誕之事吧！

「看來這世上真有人存有這無謂的善心，可笑。」秦北霄眉毛微挑，眉梢帶著幾分譏諷。「不過，沈五姑娘，我既不會感激妳救了我，若我今後得勢，反而第一個殺的就是見過我現下境況的人。」

是的，他確實不會想到重生這荒誕之事，但他性格實在惡劣極了！

既然如此，那她就沒有必要跟他客氣什麼了。

她都花了這麼多錢，今天這藥，他不喝也得喝！

沈芷寧放下藥碗，起身找了一根繩子來。

秦北霄本來還不知道沈芷寧要搞什麼鬼，看她拿了繩子來，心裡似乎有一種不祥的預感，緊接著看繩子甩至床上，她一隻手拿著一端，就要往他的左右手招呼。

秦北霄意識到了她要做什麼，面若冰霜，想立即下床，未料被沈芷寧堵住了。

沈芷寧笑嘻嘻道：「你別想逃啊！」

說罷，沈芷寧特地用了平生最大的力氣，將秦北霄的雙手綁在架子床上。

第六章

秦北霄面上浮現難以置信的表情，用力想掙脫繩子，發現無用後，整張臉沈了下來，咬牙切齒。「妳膽子是真大。」

被秦北霄這樣的口氣威脅，沈芷寧心底還是有一點懼怕的，縮了縮腦袋，繼而又大著膽子揚起下巴道：「是你先不乖，我才出此下策的！」

此話說完，沈芷寧將藥碗端起，遞到秦北霄嘴邊。

秦北霄偏頭，眼神憤怒。「拿走。」

沈芷寧不拿走，甚至上了床，就在秦北霄的一側，故意說道：「你好像很討厭和我觸碰，你要真不喝，我就先喝然後餵你。」

「不、知、廉、恥！」秦北霄的話從齒縫中一一擠出來。

沈芷寧笑了，笑聲清脆，笑完端起藥碗喝了一口。

好苦。

忍著苦意，沈芷寧皺眉漸漸湊近秦北霄，她的動作很慢，就想等秦北霄反悔。

秦北霄被綁住的拳頭緊握，胸口堆積的是幾乎要控制不住的憤怒，他想發作，若他現在未受傷，他定要扭斷這個女人的脖子。

想到此處，秦北霄的目光移到她的脖頸處，纖細嫩白，就如剛燒出來的白瓷，賞心悅目，從下頷至此，線條流暢得動人。他微微皺眉，抬眸，正巧又對上了她的眼睛，澄澈似清泉，而那靈動宛若林間小鹿，她已離自己很近，隱約間少女幽香縈繞鼻間。

他最不喜女人香料，可這幽香不討厭，甚至……想要更多。

意識到這點後，秦北霄的眉頭越皺越緊，而此時，沈芷寧的臉也盡顯在他眼中，朱唇略顯俏麗，脖頸更為動人，特別是那雙眼睛，長睫投下的陰影都蓋不住的驚豔。

隨著她越來越近，直至二人近在咫尺，溫熱的呼吸都能感知，秦北霄喉結微微滾動，低沈道：「走開，我喝。」

「這就對了！」

沈芷寧立刻起身，將口中的藥飲了下去，繼而想將藥碗遞到秦北霄嘴邊，想餵他喝。

「鬆開繩子，我自己喝。」秦北霄皺眉道。

「不行，到時候你又不肯喝怎麼辦？」沈芷寧道。

「妳綁得了我一次，難道還綁不了我第二次？」秦北霄反問。

說得也是，現在他還受傷著，既然綁了他一次，也定能綁他第二次，沈芷寧想到這兒，伸手將繩子鬆了。

這次秦北霄確實沒有反悔，接過藥碗就喝了，幾乎是一飲而盡，隨後還不耐煩地將空底的藥碗給沈芷寧看了一下。

「好，太好了。」沈芷寧笑得眼睛都彎了起來。「這樣才能慢慢好起來，以後身子也不會留下病根。」

說到這兒，沈芷寧的笑容一頓。

她重生回到這個年紀，救了秦北霄，那上輩子呢？他也是活下來了，是誰救了他？

那日在東門大街看到的他，他衣物裹得很厚，臉色似乎也有些蒼白，那他的身子是一直都沒好，顯然這病根是一直留著的。或許昨日那危機情況，還真是他自己挺過來的？

想到此處，沈芷寧複雜的目光停留在秦北霄身上。

秦北霄皺眉。「還不滿意？」

沈芷寧升起的那幾分同情與憐惜立刻散去了，回道：「當然，喝完藥之後還得上藥呢。雲珠，妳把林大夫給的幾個瓷瓶拿過來。」

待雲珠拿來放在一旁後，沈芷寧想拉過秦北霄的右手上藥。

秦北霄躲開了，冷聲道：「不必。」

「要上藥，這是大夫交代的。」沈芷寧苦口婆心。「這樣之後才能好起來。」

秦北霄唇角微翹，帶著幾分譏諷，將自己不堪入目的右手不加掩飾地放在床榻上，讓沈芷寧看看清楚。「妳確定這還能好起來？」

這在油鍋裡滾過的手，就算是天王老子來了也無法恢復原樣，他自己看了都觸目驚心，更何況是她這個小姑娘。她方才可能未注意，眼下這毫無遮掩地露在眼皮底下，有幾個能不怕的？

秦北霄等著她逃走或尖叫。

但沒有，反而等到了她一句自然的抱怨。「要是喝藥沒拖這麼久，早就可以上藥了，瞧瞧，你手成什麼樣子了。」

她說完這句話，又喊了雲珠。「雲珠，妳拿幾根銀針與蠟燭來。」

秦北霄眼中流露出一絲驚訝，不過轉瞬即逝，接下來全程一句話都未說。

等雲珠將蠟燭與銀針拿來，沈芷寧先將秦北霄的右手放在乾淨的白布上，這次秦北霄沒有反抗，沈芷寧有些意外，但也沒有多想，而是拿起一根細小的銀針置於蠟燭的火焰上。待針尖發黑，她的指腹也微微感受到燙意後，將針尖在白布上擦了擦，繼而開始挑秦北霄右手的水疱。

他的右手確實極為怵人，燙過的疤痕遍布，水疱有些鼓起、有些潰爛，幾乎沒有一處好皮，與他的左手相比彷彿就是兩個極端。

秦北霄說得對，這隻手就算治好，樣子也恢復不了原貌了。怪不得前世他右手戴著玄鐵套，任誰也不願意自己這隻手露在外面吧？

想到這兒，沈芷寧又想起他那冰冷的鐵指尖劃過自己臉頰的戰慄，這戰慄又使她回過神，她開始專心給他上藥。

接下來，沈芷寧目不轉睛，認真小心地將一個個水疱挑破，膿水流出沾到了她的指尖上也毫不在意。

挑完了好幾個大的水疱，她再將瓷瓶中的藥一點一點敷上。林廣白囑咐過，這藥不能敷得過厚不透氣，也不能過薄沒效果，講究的是一個恰到好處，這考驗的是一個細緻，整隻手敷完後，沈芷寧的眼睛因為長時間盯著沒眨眼，已經有些泛紅了。

隨後，她再打開另外一個瓷瓶，蔥白玉指點上膠狀的透明藥物，輕輕柔柔地揉在秦北霄的手腕處。

一切結束後，用紗布一層一層包好。

而全程，秦北霄都沒有說一句話，就連沈芷寧給他的紗布打上了極為漂亮也極為秀氣的結，他也沒有開口嘲諷，安靜地有些可怕。

沈芷寧抬頭看他，他的面色淡漠，眼睫陰影下的眼睛更讓人猜不透心思。

「手好了，那你身上……」沈芷寧試探道。

「我自己來，妳走吧。」秦北霄淡聲道。

沈芷寧「哦」了一聲，又轉頭看了眼窗外，看太陽高升，驚著跳起身。「快午時了，我得趕緊走了，娘親還等著我吃飯呢！」

說罷，她便趕緊跑出了屋子，雲珠也跟在後頭。

人走了，屋子裡就是一片靜寂。

秦北霄垂眸，看了好一會兒自己右手包的紗布以及上面那個可笑的結，然後才慢慢脫下身上殘破的衣物，露出滿是傷痕的上半身，開始慢慢上藥。

沈芷寧跑回了文韻院，方進了院子，就見著一熟悉的身影，穿著青竹色長袍，提著花灑，站在院子的花圃前。

沈芷寧慢下了腳步，顫抖著聲音叫了一聲。「哥哥？」

沈安之聽到這一聲，轉身溫和笑著，用手比劃著。

「阿寧回來了？快些進去吧！娘等妳好久了，我澆完這些花便進去……」

他未比劃完，沈芷寧已撲到他的懷裡。

沈安之一愣，感受到沈芷寧在他懷裡啜泣，整個人微微顫抖，他慌亂了，可他又說不出話，只能張了張嘴巴，又開始比劃。

沈芷寧知道自己哥哥急了，便連忙忍下眼淚。

其實她也不想哭的，她雖然知道眼下回到了小時候，娘親未病，哥哥與爹爹也未逝去，可真正看到哥哥就這麼活生生地站在她面前，她就是控制不了自己的委屈與激動。

那些事，她都是實實在在經歷了，是她收到了父親死在流放路上的書信，也是她被人接引進入牢房，看到哥哥被白布蓋住的屍體。

如今哥哥還在，一切都還在，她還可以改變。

沈芷寧胡亂擦乾了眼淚，笑著道：「無事，哥哥，我就是許久未見到你，想你了……我們快些進去吧！娘親要等急了。」說罷，便拉著沈安之的手。

沈安之無奈地笑了笑，將花灑放在一側，由著沈芷寧拉他進屋。

陸氏已讓人準備好飯菜，見沈芷寧與沈安之進來，喜悅一下爬上了眉梢。「芷寧、安之回來啦？吃飯啦。」

沈芷寧過來挽著陸氏說了會兒親密話，再是三個人一道用飯，說說笑笑，用完飯後，沈芷寧去永壽堂抄經。

到了永壽堂，正巧見沈玉蓉跨上臺階，身後幾名侍女端著托盤，放著筆墨紙硯，她的貼身侍女見到沈芷寧後，貼在沈玉蓉耳畔低語了幾句。

沈玉蓉轉身，眼中有著一絲嫌棄。「五姊也來了，是來祖母這兒抄經的嗎？這等抄經的事啊，五姊還是不要來才好，畢竟祖母要的經書可是要供奉給佛祖的，五姊抄的經書，恐怕佛祖看都不要看，回頭還損了祖母的福德。」

沈芷寧笑了笑，回道：「挑人是祖母挑的，祖母挑了我抄經書，妳卻說我損祖母的福德，也不知六妹妹是在罵我還是在罵祖母。」

沈玉蓉怒目圓睜。「叫妳一聲姊姊，妳倒還端上了？也不看看妳這窮酸樣做不做得我姊姊？些許日子不見，妳是伶牙俐齒了，且等著，看看祖母到底選誰！」

說罷，她便快步進了堂內，身後的侍女也魚貫而入。

沈芷寧聳聳肩，跟著進了永壽堂。

沈玉蓉剛進去，笑容還未堆滿，就看見已坐在一側喝茶的沈繡瑩，一下子沈了臉色。

沈繡瑩放下茶碗，假裝沒看到沈玉蓉的黑臉，起身行禮。「妹妹見過六姊姊，六姊姊今日穿的這衣裳真是襯人，妹妹瞧著姊姊要比以往都好看許多。」

沈玉蓉的臉色更難看了。

說這什麼話？言下之意不就是說她靠衣服撐著嗎？

沈玉蓉冷笑道：「謝七妹妹誇獎了，不過姊姊瞧著妹妹也不知怎麼回事。」一邊說著，她一邊嫌棄地挑了挑沈繡瑩的衣裙，又像是碰了什麼髒東西趕緊拍了拍手。「這一身過時的衣物也敢走進永壽堂。」

沈繡瑩眉間現出一分怒意，但很快紅了眼眶，泫然欲泣。「六姊姊不想見到妹妹來嗎？

妹妹只不過是想盡點孝心，給祖母送點親手做的糕點來。姊姊怎的這麼說妹妹？」

沈玉蓉最不喜沈繡瑩這裝模作樣，剛要發怒，就見祖母從側間被許嬤嬤扶著出來了，趕緊做乖巧狀，堆起笑臉道：「祖母安好。」

沈老夫人看了她一眼，淡聲道：「妳也來了啊！」

「是啊，玉蓉今日來是幫祖母抄佛經的，娘親說了，祖母虔誠，那我這個做小輩的自也不能落下，也要來替祖母分擔分擔。」

沈老夫人聽了，輕輕嗯了聲。「那妳等一下和芷寧一塊兒去隔壁抄經吧。」

此話一出，沈玉蓉眉開眼笑，連忙道：「是，玉蓉定會好好抄，不會讓祖母失望的。」

一旁的沈繡瑩眼中閃過一絲厭惡，啜泣聲更大。

「哎喲喲，七姑娘怎麼哭起來了？」許嬤嬤道，說著上前遞了帕子。「發生何事了？」

沈繡瑩將方才發生的事複述了一遍，可她說得極為微妙，加上沈玉蓉說的話確實過於跋扈，一下顯得沈玉蓉霸道無理起來。

待沈繡瑩說完，沈老夫人還未說什麼，沈玉蓉已開始大聲哭訴了。

這樣的場景，在上輩子沈芷寧也見過幾次，但她出來的次數本就不多，卻總能遇上這種事，可想而知這些事有多頻繁。

眼下她什麼話都不說，只安安靜靜站在這二人身後。

偏生就是這樣的她，比沈玉蓉與沈繡瑩更吸引沈老夫人的目光。

沈老夫人最不喜內宅的勾心鬥角，也嫌這樣的事吵鬧，什麼話都不說，就由許嬤嬤將事情掰扯清楚了，對沈玉蓉與沈繡瑩各自批評了幾句，而明顯對沈玉蓉批評得更重。

沈繡瑩帶著笑意回去了，沈玉蓉帶著幾分怒氣進了隔間與沈芷寧一起抄經。

「過去點，莫要擠著我！」沈玉蓉將要抄的經書甩在沈芷寧旁邊，氣鼓鼓地坐在一旁的椅子上。「真是晦氣！」

沈芷寧笑了笑，用筆蘸了蘸墨汁，繼續低頭抄經。

「妳笑什麼？」沈玉蓉轉身道：「今日四房那賤蹄子欺辱我，如今連妳這傻子也敢嘲笑我?!」

「六妹妹一口一個賤蹄子，一口一個傻子，看來今日被許嬤嬤批評得還不夠，是要祖母出面才知道自己錯在哪兒了。」沈芷寧道。

「難道她不是賤蹄子？妳不是傻子？我又說錯了什麼？」沈玉蓉斜看了一眼沈芷寧，嘲諷道。

沈芷寧神色不動，好似再大的事都打擾不到她抄經。「六妹妹覺得自個兒沒說錯，為何方才在祖母面前不肯說呢？既然認為是對的，又為何要否認？」

沈玉蓉聽到此話，被戳破了心思，更為惱羞成怒，剛要說什麼，又見沈芷寧轉頭，那雙眼眸冷靜自持，與以往的她一點都不像。「六妹妹，有了七妹妹方才的先例，若是我現在還出去告妳一狀，一下子兩個姊妹都說妳不好，妳猜祖母信妳，還是信我？」

這是明晃晃的威脅了。

「有本事妳就去說，就算祖母不護著我，還有我娘護著我，妳也是個賤蹄子……」沈玉蓉罵罵咧咧。

「姑娘，咱們就別和她一般計較了，快些抄經吧！」沈玉蓉的貼身侍女低聲提醒道：「等會兒怕是來不及了。」

沈玉蓉冷哼一聲，瞪了沈芷寧一眼，再吩咐人磨墨，開始抄經。

沈芷寧心底嘆了一聲，總算不吵了。

這回抄經與上次是一樣的時間，也是從下午抄到傍晚。不過沒抄到半炷香，沈玉蓉已經開始喊累了。

又抄了會兒，她不耐煩地翻著經書。「還有那麼多。」

旁邊的貼身侍女給沈玉蓉揉著手腕，輕聲道：「姑娘快抄吧，抄完就好了。」

沈玉蓉用力拍了侍女的手背，手背上一下泛起了紅，用力之大，侍女疼得紅了眼，沈玉蓉怒斥。「要妳多嘴！」

說完這話，她又看了一眼一旁的沈芷寧，見她一直安安靜靜地抄著經書，心裡的煩躁更甚，腦海裡想起娘親與她說的話：好好抄經書，要讓祖母滿意，這樣才會選妳進永壽堂，知道了嗎？

這永壽堂她是一定要進的，而她怎麼可能輸給一個傻子？傳出去不是要讓人笑話死了？沈玉蓉想到這兒，又開始拿起筆抄經。

可她向來是個驕縱的主，又被莊氏寵壞了，從未做過這等吃力又細緻的活。這次未抄上幾頁，她就喊著累，但眼下儘管累，也得撐著寫下去。

第七章

為了比沈芷寧快，又想盡快抄完，沈玉蓉加快著速度，幾乎不斷筆的寫著，寫出來的字個個連在一塊兒，慘不忍睹。

未到黃昏，沈玉蓉就甩開了筆，拿起經書就想給祖母看，但走到隔間門，她停頓了腳步，轉頭看著正在認真抄經的沈芷寧，眼中閃過一絲惡毒。

她假裝整理硯臺，繼而趁沈芷寧不注意，將硯臺中的墨水倒至沈芷寧抄的經書上。

一旁的雲珠睜大眼睛，大聲道：「妳幹麼?!」

沈玉蓉看了眼沈芷寧被墨水沾滿，看不清任何字樣的經書，笑彎了腰。「哎呀，五姊，真是不好意思，我手抄得快瘦死了，這才沒有拿穩硯臺。」

「妳就是故意的！」雲珠氣得身子顫抖。

「好了。」沈芷寧阻了雲珠。「再重抄一份吧。」

等沈玉蓉出了隔間，雲珠紅著眼道：「姑娘，您怎麼就不和她好好理論理論？您這會兒再抄肯定抄不完，回頭老夫人問您要，您也是沒有的，還不如現在把這事與老夫人說一說，她定不會責怪您的。」

「哎呀，乖雲珠，妳別氣，妳不清楚祖母的性子，她確實不會責怪。」沈芷寧攤開一本新的空白經書本。「但她就是不喜這種事，妳瞧她今日對待沈玉蓉與沈繡瑩的事上便可看出來，她都不想親自出面，全讓許嬤嬤處理了。而且，我眼下重抄一本，也不是什麼壞事，福禍相依，先把經書抄完了，回頭再找沈玉蓉算帳也不遲。」

說完，沈芷寧重新開始抄了起來。

等沈玉蓉出了永壽堂，沈老夫人隨意翻看了下她抄寫的經書，眉頭越皺越緊，最後劈手將書甩至地上，發出「啪」的巨響。

「真當我是老糊塗來糊弄！」

「老夫人氣什麼呢？這好歹也是六姑娘的一片心意。」許嬤嬤連忙上前撿起經書，翻了幾頁，臉色也難看了起來。「這經書，六姑娘怎麼抄成這樣了？」

字沒有一個是端正的，連排列都是歪七扭八，看著極為不舒服，想來是隨便抄的。

「無非就是趕工，緊著任務交上來便好了。」沈老夫人冷聲道：「還以為在我面前至少也會裝裝樣子，瞧瞧，這抄的是什麼東西？」

許嬤嬤笑了，將經書給了一側丫鬟。「拿去燒了吧。」又對沈老夫人道：「老夫人，恐是裝也不會裝，這事到底是個吃力活，平日裡未做過這事的嬌嬌小姐，是撐不下去的。」

「還是裡頭那個好。」沈老夫人道。

許嬤嬤一聽，笑意更深，說來老夫人實在是個不會誇人的主，這會兒能說出這句話，怕是極其認可五姑娘了。

這會兒，一直在隔間外的丫鬟過來，在許嬤嬤耳畔耳語了幾句。

「此事當真？」許嬤嬤問。

見那丫鬟點頭，許嬤嬤便向沈老夫人如實稟告。「方才隔間外伺候的秋露與老奴說，六姑娘走時，還將墨水全灑在五姑娘的經書上，五姑娘抄了一大半的經書全毀了，眼下只能重新抄起了。」

「小小年紀，暗箭傷人、陽奉陰違玩得與她娘一個樣，這樣的人要是讓她進了永壽堂，怕是我身邊不得安寧了。」沈老夫人冷笑道。

說完，沈老夫人起身。「走吧，妳隨我去瞧瞧那丫頭。」

這是沈老夫人第一次提議要去看，一直對沈芷寧很是滿意的許嬤嬤更是高興極了，忙扶著沈老夫人的手。「老夫人您慢點，五姑娘要是見您過去，恐怕也高興，抄經書也暢快了。」

「我不進去，就在外頭瞧瞧。」

沈老夫人與許嬤嬤走至隔間外，目光越過窗，看見裡頭的女孩挺直著腰板，認真地抄寫經書，完全不受外界打擾，似乎也沒有被沈玉蓉潑墨一事影響了心情。偶爾抄累了，她就揉揉手腕，接著繼續抄，沒有停下來過。

身旁的貼身侍女心疼說：「小姐，要不咱們歇一會兒，抄到現在，您連口水都沒喝。」

「抄完再喝吧，來不及了，這經書今日得交給祖母。」

「這明明就是六小姐鬧的事，小姐，您何苦如此？」

「傻丫頭，妳的話我哪裡不懂？我這會兒去跟祖母說，定是能免了這頓抄。可妳想，沈家的女兒除了大房，哪一個不想進永壽堂？我也想。這世上沒有白得的好處，任何事都需要靠自己爭取的，在我們眼裡是因為別人惹事所以才未抄完，可結果便是沒有抄完，就算有再多的理由就是沒抄完，我現在抓緊時間便能抄完，為何不抄呢？」

沈老夫人與許嬤嬤聽了這番話，互相看了一眼，隨後走回了內堂。

「五姑娘是真的直言不諱。」許嬤嬤笑道：「咱們這事都是放在檯面下來說的，她倒是直接說出來想進永壽堂。都說二房的六姑娘膽子大，我瞧三房的五姑娘膽子也大。」

沈老夫人坐回了上位，端起茶碗，回想著方才沈芷寧說的話，眼中閃過一絲笑意。「我倒是喜歡這性子。」

沈芷寧抄到天色漸暗，廊檐下都點上了燈，整個沈府籠著一層暖黃的光亮，才緩緩放下了筆。她不敢一下子放得太快，以免手腕過於刺痛。

今日該抄的已經重抄完了，沈芷寧一一翻看，將其整理好，才出隔間門。還未出隔間門時，看到了門外伺候的秋露，繼而轉身悄悄問了一句雲珠。「祖母有派人問過這邊的情況嗎？」

雲珠搖頭，也同樣小聲回道：「沒派人來問。」

沈芷寧輕輕「哦」了一聲。「這麼晚了都沒派人過來，恐怕是知道發生什麼事了。」說罷，出了隔間門，進了內堂。

內堂的燈也都點起了，沈老夫人微倚著案桌，翻看著經書，見她來了，抬頭道：「抄好了？」

沈芷寧眉眼一彎，笑著嗯了一聲，將經書放至祖母手搭的案桌上。

沈老夫人翻開，一頁一頁看了過去，面上雖不動聲色，心底卻是滿意至極。

說來，她活大半輩子了，什麼樣的人，什麼樣的字沒見過？

而這丫頭的字，是鑽進她心眼的喜歡，就如其人一般，字裡行間都透著幾分靈動，且這個年紀的孩子，力道多半不夠，可她的字卻是筆力勁挺，力透紙背，這般抄下來，手指與手腕恐是痠疼得不行。

她性情向來淡漠，這會兒對眼前的這丫頭，竟升起幾分憐愛，慢慢道：「抄得不錯。方才我讓小廚房做了幾道菜送到文韻院，看妳昨日吃得挺香，都是時興菜，快些回去吧，免得餓了肚子。」

在旁的許嬤嬤聽了這話，眼中滿是稀奇，笑道：「那老奴送五姑娘出去。」

沈芷寧隨著許嬤嬤出了屋門，待走至院門時，許嬤嬤道：「五姑娘回去用熱毛巾敷一敷手腕處，今日的事五姑娘受委屈了。」說完這話，許嬤嬤便沒有繼續再說的意思了。

許芷寧沒有追問，點了點頭，與雲珠一同往文韻院走。

剛出了永壽堂，雲珠就道：「小姐說對了，老夫人還真知道這事了。」

「不知道也難，畢竟就在自個兒眼皮子底下，沈玉蓉這個人一向驕縱，自是不知道收斂。」沈芷寧捏了捏雲珠的小臉。「走吧，回文韻院。」

永壽堂與二房的雲蘊樓極近，雲蘊樓也是回文韻院的必經之路，過了聽香水榭，沈芷寧就見到遠處長廊延伸的依水亭中，沈玉蓉正在喝茶吃點心。

走到依水亭旁，果不出意料地聽見了沈玉蓉的聲音。「五姊姊抄到現在才從祖母那兒出來嗎？想必餓了吧！來，妹妹特地在這兒給妳備了點心，姊姊來嚐嚐。」

說完，笑聲不斷。

沈芷寧走近瞧了幾眼她所說的點心，白色糕點上沾滿了污漬，想來是掉在地上，再被撿回來的東西。

她挑眉，走到放著點心的石桌旁。

「就是個傻子。」沈玉蓉一點都不忌諱，大聲嘲笑道：「她還真打算去吃這些垃圾。」

這話說完，沈玉蓉只感覺頭頂一陣涼意，繼而是茶水流下，從她的頭頂流至衣物，直至全身。

她一下子未反應過來，愣在原地，嘴巴張大，轉身便看到沈芷寧拎著茶壺往她頭上淋。

「啊！」沈玉蓉瘋狂大喊，又對周遭下人怒罵道：「還不快把她給我拉開，要妳們有何用?!」

周遭下人連忙上前。

「怎麼，現在還有下人對主子動手的道理？」沈芷寧道：「六妹妹，真不好意思，今日我抄得手瘦死了，本想喝口水，誰知這手不聽我使喚了。」

沈玉蓉氣得胸膛不斷起伏，整個人都快炸了。

她活到現在，哪有被人這麼欺負過？

「妳給我等著！」沈玉蓉轉身就走，身旁的僕人也都跟上。

「小姐，怎麼辦？六小姐肯定去叫二夫人了。」雲珠慌了，連忙拉著沈芷寧的袖子道：「二夫人那個性子，一點小事就要鬧個天翻地覆，更何況、更何況……」

「要的就是天翻地覆。」沈芷寧慢悠悠道，又轉了個調輕笑。「雲珠，妳別慌，聽我說，今夜我不會好過，定是回不去了，屆時妳莫要聲張，就像無事發生，先回了文韻院，告訴娘親我累了先歇息下了，次日一早再去告訴祖母到底發生了何事。哦對了，別忘了去給明瑟館送藥。」

雲珠似懂非懂地點頭，又哭喪著臉。「小姐……」

沈芷寧拍了拍雲珠的腦袋，沒有說話，先往文韻院的方向走著，過了許久才道：「雲珠，我們不能像以前那樣忍氣吞聲了，今日是一個好時機。」

雲珠聽不明白自家小姐的意思，但目前也只能按照小姐的話做。

沒有多久，主僕二人離文韻院還有一段距離，就被一群人帶到了沈家正堂。

未進正堂，就聽到了莊氏的謾罵。「大嫂！妳瞧瞧玉蓉身上這樣子，竟被那孽畜弄成了這樣，如今才剛初春，一不小心就惹了風寒，玉蓉的身子又這麼弱，那個沒心肝的賤蹄子是想要玉蓉的命啊！」

繼而是沈玉蓉的抽泣聲。

沈芷寧被幾個婆子押進了正堂，堂內燈火高亮，婆子、丫鬟多得數不勝數，堂上坐著徐氏，堂內站著莊氏與沈玉蓉。

莊氏一見沈芷寧進來，一個箭步衝上前，「啪」一個大巴掌就搧了下來。

這一巴掌用力之大，打得沈芷寧眼淚幾乎要湧出，臉頰是火辣辣的疼，還有腫脹的痛感，臉頰立刻浮現了一個巴掌印，嘴角流出了一絲血。

「小姐！」雲珠立刻撲上前，身後的婆子又拉住她。

莊氏厲聲道：「我以前只當妳是個傻子，乖巧還是乖巧的，沒想到妳今日竟敢潑妳妹妹茶水，我們沈家世代簪纓，怎麼就出了妳這禍害姊妹的東西?!」

沈芷寧輕輕抹去了嘴角的血跡，道：「二伯母只道我弄髒了她的衣裳，怎麼不說她口不擇言？難道我們沈府書香門第，就能出得了六妹這種滿口污言穢語的女兒？」

莊氏被這話激得更氣，又想要一巴掌打上沈芷寧的臉。

沈芷寧抬手擋了一下。「二伯母還沒有打夠？」

莊氏怒道：「誰教妳的規矩？長輩教訓妳，妳竟還擋下來了？我告訴妳，玉蓉是妳的妹妹，年紀也還小，說錯話也是常有的，妳作為姊姊不僅跟她計較，還潑茶到她身上，妳的心肝可真黑啊！妳給我跪下！」

說著，莊氏一腳踢了過來，沈芷寧吃痛單膝跪下，莊氏又是一腳。

「好了。」坐在上首的徐氏終於開口了。「方才芷寧說玉蓉口不擇言，玉蓉，妳到底說了什麼？」

「我不過就是與五姊姊開了句玩笑，沒想到五姊姊當真了，玉蓉也沒有想到五姊姊竟然會往我身上潑茶。」沈玉蓉抽泣道。

「我也是沒想到，在祖母那兒，六妹妹還往我抄的經書上潑墨。」沈芷寧慢慢道。

莊氏聽到這話也知發生了什麼事，立刻道：「本就是妳這孽畜不該肖想的事情，算是斷了妳的念想！潑妳墨是為妳好，妳也不想想妳一個傻子，拎不清楚，怎麼能在老夫人身邊伺候？再說，你們三房也配跟永壽堂搭上關係？」

「好了，這潑墨的事發生在永壽堂，我也不管了，只是眼下，確實是芷寧妳做得不對。」徐氏擺了擺手，面上透出一絲不耐煩。「妳去祠堂罰跪吧，不跪足一日，不得出來。」

「大夫人……」雲珠急了，想掙脫身後婆子的箝制，要替自家小姐求情。

這祠堂跪不得，跪個把時辰倒也罷了，可是要跪一日，還是這種剛出寒冬的天氣，豈不是要傷了小姐的身子？

沈芷寧回頭給了雲珠一個眼神，示意她一句話都別說。

雲珠急壞了，也氣得燒心。

明明就是六小姐先潑墨，害自己小姐抄經抄得手到現在還在顫抖，也明明是她先出口傷人，小姐才反擊的，憑什麼說永壽堂的事就不管了？憑什麼只罰小姐卻不罰她？憑什麼只針對小姐一人？這不公平，這根本不公平！

沈芷寧則沈默著，被帶去祠堂時，悄悄對雲珠說了一句話。「妳就照我先前的話做就行了。」雲珠抹著淚，看著沈芷寧的背影，心中辛酸更甚。

忍著心中苦楚與酸楚，雲珠抹乾了淚，先跑回了文韻院。

一般府中發生什麼事都不會有人來通知三房，這會兒陸氏自然也是不知發生何事，見雲珠一人過來，疑惑道：「芷寧呢？」

「小姐說累了，先回房歇息了。」雲珠扯著笑容道。

「這孩子，她祖母送了一大桌菜呢，這才什麼時候就睡了？罷了罷了，恐是累著了。」

雲珠這邊說完了就去煎藥，好了之後送到了明瑟館。

秦北霄盯著托盤裡的藥，又輕掃了一眼面前低頭的小侍女，將藥一飲而盡，在小侍女正要拿碗走人時，他淡聲問：「妳主子出事了？」

雲珠一驚，瞪著眼問：「你怎麼知道？」

她可什麼都沒說啊！其他幾房的人也不可能過來通知這個人這些事吧？

秦北霄冷笑一聲，沒多解釋。「人在哪兒？」

雲珠本就沒處說，一提到這事也傷心得厲害，帶著哭腔道：「小姐被大夫人罰到祠堂去了，明明是六小姐先挑事的……」

秦北霄對哭聲厭煩得很，口氣不善。「活該！」

「我家小姐對你這麼好！你還這麼說她！」雲珠氣急，跺腳轉身就走。

第八章

沈芷寧被帶到了沈家祠堂，祠堂位於沈府北方正中，是一處假山、竹林環繞的幽靜之處，白日香火繚繞，頗有縹緲仙境之感，而到了夜晚，則不一樣了。

祠堂大門被「啪」的一聲帶上。

帶著風，引著裡頭的無數根燭火猛烈跳動，光亮照在密密麻麻排列整齊的沈家列祖列宗的牌位上。

其餘之地，皆是空曠、寂寥與無邊黑暗。

沈芷寧本是平靜，可真正來到這裡，卻只能愣愣地站在那裡，身體忽然僵住了，這也是她沒想到的，想動，這身子又不像自己的一樣。

這裡，似乎太過安靜了。靜得她心裡空落落了一塊。

就像住在安平巷那小院子裡的每一個夜晚，寂靜，無任何吵鬧，以至於襯得娘親每晚的咳嗽那麼清晰，不斷、不停、不止，她不敢睡，只能睜著眼到天亮，一晚下來，已是身心俱疲。

這裡也太黑了，除了那案檯上的數根蠟燭亮著，未被照亮的地方則是伸手不見五指的暗。

那時得到消息，去牢房見哥哥，天未亮之前，她不讓人接手，一個人拖著板車將哥哥的屍體拉回了沈府，也是這樣不見五指的黑。

她站在這裡，看著眼前，感受身旁的一切，前世無盡的恐懼感一點一點席捲了全身，突然好怕咳嗽聲響起，也怕那韁繩勒住肩膀的沈重。

沈芷寧的手微微顫抖，跪於拜墊上。這個動作她也重複過無數遍了，沈家出事的那一年，她日夜都會過來，她哭訴、質問、怒罵。

不是說先祖都會在天上庇佑後人，不是說沈家先祖福澤深厚，定會惠及子孫的嗎？為何等來的是家破人亡呢？

她跪著那兒，不肯磕一個頭，背影倔強孤寂，還多了一分遺世獨立的清醒。

秦北霄打開祠堂的門時，看到的就是這樣的一個背影，又見她迅速轉過身子，見到是他後，想起前世他那句話，盡力隱下喉間發出的哭腔道：「你怎麼來了？」

他道：「逛逛。」

秦北霄沒再說話，目光卻輕飄飄地落在她在暖黃燈火下的臉龐，那雙杏眼外紅了一圈，噙著淚，忍著不掉下來，但想來方才是哭過了的，那眼睫上也掛著一點淚珠，鼻尖也紅通通的，可愛又可憐。

「誰信你從明瑟館逛到這兒了。」沈芷寧隨手抹去眼淚道。

「愛信不信。」秦北霄漠然回了一句，施施然走到了沈芷寧身邊，看了眼她泛紅的眼眶，淡聲道：「哭有什麼用？」

沈芷寧本就處在崩潰的邊緣，這會兒聽到秦北霄的這句話，一下子委屈與辛酸翻湧，她再也止不住眼淚，一邊哭、一邊道：「你每次都這麼說！」

上次東門大街也是這麼說她，現在也是這麼說她！

秦北霄面色閃過一絲慌亂，微微傾下身又站直了身子，繼而皺眉道：「什麼叫每次？除了剛才，我什麼時候說過這句話了？」

沈芷寧已經顧不得他的想法，她實在是太委屈了。「你有！你怎麼沒有！」

「行行行，我有。」秦北霄還是傾下了身，丟了一塊帕子給她。「別哭了，真的很吵。」

沈芷寧聽完他最後那句話，哭得更厲害，身子甚至還一抽一抽的，秦北霄被弄得走也不是，留也不是，氣得乾脆拿起帕子，胡亂擦著沈芷寧的臉。

「你別擦了！你把我的臉擦疼了。」沈芷寧躲開。

「那妳別哭，在這裡哭像話嗎？」秦北霄掃了一眼案檯上的牌位。

「是你先說我的，還不許我哭了？我就要哭！」沈芷寧帶著哭腔道，自己又抽泣了好一會兒，哭到一半，想起來什麼事一樣，停了抽泣，認真問秦北霄。「今日的藥，你喝了嗎？」

秦北霄本不想搭理她，可看她淚水狼藉的花臉，生怕她等會兒又要哭起來，不耐煩道：「喝了。」

沈芷寧笑起來，也不哭了。「那就好。」

說完又要去拉秦北霄的右手看看，秦北霄往後藏，她傾身拉過來，看到上面的藥膏後又笑道：「藥也塗了。」

「不然等著被捆嗎？」秦北霄眼中出現幾分嘲諷，看她一直盯著自己那醜陋的右手瞧，心中升起幾分怪異。「別看了。」

沈芷寧沒聽，不僅看，還把他拉到更亮的燈火下看，秦北霄滿心滿眼的不願意，可瞧見她還有些紅通通的鼻尖，帶著淚痕的面頰，將到嘴邊的話不耐煩地吞了下去。

「我就說，你沒塗均勻啊。」沈芷寧看了好一會兒，認真對秦北霄道：「你這藥塗得不對，下回我來。」

秦北霄不想再聽她說話，抽回了手，轉身就要走。

未料沒走幾步，衣角被人拽住了。

秦北霄抿唇回頭，嘲諷的話即將要脫口而出，只聽她可憐兮兮地帶著哭腔道：「你能不能等會兒再走啊？」

秦北霄忽然心情愉悅，挑眉道：「為什麼？」

這個人，真的好惡劣啊。求人不如求己，今晚一定能靠自己撐過去！

沈芷寧不想和他說話了。她鬆手，重新回到了拜墊上。

沒一會兒，旁邊的拜墊也有了動靜，她餘光看到秦北霄隨意地坐在了拜墊上，立刻道：「你不是要走了嗎？」

「誰說我要走？」

沈芷寧眼中有了一絲欣喜，但看秦北霄的動作，意識到他是坐在拜墊上，忙道：「這墊子不能用坐的，列祖列宗還在上面呢。」

「是妳沈家的列祖列宗，又不是我的，就算是我的，那些孤魂野鬼，也配我一跪？」秦北霄眉眼冷冽。「生前未曾一袖風雲起，死後更是一片枉然。」

沈芷寧沈默了，過了一會兒道：「說得也對。」

秦北霄看了她一會兒，皺起眉。

方才還在明暗交錯間，眼下在案檯前，看得更為清晰，她的左臉微微紅腫，隱約可見幾個手指印。

「被打了？」秦北霄問道。

說到這個，沈芷寧有得說了，摸了一把自己的左臉，吃痛道：「可不是？下手可真重，明明沈玉蓉先惹我的。」

秦北霄「哦」了一聲，沒再說話。

沈芷寧根本不期待他會說出什麼好話來，有一搭、沒一搭地和他聊著。

燭光朦朧，屋內數根燭火跳躍，灑下暖黃的光，案檯前的二人，一人跪於拜墊，一人肆意坐著，皆被光籠罩。

不知過了多久，跪著的沈芷寧睏意升起，往旁偏了過去。

快近黎明時，秦北霄推開靠在他身上的沈芷寧，輕掃了她一眼。

罰跪祠堂還睡得這麼香，心也是大！

他站起身後，撐著身子走了。

到了天微亮，沈芷寧是被祠堂門大開的聲音給吵醒的，還沒能清醒過來，便下意識起身，結果踉蹌著沒法站起，是被許嬤嬤從地上扶起來的。

「哎喲喲，我的五姑娘，可還好吧？」許嬤嬤心疼地捋了一把沈芷寧的碎髮。「一晚上在這兒，人都迷糊了。」

沈芷寧轉身，看到祠堂門口烏壓壓的一堆人。

為首的是祖母，其次是大伯父沈淵玄與大伯母徐氏，徐氏的神色複雜，說不清、道不明，一旁則是二房的莊氏與沈玉蓉，她們的面容則是有些尷尬與難為情，其餘的皆是婆子、丫鬟、僕從一大堆，聲勢浩大。

沈芷寧想要上前行禮，沈老夫人道：「不必了，先歇著吧。」

許嬤嬤也道：「五姑娘先歇著，不用說話。」說著，便扶著沈芷寧到一旁。

「如今既已到了祠堂，沈家的列祖列宗也在這兒，正好把事給理清楚。」沈老夫人走進祠堂，佛珠在手，冷淡的眼神一一掃過眾人，最後定在徐氏身上。「妳是後院當家的，妳來說一說，事情是怎麼回事？人怎麼就到祠堂來了？」

徐氏看了沈淵玄一眼，有些慌亂，沈淵玄給她使眼色，示意她快說。

「回母親的話，是昨兒個晚上，二弟妹尋著我，說五丫頭潑了六丫頭一身茶水，讓我主持公道。我一看，潑得全身皆濕，覺得五丫頭對妹妹做出這等事，實屬不應該，便罰了她跪祠堂。」徐氏斟酌用詞道。

「是啊，母親，是五丫頭潑了玉蓉一身水……」莊氏接著道。

然還未說完一句，直接被沈老夫人岔開了，理都未理，留下莊氏一人訕訕地吞了下面的話。

「既說主持公道，問清事情緣由了嗎？盤問身邊婆子、丫鬟了嗎？雙方各執一詞，妳是站在公道一方主持了嗎？」沈老夫人直接問徐氏。「以上三點，妳都做到了嗎？」

徐氏哪被這般當眾質問過，一時說不上任何話來，只黑著臉，沈默著。

「玉蓉，那妳來說說，昨日到底發生了什麼事，五丫頭為何要潑妳？」沈老夫人目光落在沈玉蓉身上，淡聲道。

「我也不知道，我就是想讓五姊姊來吃點心，或許是說錯話了，五姊姊生氣……」沈玉蓉繼續滿口謊言道。

「還敢撒謊！」沈老夫人拍了案檯，厲聲道：「當時四、五個丫鬟、婆子圍著，她們的賣身契都在府上，不在妳二房手裡，真要盤問清楚，哪一個問不清楚？還當嘴巴是鐵打的不成？若妳再敢撒謊，我們沈家容不下妳這樣的女兒，趁早打發去別院！」

沈玉蓉被嚇得連忙跪地，冷汗涔涔。「不敢了、不敢了！祖母、祖母，玉蓉錯了，玉蓉實話實說，求祖母不要罰玉蓉去別院。」

「是我……」沈玉蓉心慌極了，抬頭看祖母，接觸到其眼神後，隨即低頭一咬牙將話說全了。「是我的不對，我不該讓五姊姊吃掉過地上的點心，還……還喊她傻子。」

此話一出，徐氏立即回頭看了她一眼，眼中滿是不善。

做出了這等事，還說出了這話，怨不得別人潑水了。她早就知道二房顛倒是非厲害得很，這回她被二房攪和在裡面，在眾人面前丟了這麼大的臉，當真是氣人！

莊氏則悄悄一跺腳，面色慌亂，但很快鎮定下來，替沈玉蓉辯解道：「母親，玉蓉年紀還小，不懂事，定是身邊的丫鬟、婆子教唆的，回頭我狠狠地罰了她們。玉蓉想來是覺得與芷寧關係好，便不在乎什麼規矩了。這都是姊妹之間的玩笑，沒想到芷寧卻當真了，不過就算當真，回說幾句也就罷了，怎麼還動起手來呢？母親，您說是不是？」

沈老夫人的眼神落在了莊氏身上，雖冷淡卻銳利，以至於莊氏都不敢直視，畏縮了下，低下頭等著。

「我看妳這張嘴啊，黑的都能說成白的，怪不得玉蓉養成了這般模樣，驕縱跋扈、是非不分。做妹妹的讓姊姊吃掉過地上的東西，還把隨意謾罵當作是姊妹間的玩笑？那做伯母的搧姪女一巴掌是不是算長輩的玩笑，日後是否就可以隨意打罵了？」

沈芷寧一聽這話，摸上了自己微腫的臉。

原來，祖母注意到了。

「母親，我不是這個意思。」

「臉都打腫了，妳還說不是這個意思？」沈老夫人沈下聲道：「再來，我聽說昨日芷寧都說了，玉蓉在永壽堂也潑了墨，這點妳隻字未提，居心何在？

「玉蓉在府中欺辱他人，妳拍手叫好，闖出禍端來妳替她撐腰，人家開始反擊妳便哭天兒抹淚，鬧得家宅不寧，不折騰得死去活來不罷休。好好的孩子不教她姊妹和睦，反而縱容她欺辱姊妹，踐踏家規，這可是妳莊家的家教？當真如此不堪？我回頭倒要寫信好好問一問妳父親！」

此話之重，又是直白至極，全場譁然，婆子、丫鬟皆面露震驚。連徐氏的面色都差點綳不住，與沈淵玄互看一眼，只低頭不再說話。

而莊氏聽得臉色煞白，立即跪地哭喊道：「母親！母親怕是誤會兒媳了，兒媳斷然沒有這個意思！」

已嫁為人婦，還被婆母寫信給娘家，此事若是傳出去，她與莊家的臉便算是丟盡了！

「此事到底如何，我心中有數，妳多年在府中如此，府中人也都心中有數。妳莫再多說，既然芷寧無錯都已在這兒跪了一夜，玉蓉接下來三日起早便來跪著，跪至午後再回去，而妳的懲罰，待我與妳父親通完書信後再定奪。」

沈玉蓉聽此話，已嗚咽哭了起來。她哪裡跪過祠堂？還是三日，怕不是腿都要斷了。

莊氏則癱軟半跪在地，平日裡能言善道，眼下再也說不出一句話來。

隨後，沈淵玄出來打圓場。「母親息怒，此事確實是玉蓉做得不對，不該潑芷寧墨水，更不該開口閉口傻子，芷寧平日裡性子便隨和、慢吞吞的，想來這回也是被逼急了才潑水。就聽母親的，罰玉蓉跪三日祠堂。二弟妹這次的事也長點教訓，以後要好好教育子女才是。母親，此事便這般過去吧，您一大早來這兒也累了，兒子陪您去用早膳。」

「等會兒。」沈老夫人捻著佛珠，看了一眼沈芷寧，慢慢道：「今日的事也算是讓我下了決定，本想著過幾日再說，實則不須再等了。自法華山回府後，各房少說都曾聽到那麼幾句，我年紀大了，周遭也冷清，想從府裡的姑娘裡挑個姑娘進永壽堂。」

沈老夫人頓了頓，拿著佛珠的手往沈芷寧的方向一指。「就三房吧。」

這話一出，眾人皆心中一驚，隨之臉色各異。

眾丫鬟、婆子都往沈芷寧的方向看去，要是得了沈老夫人的庇佑，以後對待三房可不就得掂量掂量了？

徐氏臉色極為微妙，但很快隱了下來。

罷了，反正她的女兒嘉婉不需要進永壽堂，她母家徐家地位可不低，雖比不得老夫人背後的齊家，但也算高門，這永壽堂的位置給了三房也好，要是給了二房，定是要騎到她頭上來了，給三房，她公正以待便是，再怎麼樣都翻不出什麼風浪。

莊氏臉色難看極了。

這事她本以為穩操勝券，沒想到被三房截了胡。

這老太婆背後可是齊家！京都世家門閥之一的齊家，徐氏這假正經背後的娘家若不是徐家，怎麼可能如今能壓她一頭？她又怎麼可能對徐氏還有尊敬？但這樣的徐家，卻連給齊家提鞋都還不配。

若真進了永壽堂，與這老太婆相處久了，齊家的一些好東西怎麼可能沒有？那些平日裡聽不著的重要消息又怎麼可能聽不著？經齊家的路子，將生意做得更大、更廣都是有可能的。甚至，還能將自己兒子提拔上去進京當官，給玉蓉找個高門貴冑的親家呢！

而如今這等好事，竟被三房這傻子搶去了！

莊氏又想說什麼，可看沈老夫人心意已決，只好把嘴巴裡的話嚥了下去，與沈玉蓉一樣，眼中皆是不悅。

第九章

沈芷寧愣了半天，被祖母選中的當下，更多的不是喜悅，而是與上一世截然不同的恍惚感。

直到走在回文韻院的路上時，這份喜悅才一點一點充斥著她的內心，席捲她的全身。

她改變了，她真的改變了！

有祖母在，三房至少不會再像以前那樣受盡欺負了，一切都會慢慢變好的。

沈芷寧越走越快，跑回了文韻院，衝到了主屋，抱住坐在玫瑰椅上的陸氏，眼眶因為激動帶著淚，陸氏以為出了什麼事，忙道：「可是受人欺負了？」

「夫人，才不是受人欺負了，是大喜事！」雲珠跟在後頭進屋，興奮得滿面通紅道：「老夫人說今後讓我們姑娘進永壽堂了！」

「哎喲喲，老天爺，這事可是真的？」常嬤嬤聽到了，立刻停下了手中的活。「這幾日我也聽閒話聽了幾句，說咱們老夫人確實有這個意思，沒想到是輪到我們姑娘了？」

「哪裡是輪到，是直接挑中的！」雲珠驕傲道。

陸氏自然是高興，她也知道跟著老夫人，芷寧的日子會比以前好過多了，不僅如此，或許三房都要比以前好過多了。

「只是，芷寧，妳願意嗎？若妳不願意咱們就不去了，娘也捨不得妳。」陸氏高興過後，擔憂道：「到了祖母那兒，定是沒有這邊悠閒，妳祖母出身名門貴族，自幼飽讀詩書，與男子無異，妳若去了，想來也會讓妳去書塾。」

「咱們姑娘去書塾，那不是正好嗎？咱們姑娘讀書天賦如此好，以老奴看，不去當真可惜。之前是沒辦法，他們瞧不起我們三房，夫人您擔心姑娘受人欺負，姑娘也聽夫人的，便一直不出文韻院，但老奴覺得，這樣還是不太好，現下有老夫人撐著，姑娘去了也無妨。」常嬤嬤道。

「常嬤嬤說得對，娘親，我得去，不僅得去，還得力壓她們才行。」沈芷寧靠在陸氏身上，輕聲道。

那樣，或許祖母會更加喜歡她，她的分量越重，三房以後也會越好過。

今後，才有可能改變家破人亡的結局。

沈玉蓉回了雲蘊樓，方踏進屋門，就直直奔向擺在紫檀木上的長頸牡丹花瓶，高舉起。

「啪嚓」的一聲，砸得粉碎。

繼而，趴在案桌上大哭，肩膀不停抽動，邊哭邊嚷道：「竟罰我跪祠堂三日，這三日跪下來，我的膝蓋豈不是要廢了！祖母還選了那個傻子進永壽堂！以後就是那傻子跟著祖母了！我什麼都沒有！娘親，我什麼都沒有了！」

莊氏也心煩意亂得很，聽到沈玉蓉這不停的哭聲更是煩躁，坐在沈玉蓉旁邊道：「行了，哭什麼？事情都這樣了，好好想想接下來該怎麼辦吧！」

「能怎麼辦？祖母都選她了，哪會選了人又換人，就這麼定了，我進不去了！娘親，那傻子沒進永壽堂就敢潑我水，以後有祖母撐腰，她是要騎在我頭上撒野了！」沈玉蓉眼眶泛紅，又氣得要命，整張臉都扭曲在一起。

「雖說是定人了，但撐腰可不一定。」莊氏道。

沈玉蓉不哭了，抹了一把眼淚，問：「娘親，您是什麼意思？」

「以那老太婆的性子，可不是會隨意幫人撐腰的，今日這事是例外，或許是咱們逼得狠了，還有妳昨日就不該潑她墨水，指不定那老太婆就不會過來。」莊氏撇撇嘴，恨恨道：「她要求可高著呢，老太婆是齊家出身的嫡長女，齊家的家訓、家風向來嚴苛，特別是在子女讀書一事上。」

沈玉蓉眼睛越來越亮。「娘親您的意思是，以後那傻子會被趕出永壽堂了，她可從未進過書塾，指不定到現在連篇文章都不會背，更別談作詩論賦了，不過我瞧她上次抄的經書，字還可以……」

「照著抄誰不會？妳且看著吧，不用幾日，那老太婆就要後悔了，沈芷寧還沒有進書塾，那老太婆又要求公正，不會直接塞進書塾，想來會讓她去考入學試，她什麼都沒學過，怎麼跟全吳州來參加入學試的人爭名額？」

沈玉蓉不哭了，想到那時候沈芷寧看到自己入學試的名次吃癟，還有永壽堂那兒也開始後悔，她就越想越高興。

莊氏安撫好沈玉蓉後便回內屋歇息了。

沈玉蓉一人在外堂吃著小點心、喝著茶，過了一會兒，有一個丫鬟進來，在沈玉蓉身邊耳語了幾句。

「此話當真？」沈玉蓉手中的動作一頓。

「千真萬確，那婆子十分肯定地說見到五小姐出入明瑟館，聽說那明瑟館中住著一男人。」丫鬟點點頭，說得斬釘截鐵。

「她好大的膽子啊！竟然偷偷與外男私會。」沈玉蓉一副抓到把柄的表情，立刻拍了拍手，將手上點心的細屑拍了個乾淨，對貼身丫鬟潤雪道：「走，一起去瞧瞧！」

沈玉蓉帶著潤雪風風火火趕到明瑟館。

此處幽靜，她一把推開明瑟館的木門，木門因受力過大，一下撞至牆邊，發出巨大的響聲。隨後走進去，繞過那蒼綠大槐樹，一眼就看到了一個少年正要進屋門。

沈玉蓉心中一喜。

看來這裡真的有男子，那婆子沒有說錯，待她回頭找了那婆子去祖母那兒告沈芷寧一狀，這麼嚴重的事，沈芷寧還進得去永壽堂？不過最好有這個男子在，一起帶著去見祖母，效果更好。

這般想著，沈玉蓉快步上前，想拉住那少年破舊的衣衫。「你和沈芷寧好大的膽子，竟敢在此處私會！」

可還未拉住，就被那少年避開，因少年避開得快，她根本控制不住地向前摔了過去。

「啊！」沈玉蓉摔倒在地，剛想謾罵眼前的少年，一抬頭，就撞進了他凜冽的眼神，宛若冬日寒霜，冰冷刺骨。

沈玉蓉身在閨閣，哪見過這等凌厲之勢，當下只想逃跑。而這想法剛起，沈玉蓉就動不了了——他的左手已扣在她的脖頸上。

他越來越用力，她越來越窒息。

沈玉蓉拚命掙扎，想說話卻根本吐不出一個字來，面色脹得通紅至極，眼睛似乎都要奪眶而出，額頭青筋暴起。

而她與眼前的少年正對，看他眼神平靜，彷彿不是在殺人似的。內心恐懼更盛，她更是瘋狂掙扎，可越掙扎便越窒息，痛苦至極。

沈玉蓉的貼身丫鬟潤雪不敢相信地看著眼前的一切，回過神來後，趕緊上前想推開那少年。「放開我家小姐！放開！」

只一腳，潤雪就被那少年踹至一旁，疼得滿地打滾。

不知過了多久，沈玉蓉意識已徹底模糊，直到被潤雪哭著搖醒。「小姐！小姐，快醒醒！」

沈玉蓉努力睜開眼皮，看向四周，發現沒有那個少年的身影了，她也顧不上那麼多，著急忙慌爬起來，踉蹌著逃出了明瑟館。

明瑟館前竹林旁還有一小池塘，逃至那裡時，沈玉蓉右腿忽然被一飛過來的東西擊中，劇痛襲來，還未驚叫出聲，左腿也接著遭到一擊，隨後是腳踝。皆是難以忍受的疼痛，沈玉蓉經受不住，一下失力撲進了池塘。

潤雪嚇得尖叫。「六小姐落水了！快來人啊！」

不知叫了多久，喊了多久，直喊了許多人來，將失去意識的沈玉蓉從池塘裡撈了出來。

這一番鬧，驚動了整個二房。

莊氏看到渾身濕透、就像死了一樣的沈玉蓉被人送回二房時，差點沒暈厥過去，又是叫丫鬟、婆子煮湯、換衣，又是讓人把大夫喊過來。

折騰了一個多時辰，人總算醒過來了，沈玉蓉見到莊氏，還像是丟了魂魄一樣，過了許久，才大哭著撲到莊氏懷裡。

莊氏看到這樣的女兒，心疼得無以復加，咬牙切齒道：「此事我已問過潤雪，我定要去永壽堂好好問老夫人要個公道！」

沈芷寧將大部分行李準備好時，已是午後了，也不急著今日就搬去永壽堂，打算再去抄一會兒經。

到了永壽堂正堂，方走近，便覺得與往日不同。

這幾日過來，祖母都未點香，今日那放置在紅木檯上的銀螭紋銅熏香爐，輕煙繚繞，屋內瀰漫的是與沈水香極為相似的香味，沈靜、清雅。

但在這沈靜背後，她還感到了幾分肅穆。

「來了？」沈老夫人倚在榻椅上的身子直了起來，語氣聽不出任何情緒。「先坐吧，今日不抄經了。」說完這話，又看了一眼許嬤嬤。

許嬤嬤會意，將屋子裡伺候的婆子、丫鬟都遣了出去，最後輕輕將門帶上。

到這會兒，沈芷寧已意識到有事發生了。只是到底是何事？難不成，她去明瑟館的事被發現了？

這般想著，眼皮一跳，立刻抬頭，對上了祖母那淡漠的眼神。

沈老夫人掃了一眼她的表情，聲音淡淡。「還算聰明，看來是知道事情被發現了。妳膽子也是大，妳可知道剛剛發生了什麼事？

「妳六妹妹去了明瑟館後落水，差點死在那裡了。」

沈芷寧心底一驚，隨後平靜下來，想來是沈玉蓉那兒聽見了風聲，想著去明瑟館找人。

沈老夫人見沈芷寧陷入思索，聲音沈下來道：「方才莊氏哭鬧著來找我，我與她說了此時在明瑟館的到底是何人，打發了她回去，她不清楚，妳難道知道是誰？還與他來往？」

沈芷寧連忙起身請罪。「是孫女不對，上回聽見了祖母與大伯談話，知道那人是秦北霄，好奇心一起便去瞧了瞧，發現……發現他渾身都是傷，孫女於心不忍就請了大夫，他傷未好，孫女便一直送藥過去。」

沈老夫人一聽這話，臉上冷笑泛起。「妳大伯這陽奉陰違的做派，當真是嫺熟，當日與他說了請大夫來，他偏生不聽，以為秦擎已死，秦氏宗族棄了秦北霄，塞進了沈家，只當人死了便好了。他也不想想，秦擎雖死，舊部可都還在，當下是舊部還不知，若知曉秦北霄死在沈家，豈不又惹來了一場災禍？」

沈芷寧雖然知道秦北霄不會因此而死，卻仍是心底發怵。

「妳這好奇心，倒是救了沈家一難。」沈老夫人目光落在沈芷寧身上。「但妳知他是秦北霄，就該清楚，他與妳那些個只會讀書寫字的儒生哥哥不一樣，他可不是那些手無縛雞之力的儒生，是真正在戰場闖陣殺敵的，手上不知道沾了多少鮮血，明國邊境兩座城池，當初就是被他與他父親屠了個乾淨，這樣的狂徒，妳還真有膽子和他來往！」

見祖母發怒，沈芷寧連忙跪了下來道：「祖母息怒，只是見人到了那境地，我不能見死不救。那日我見他，身上無一處好皮，右手經脈斷裂，甚至還被人放在油鍋滾過，祖母信佛，若真見到了他，恐也會心有不忍。」

沈老夫人瞇了瞇眼，盯著沈芷寧看了好一會兒，最後慢慢道：「自是不能見死不救，若以沈府的名義救，無事，可妳去了，便是妳救了他。為何我說不行？古有東郭先生與狼之典故，今便有他秦北霄。此人性子，莫說感恩此時救他之人，恐怕今後是要殺之而後快。」

祖母這話，竟和秦北霄那日說的差不多。

「妳也不要心存妄想他會動搖，照妳所說，他受如此重傷還能撐到沈家，必是心性堅定。妳從小生長在吳州，未聽過他到底經何事、歷何劫，我在京都之時倒聽說過一二。他有生母卻似無母，乃世家名門趙氏嫡長女被秦擎姦污所生，身分尊貴但帶有污點，為兩家不喜，而秦擎此人更與禽獸無異，多年來也未管教過這兒子，任由他人欺辱打罵。」

沈芷寧前世未曾聽過秦北霄的這些事，下意識問：「那後來呢？」

沈老夫人看了沈芷寧一眼，繼續道：「之後秦擎帶他去潭州前線，與明國交戰殺得敵方不敢應戰。潭下之盟後明、靖兩國和好，秦擎獲罪時，他還在眾目睽睽之下狂妄喊出『要殺得明國不敢南視』一語，這樣的嗜血之徒，難不成還想著他會感恩於妳嗎？」

沈芷寧沈默了，過了一會兒搖頭道：「我並不求他感恩於我。」

說完這話後，她又好奇問道：「那他父親死後，發生了何事，他怎麼會帶了這一身傷？」

「秦擎向來與宗親不和，老子獲罪，兒子也不能赦免，想來被帶回秦氏後被動刑洩憤了，也算是狠毒，斷了他的右手，弄了那一身的傷，以後身子都要廢了，哪裡還能上什麼戰場？」

被祖母這麼一提，沈芷寧也反應過來了，上輩子可不就是如此。

沈老夫人淡漠地看著沈芷寧。「我告訴妳這些事，可不是讓妳可憐他，而是讓妳記住了，以後做事掂量掂量，要救人也不能隨意施以援手。今日的事就到此為止，畢竟是玉蓉先去招惹了，現在人也沒出什麼事，至於莊氏說的什麼外男，我們向來沒明國那一樁樁、一套套的虛偽規矩。秦北霄那裡，秦家送人來時還給了大筆銀兩，我會給他妥善安置好的，不會虧待了他。」

沈芷寧聽到後面，眼中出現了幾絲喜悅，都想替秦北霄說一句「多謝祖母」。

沈老夫人掃了一眼沈芷寧的神情，心中無奈，當下只覺得，就算說了這麼多，這丫頭許是也不會聽她的。

她搖頭嘆氣。「罷了，妳先回去吧，這兩日不用來了，等西園書塾入學了，妳再搬過來。說到這事，我們家的女兒不進書塾唸書是不行的，但若硬是將妳塞進去，我也做不出這等事，妳且好好準備入學試吧。」

沈芷寧一愣，應了一聲，離開永壽堂。

第十章

次日，秦北霄一大早就收到了大批僕人送來的衣物與其餘生活用品，還有無數的藥材，外加一個小廝，小廝名喚方華。

方華勤快伶俐得很，想來府裡的管事得了沈老夫人的指示，特地派了個好的來。

方華將事都安排妥當後，小心翼翼地問秦北霄。「主子，可還有事讓小的辦嗎？」來之前，他心底還以為是哪家沒落的小少爺，可到了這兒剛打照面，方華就知道，這位不好糊弄，甚至得緊著伺候。

秦北霄正翻著古籍，窗外的陽光照進來灑在書頁上，泛黃的字像是鍍了一層金，聽見方華的詢問，他剛要擺手，隱約聽到了「小姐」二字。

那是沈芷寧身邊丫鬟的聲音。

他隨手放下古籍，起身走出屋門，繞過廊檐後，就看到了丫鬟在大槐樹下向上大喊：

「小姐！您快下來吧，危險！」

他順著丫鬟的目光向上看。

沈芷寧上身著了白銀條雲紗衫，下身是黃鸝般的鶯黃仙裙，烏髮用杏黃紗帶束起，坐於粗壯的樹幹上，藏於蒼翠的樹葉間，間隙透下的陽光灑在她身上，更顯明麗嬌俏。

她晃著雙腿，對樹下的丫鬟道：「我就坐會兒，今兒太熱了，上頭涼快。」

她偏頭，瞧見了他，眼睛看見他的那一刻，一下亮了起來，眉眼彎成了小月牙，聲音俏麗明媚。「秦北霄！」

他手指一顫，心跳似乎漏了兩拍，有些慌亂地避開了與她的對視，轉身想離去。

「你怎麼走了？秦北霄，你等等！」

沈芷寧抱著巨大的樹幹想下來，不料爬上來容易，下來的時候瞧著那距離，倒有些高得嚇人，她挪到覺得差不多了，徑直跳了下來。

跳下來觸地的那一刻，胳膊被人提拉了一下，繼而是秦北霄壓著薄怒的譏諷聲。「看來妳這雙腿是不想要了。」

秦北霄鬆開了她的胳膊，不想再同她多說什麼，抬腳離開。

沈芷寧追了上去，跟在秦北霄身後，左探一下、右探一下，瞧見他板著臉的表情，眼中帶著微微好奇道：「你生氣了嗎？為什麼生氣呀？」

她不是很明白，為什麼秦北霄好似有些生氣的樣子。她好像也沒做什麼惹他生氣的事吧？回想了一下，他方才說的那句話，難不成是擔心她摔斷腿？

剛起這個念頭，沈芷寧立馬打消了，那話不過是他習慣性的嘲諷。笑話，秦北霄怎麼可能會擔心別人怎麼樣，他只會覺得她怎麼就沒摔死在這裡！

或許，他是不喜歡別人爬他屋門口的樹？

沈芷寧得出了這個結論，眉梢帶著幾分笑意，輕巧擋在了秦北霄的面前，豎起三根手指道：「我以後不爬了。」又將手指藏在身後道：「你能不能不生氣了？」

聲音不似平常宛若鈴鐺的清脆，反而軟糯可愛，也不知是不是因為在向他道歉的緣故，還帶了幾分撒嬌的意味。

秦北霄藏在衣袖的手不自覺握緊了些，連他都未注意自己看沈芷寧看得時間稍久了些，而後才越過她徑直往屋子走去。

沈芷寧輕輕一跺腳。

這個人難道哄不好的嗎？哼！哄不好就不哄了，等他氣消了再來。

沈芷寧剛要走開，就聽到身後秦北霄淡漠的聲音。「妳今日過來是有事要問？」

「沒有，我就過來看看。」沈芷寧立刻轉身，隨他回了屋子。

進了屋子，一眼就看出了他屋子與平日的不同，想到了昨日祖母對她說的話，順手拿起送來的新紫砂壺，邊把弄、邊開玩笑道：「秦北霄，你是不是得好好謝謝我？這些可是我與祖母說了，今日才送來的。」

秦北霄聽著沈芷寧這玩笑似的邀功覺得有絲好笑，餘光掃了眼她把玩紫砂壺的模樣，又收回目光，輕輕「哦」了一聲，慢慢道：「不是昨日那沈府小姐落水，還有妳來此處的事被戳破了，才引得沈家長輩注意到了這裡？」

沈芷寧手上的動作瞬間停住了。

她哪想得到秦北霄這麼自然地就把這事給說了出來，她還糾結著怎麼提到這件事。

她放下手中的紫砂壺，認真看向站在案桌旁的秦北霄。

他今日脫掉了之前的破舊衣物，換上了一襲月白長袍，外罩淺天青底竹葉紋褙子，一派清雅淡然，然而目光移至他束髮的銀冠上，上頭不似其他男子用了玉簪，而是一把極為小型的鐵劍。

頓時，幾分儒雅中又生出了他那宛若劍出鞘的銳氣來。

而提及這件事，他很平靜，只翻看著面前的古籍，臉上見不到一絲的情緒波動。

「妳今日過來不就是想問昨日的事嗎？現在裝什麼啞巴。」秦北霄無情無緒的聲音傳到沈芷寧的耳裡。

沈芷寧忍不住開口道：「他們說沈玉蓉是失足落水，周邊沒有其他人，可我覺得不是這麼一回事……」

未等沈芷寧說完，秦北霄合上了眼前的古籍，漠然道：「是我用石子打下去的。」

沈芷寧似乎沒想到秦北霄這麼快就承認這件事了，她本以為他還會遮掩一下，他承認得這麼爽快，她便也不藏掖著了，立刻道：「她罪不至死。」

「妳那妹妹可沒死。」

「難道你敢說你當時未動殺心？」

秦北霄聽此話，輕笑出聲，笑中盡是諷刺，一步步走到沈芷寧跟前，含笑的聲音沒有任何溫度唯有冷冽。「有又如何，沒有又如何？妳的善心當真泛濫，但這世上的人，當妳什麼都不是時，就算同情她、可憐她，甚至犧牲自己拚命拉她一把，她可會把妳放在眼裡？可笑至極。」

「你這番話的世人，可在說你自己？」沈芷寧不知怎的，湧上了幾分怒氣，也不順著他的話說下去了，單問了這句。

昨日祖母與她說的那番話也浮現腦海，以及他之前所說，再結合他現在說的這番話，沈芷寧越想越生氣。

她現在什麼都不是，想來他也是瞧不起她，或許……以後還真要殺了她？

秦北霄與她對視又避開，淡聲道：「我眼裡向來就容不下人。」

沈芷寧聽了這話，更氣。也是，他不會挑三揀四，他就是眼高於頂，瞧不上任何人。

她不想再同他說下去了。「那我就不礙著你的眼了。」說完，起身跑出了屋子。

跑到了明瑟館外頭，沈芷寧才慢慢冷靜下來，完全冷靜下來後，她「哎呀」了一聲，輕敲了下自己的腦袋。

怎麼回事？她今日過來就是想問問昨日發生的事啊！剛剛怎麼就生氣了？還跟他起了爭執。

根本沒必要動氣啊。先不說他雖動了殺心，但到底沒殺沈玉蓉，且他說他的，反正自己報他前世的恩，將欠他的錢還了就行了，管他什麼放不放在眼裡。

但方才自己還從他的話延伸到他身上去了，幾句話就被撩撥得升起火氣，實屬不應該啊！他說得也對，就算她幫了沈玉蓉，沈玉蓉也不會搭理她，可她怎麼就聯想到秦北霄身上了呢？

自己這麼奇奇怪怪地跑出來，秦北霄指不定都覺得莫名其妙，太尷尬了，以後打照面了都覺得尷尬。

不過說來，他今日說的話雖對，但也挺過分的，還說她可笑，所以她覺得他說話難聽生氣了，跑出來了也是可以說得通的。對！就是這樣。

再躲幾日避避風頭，之後就當沒事發生了。

沈芷寧想得非常好，一連幾個彎把自己說服了，連回去的腳步都輕快了許多。

而明瑟館內。

秦北霄想著沈芷寧方才跑出去的身影，眉頭微皺。

同時，一點一點壓下泛起的無端煩躁。

翌日，為了準備過幾日的入學試，沈芷寧帶著幾本書前往藏書閣，她自幼便對讀書頗有天賦，甚至是喜愛。

前世沈家未敗落時，書塾的李知甫先生對她師恩甚重，就算書塾很是繁忙，還是常常教她，不過那些都不是側重考試，真要下場考試，她也是拿捏不準的。

從文韻院至藏書閣，要越過大半個沈府。

剛至大房梧桐苑附近的藕香榭，就聽到了觥籌交錯聲，少男、少女笑聲不斷。

「小姐，今日大小姐在此處辦詩會呢。」雲珠將聽到的消息與沈芷寧說了。

沈芷寧目光投去，藕香榭輕紗飛揚，其間仕女倩妝雅服，燦爛之景，莫可名狀，而她的大姊姊沈嘉婉在其中，最為超群出眾。

她身著月白羅裙，淡雅溫婉，自帶江南第一才女的傲氣。她的五官不算精緻，可她是沈嘉婉，吳州女子向來以她為榜樣，連她常穿的月白羅裙在江南也一度風靡。

沈嘉婉忽然抬頭，對上了沈芷寧的視線，沈芷寧唇角微揚，輕笑點了點頭，隨後繼續前往藏書閣。

「這個人……是誰啊？」微醺女子的手緩緩搭在沈嘉婉的肩上，帶著醉意道：「怎麼以前從未見過。」

沈嘉婉淺笑，笑容未達眼底。「是我五妹妹。」

「哦？就是被妳家老太太收了的那個？這運氣好啊。」

運氣好嗎？不過是她不要的運氣。

沈嘉婉笑了笑，未答話。

沈芷寧到了藏書閣，閣樓附近一片靜寂，唯有樹葉摩挲與風聲，她緩步進入藏書閣，輕車熟路上了三樓。

這兒她太熟了，前世的那些年，一半的歲月都是在這裡度過的，也是在這裡碰到了影響她一生的先生。

那日是初秋時分，她在閣上的九格珍寶架下坐著翻閱古籍，沈浸之中不曾想會有人接近，在她旁邊笑道：「這兒竟還有人。」

她被驚嚇到，慌亂觸碰珍寶架，那人接住了即將掉在她頭上的梅花瓷瓶。「倒是我驚著妳了，妳是沈府的嗎？」

她定神後才抬頭看他，青衣直裰，儒風淡雅，嘴角帶著溫和的笑容，是一位四十多歲的先生，鬢間還見幾根白髮。

她說：「我當然是沈府的。」

「妳既是沈府的子女，我怎麼從未在書塾見過妳？妳叫什麼？」

她未答，他笑著揮手讓她走了。

晚間她回了文韻院，娘親說西園深柳讀書堂的李先生來過了，那時她才知原來藏書閣遇到的那位先生，姓李名知甫，是西園書塾的主心骨兒。

李先生說讓她去書塾讀書，但她看娘親擔憂的表情，猶豫了一會兒，拒了。

雖拒了，但她會去西園的古香齋，那兒書籍甚多，也常碰見李先生，不知哪一日，她隨口開玩笑道：「與先生這麼有緣，不如先生就收我做關門弟子吧？」

李先生先是一愣，後來笑道：「甚妙。」

或許真的是因為這句話，接下來，就算書塾如何繁忙，先生也總會抽出時間教授她。先生教了她許多，除了學問讀書，還有更多的處事與道理，以及他那些新奇、瘋狂、超脫世俗的思想。

「將來或許有一天，或百年，或千年後，人人生而平等，王侯將相寧有種乎。」

「忠孝仁義禮智信，儒家典學無非是為了維護統治。」

先生還屈指輕碰她的額頭，溫和道：「妳與男子無區別，莫要妄自菲薄。」

沈家破亡後，先生便離開了，聽說去了明國。

沈芷寧從回憶中將自己拉回來，看回眼前一排排的書架。

還是先專注接下來的入學試吧！按著自己的計劃來，或許不會有沈家敗落的時候，到時先生也不會離開了。

西園書塾的入學試，是以帖經墨義、策論與詩賦為主，帖經墨義與詩賦倒還好說，只是這策論，她未正式答過，還是要多尋些書籍看一看，練一練。

沈芷寧走近其中一、兩列書架間，剛想拿下一冊書時，就聽見腳步聲。

她下意識往書架後躲去。

腳步聲越來越近，好在停下來了，想來也是來尋書的，可是這藏書閣極少有人來，沈芷寧好奇是誰，略傾身瞧了一眼。

這一瞧，嚇了沈芷寧一大跳。

秦北霄怎麼來這裡了？

他今日與昨日不同，雖也是月白長袍，外罩的卻是一襲暗紅如意紋褙子，頭上依然插著那根小劍，貴氣不失，凌厲仍在。他尋到了一本書，正在翻看。

沈芷寧看了一會兒，縮回了頭。

如果沒有發生昨日的事，她或許就出去打招呼了，可偏偏昨日的事發生了，她眼下不知道該怎麼面對秦北霄。再來按照她所想的，她現在正處於氣頭上，必然是不想出去見他的，可是也不知他要在這裡待多久，若是一直在這裡，她怎麼走啊？

她又悄悄傾身看去。

咦？人怎麼不見了？

「妳要在這裡躲多久？」忽然，背後一道淡漠的聲音響起。

沈芷寧嚇了一大跳，拍著胸脯道：「你嚇到我了！」說完這句話，沈芷寧一動，就感覺到了自己小腿開始抽筋。

「啊！」

「怎麼了？」秦北霄看她不對勁，掃了一眼她裙襬處，見她的手一直往那處伸，皺了皺眉，將她抱起。

沈芷寧一下感到失重，下意識摟住了秦北霄脖頸，摟住的那一刻，他的力道又加大一分，捏得她的腰都有些微疼。

「你這是幹麼？放我下來。」

沈芷寧說完這話，他剛巧拂去了書架旁案桌上的東西，將她慢慢放下。

被放下後，沈芷寧鬆了一口氣，但自己的小腿還在抽筋，她伸手，卻不料有另一隻手先放在了小腿上。

「是這裡嗎？」秦北霄邊揉捏著她的小腿腹，邊淡聲道。

「是……」沈芷寧臉微紅道：「不過你怎麼知道？」

「蹲這麼久確實該抽筋了。」

沈芷寧才不搭他的話，只低頭看他給自己的小腿腹揉捏，可越按，她心跳越快。

他用了左手，那隻手骨節分明，極為好看，就這麼按在她的裙襬外側，她今日穿了幾層薄紗裙，也架不住他的掌心炙熱。她並非懵懂無知的少女，被他這般輕柔有勁地按著，所觸之處酥麻與炙熱並存，燙得她想把腳縮回來。

「應該還疼吧？」他聲音低沈，似帶著幾分沙啞。

沈芷寧以為自己聽錯了，抬頭看他還是那般漠然，覺得自己多心了，勸慰自己莫要多想了。可她好像高估了自己，那炙熱仍在，且越來越旺，燒得她耳尖泛紅。

閣樓飛檐下風鈴隨風輕響，古籍上的蕓香草味淡淡，指尖翻閱書頁的摩挲，這是她原本想像的悠然午後。

然而，閣樓飛檐下風鈴依舊隨風輕響，鼻尖縈繞著秦北霄身上清淡的藥味，不是指尖與書頁的摩挲，是他與自己的這般觸碰。

哪是悠然？明明是沸騰。

終於不疼了，沈芷寧慌忙縮回了自己的腳，趕緊扯了另外的話題。「你怎麼來了？來尋書的嗎？」

她好似問了句廢話，來藏書閣不來尋書來做什麼。

但秦北霄難得沒有刺她，僅淡淡嗯了一聲。

這個氛圍下，沈芷寧也不知該與他說什麼了，只想回去靜一靜，於是道：「我已經找好了，那我先回去了。」

第十一章

秦北霄先是未說話，隨後道：「妳還在生昨日的氣？」

沈芷寧一愣，反應過來他這是以為自己要走，是因為還在生氣的緣故，她剛想說不生氣了，便又聽秦北霄道：「不過是給她一個教訓，並未真殺了她。」

他這是在向自己解釋？

沈芷寧驚奇極了，像是發現了什麼新東西，對著秦北霄興奮道：「你這算是跟我解釋，或者更明白些，在跟我道歉嗎？」

「是嗎？」秦北霄僵硬地偏過頭。「算什麼解釋，更談不上道歉，不過是說了事實。」說罷，他便提步走了。

沈芷寧跟在他後頭一直在笑，笑得眼睛都彎了起來，不知怎的，看秦北霄這樣子她莫名地高興，也不知是看他吃癟高興，還是看出他口是心非高興。

總之，接下來的幾日，沈芷寧因為這事歡快了許多，回文韻院後，自個兒看書想到這事都能笑起來。

雲珠就看自家小姐在那兒傻樂，問小姐是有什麼喜事要發生嗎？

沈芷寧搖著頭，笑而不語，這算喜事嗎？這不算，頂多算她的小樂趣。

再過了些時日，終於到了入學試的那一天，也是書塾入學的前三日。

西園開春以來，首次湧入了大批的考生，除了吳州的，更多的還有來自各地的，皆是前來參加入學試的學子，沈芷寧隨著人群一道進入各自的考場。

兩個時辰未到，她頂著不少人矚目的眼光第一個走出了考場，拖著疲憊的身軀伸著懶腰，伸到一半，瞧見枝頭的亭亭玉蘭盛開。

沈芷寧愣了一會兒，隨後臉上漾開笑容。

春日正好時，正是西園書塾開學。那個她前世從未進入過的書塾，從未接觸過的人與事，是秦北霄在沈家讀書的地方，也是她接下來的學習之地。

一切都變了，今後也會變。

季春三月，西園書塾開園。

開園這一日，整個吳州像是熱油下鍋，空氣似乎都在沸騰，城門大開，來往馬車擁擠通行，街上熱火朝天，碼頭邊吆喝聲不斷，來自各地的船隻紛紛靠岸。

外邊是如此，更別說與西園僅一牆之隔的沈府。

「今兒西園那邊可是真熱鬧，我們文韻院這般遠都能聽見聲音。」雲珠把臉巾遞給沈芷寧。「再過一個時辰就要放榜了，也不知道姑娘的名次是多少，反正定能榜上有名！」

西園入學試的放榜與開園入學是同日。

上午開園，給那些來自京都或其他地區的貴家子弟入園進舍，整理行裝的時間，同時入學試放榜，榜上有名者便能參加下午的拜師禮，喜上加喜。

沈芷寧接過臉巾，輕抹面龐道：「待會兒過去看看便知了，我們先去給娘親請安。」

到了正堂給陸氏請安，再與陸氏共用早點，陸氏挾了一塊棗泥糕放入沈芷寧的碗裡，柔聲道：「去祖母那兒的行李都理好了嗎？來，這棗泥糕妳喜歡吃，多吃兩塊，也不知老夫人那裡的飯菜合不合妳的口味。」

說罷，陸氏嘆了口氣。

「夫人怎的還操心這個？再怎麼說那也是永壽堂，姑娘要吃的，總不會虧待我們姑娘，您就放寬心吧。」常嬤嬤在旁道。

「話是這麼說，可芷寧從未離開過我身邊，老夫人自是不會虧待她，可其他人……其他人都是說不準的，還有那書塾，更是一個是非地。」

陸氏說著說著便紅了眼眶。

她是小門小戶出身，進了沈府後就受盡欺負，唯一能想到的不讓子女受欺負的法子就是少出門、少碰面，就當沒這個人了，可眼下自己的女兒就要去老夫人身邊，老夫人那兒得有多少雙眼睛盯著，且女兒還要去書塾。

那書塾，其餘幾房的子女皆在，哪一個是好惹的？況且還有吳州其他名門出身的，又有哪個看得起芷寧？

聽聞今年三皇子那等尊貴身分的人也會來，以及安陽侯府的世子，一聽就知不會有什麼太平事。她的芷寧去了，豈不是要被生吞活剝了？

沈芷寧用帕子輕擦陸氏的眼淚，認真道：「女兒明白娘親的擔憂，也懂娘親的苦心，只是娘親，爹爹常年不在家，哥哥這般也無法撐起三房，那只能女兒來了，不然三房恐怕要一直這樣下去了。」

陸氏沒想到芷寧居然會有這樣的想法，她竟是要去爭一爭。見女兒半蹲在自己的面前，眼神溫柔且堅定，不知什麼時候起，女兒竟然已經變得這般成熟了，可她才十四歲啊！

是她自己沒用，沒有個好的出身，沒能好好護住他們兄妹倆。

陸氏自責地掉了眼淚，又趕緊擦了。「娘都聽妳的，以後娘都聽妳的，到時候實在不行，我們就在文韻院，再也不出去了。」

那必是不可能的，沈芷寧想起未來的日子，更是堅定了決心。

沈芷寧安撫好陸氏，也差不多到時候去西園了。西園有正門，也有側門，沈府人進西園皆是從側門進。

因祖父乃京官致仕，修葺沈府時帶京派的方正氣派，而西園則是全然的江南園林，亭臺水榭，假山湖石，一草一木，一山一石，盡現風流。

不少穿著文雅的人經過沈芷寧身邊，匆匆往放榜的四宜檯去看，沈芷寧也隨著人群過去，越近四宜檯，人群越是擁擠，且還有無數人趕過來。

「別擠別擠！還沒放榜呢！」

「沒放榜擋在前面做什麼！」

見狀，沈芷寧乾脆不擠了，大不了等會兒再看，於是與雲珠隨處找了個亭子坐了下來，方坐下沒多久，就看見沈繡瑩帶著丫鬟過來了。

「五姊姊安好，繡瑩聽說五姊姊要搬去永壽堂了，恭喜五姊姊。」沈繡瑩笑道。

當真是沒想到，竟是被三房給搶去了。可祖母偏偏就挑中了沈芷寧，前幾日聽到消息時她與娘親都以為傳錯了消息，後來去打聽才知是真的，氣得連晚飯都沒吃。

不過聽聞沈芷寧不僅進了，以後還要進書塾唸書，她聽了便笑了，得寸進尺，也不想想這地方是她能來的嗎？

沈芷寧掃了一眼沈繡瑩，見她滿面笑容，挑不出一處錯誤，撐著下巴回道：「七妹妹倒是第一個來跟我道喜的，不過今日是入學試放榜，妹妹不是已經進了書塾嗎？怎的還來此處？」

「就是圖個熱鬧。」沈繡瑩端著標準的柔弱笑容。「五姊姊是不是也參加了入學試？妹妹就提前恭喜姊姊了。」

她已經迫不及待想看沈芷寧落榜的表情了。

沈芷寧挑眉，眉眼一彎。「七妹妹今日真是喜慶，跟我道了兩次喜了，妳站著也累，與我一道坐吧。」

沈芷寧說完這話，沈繡瑩臉色一僵。「也不用了……」

開什麼玩笑，要是被人看見她與沈芷寧坐在一塊兒，指不定別人以為她與沈芷寧關係極好呢！天底下沒閨秀了竟和她沈芷寧關係好？本就沒多少人看得起沈芷寧，豈不是連帶著要看不起她了？

雲珠明白沈芷寧的意思，巧笑上前將面色難看的沈繡瑩拉到了座位上。

四宜檯另一側。

「小姐妳看，五小姐和七小姐在那兒呢。」潤雪指了指不遠處亭子。「她們二位怎麼在一塊兒了？」

沈玉蓉掃了一眼，便不再看。「沈繡瑩是看誰得意就去巴結誰，我怎麼不知道她現在短視成這般了？沈芷寧就算現在進了永壽堂，就能讓祖母護著她了嗎？到底不是親生的。再說了，她今日真有本事進了書塾，吳州能有多大？真要打聽，誰不知道各房的情況如何？京都來的不知道情況，久了也知了，看看到時候誰會搭理她。」

「可不是，誰不想要跟家世好的作伴。」潤雪搭腔，又像是想起了什麼事，對沈玉蓉道：「小姐，此次沈家幾位小姐是不用參加入學試的，可大小姐好似參加了，大小姐根本不用參加啊，她的才情誰人不知啊！」

這事沈玉蓉也聽說了，當時娘親也在，娘親一眼就瞧出了貓膩，沈玉蓉就將莊氏說的話原話搬了出來。「妳也不看看，今年來的都是些什麼人物，一個三皇子、一個安陽侯世子，她不得要掙足臉面嗎？這入學試魁首的臉面多足，沈嘉婉這個人，心思多著呢。」

潤雪聽得頻頻點頭。

「而且妳再仔細瞧瞧。」沈玉蓉的視線環顧四周。「雖然很多貴家子弟都不用參與入學試，但是這個熱鬧都會來湊一湊的。」

所有情況都被娘親說中了，沈玉蓉背後一陣涼，沈嘉婉還真是心機深重。

潤雪聽了，立刻順著小姐的視線看過去，果真在周遭看到了不少穿著顯赫的少爺、小姐。剛想興奮地說什麼，便被沈玉蓉敲了下額頭制止。「蠢貨，什麼都不懂。」

話音剛落，就聽到一陣鑼聲，繼而是人群更為嘈雜的聲音。

沈玉蓉一喜，推著潤雪。「放榜了，妳去看看沈芷寧落榜了沒有。」

潤雪哎了一聲，連忙過去。

四宜樓紅榜所在之地已被擠得水洩不通，裡三圈、外三圈的人，潤雪個子不高，跳著也看不到，只能往裡擠。

邊擠還能聽到有人道：「我中了！我中了！」也有不少人唉聲嘆氣。

但更多的是奇怪的疑惑聲。「怎麼會這樣？沈嘉婉……」

什麼怎麼會這樣？沈嘉婉不是大小姐嗎？大小姐怎麼了？

潤雪更好奇了，巴不得快點看到，但還未擠進去，就被幾行護衛推開了，人群也被這些護衛隔出了一道通道。

通道中間是大小姐沈嘉婉，和一位穿著極為顯赫的男子，頗為俊朗，氣宇軒昂，領著大小姐輕輕鬆鬆走到了方才她拚命都沒擠進去的紅榜前。

潤雪聽到周遭的人小聲說這男子是安陽侯世子，這就是安陽侯世子？果真是一身的氣派。但大小姐看了紅榜，沒有想像中的欣喜，面容都沒有一絲的笑意，整個臉色是瞬間沈了下來，揮袖轉身即走。

那安陽侯世子見大小姐如此，面色陰鬱，皺眉看著紅榜對身邊小廝道：「查，到底是怎麼回事。」

撂下這句話，安陽侯世子就隨著大小姐走了。

趁人群還沒擠上去，潤雪仗著身形嬌小立刻跑上去，眼神盯準女子玲瓏館的那張紅榜，本想從後面那排看起來，可一下子就被第一名吸引住了。

不是沈嘉婉，也不是其他人，是沈芷寧！怎麼會是她啊？

潤雪張大了嘴巴。「不……會吧！」

潤雪渾身好似被震撼到了，人渾渾噩噩的，回到了沈玉蓉身邊，沈玉蓉一臉意料之中。「沈芷寧是不是沒上榜？」

潤雪愣愣地搖頭。

沈玉蓉一下子站起，尖聲道：「上榜了？」

潤雪點頭又搖頭，最後哭喪著臉道：「小姐，不僅上榜了，她是魁首啊！」

沈玉蓉整個人驚住了，隨後整個臉都扭曲在了一塊兒。「她是魁首？所以方才沈嘉婉臉色臭成那樣？」

潤雪哭喪著點點頭。

沈玉蓉氣得心中火氣無處釋放。「怎麼可能？她怎麼可能壓過沈嘉婉?!她定是作弊了！妳派人去查，這是根本不可能的事！」

西園深柳讀書堂。

一名小廝行色匆匆地跑到李知甫先生那兒，嘴裡焦急道：「先生，先生，好幾波人都來問了，今日紅榜是不是有人作弊了？」

男子正在整理書籍，一舉一動透著儒雅之風，聽此話轉身，溫和反問道：「作弊？」

「是啊！沈府大房、二房、四房的人都派人來問了，還有、還有那安陽侯世子也派了人來，堵著門口不讓人進出呢！都說要問個明白，怎麼就讓作弊的學生上了紅榜？」

李知甫聽此話，將書籍從架上放回案桌的手也頓了頓，繼而猜想到是出了什麼事，失笑一聲。

「先生，您怎麼還笑呢？這事都鬧大了！要是沒處理好，會影響書塾的聲譽啊。」小廝焦急道。

李知甫坐於案桌前，提筆平和道：「今日玲瓏閣紅榜榜首不是沈嘉婉？」

「是啊，是那個、那個叫沈芷寧的，我都沒聽說這個名字。」

「那就是了，紅榜沒錯，也無人作弊。」

小廝一愣，繼而道：「先生，這當真不是她作弊嗎？她可是、可是壓過了沈嘉婉啊，要說有那能力，為何到現在都無人知曉？」

李知甫提筆的手一頓，抬頭看小廝，一向溫和的眼神難得帶了幾分嚴苛。「我不知我何時教過你們無證據就口出妄言。此次入學試乃我親自出題，卷子也從未經他人之手，何來作弊之說？」

先生極少生氣，這回自己竟惹了先生生氣，小廝連忙請罪。

「你將此份手書貼於紅榜處，我已作解釋，上有私印，別人一看便知。」李知甫將手書遞給小廝，又細細叮囑道：「深柳讀書堂都來了數人，四宜樓此時肯定更為喧鬧，你誰人都莫要搭腔，只貼了手書便走就是。」

小廝連連應著，接過手書就要趕去四宜樓，走到門口時，又被先生叫住了。「你等等，將這份也貼上。」

小廝回頭拿了一看。「先生，這不是那位沈姑娘的試卷嗎？」

「既然懷疑，不如讓眾人將試卷看清楚，才能打消謠言不是嗎？」

小廝聽罷，也覺得如此，拿著手書與試卷出了深柳讀書堂。

四宜樓這邊正如李知甫所說，已鬧得不成樣子，經過沈嘉婉與安陽侯世子那一遭，再經沈玉蓉那邊的加油添醋，眾人對紅榜榜首的質疑聲越來越大。

畢竟是壓了沈嘉婉啊！沈嘉婉是誰？何人不知，何人不曉？若是壓過她的女子是當真有真才實學的，自是不會有人說什麼，可若真有那等才學，之前怎麼會名不見經傳？所以定是作弊了！

「妳放心。」安陽侯世子裴延世安撫沈嘉婉道：「我已派人去深柳讀書堂細問，待會兒便會有答案。」

二人以及身後一眾侍衛皆還在四宜檯，不過在旁側的長廊下。

沈嘉婉的目光依舊落在遠處喧鬧的人群那兒，隨後收回目光，向裴延世淡淡欠身道：「多謝世子幫忙，只是芷寧是我的妹妹，此事莫要鬧得太難堪了。」

裴延世微皺眉。「這件事妳不用插手，免得到時候心軟，我會處理。」

裴延世陰沈著眼神，又道：「來人，既然深柳讀書堂那邊還未回應，就先把那什麼沈芷寧找過來，好好問個清楚，再帶到李先生那裡處置，攆出西園。」

裴延世說完，幾個護衛立刻道是，便去尋人了。

四宜檯看榜的許多人也正在尋找沈芷寧，想找出這個入學試上作弊的卑劣小人。

「小姐，這……怎麼就這樣了？」亭子內的雲珠見不遠處人群混亂，不少人在四處張望，還有不少護衛在找人，明顯就是在找她們小姐。

沈繡瑩隱去眼中的笑意，柔聲道：「姊姊好本事，竟還得了個榜首，妹妹熱鬧也看過了，就先回去了。」

說罷，施施然起身，帶著丫鬟去了四宜檯那處。

第十二章

雲珠見沈繡瑩走了，著急起來。「小姐，他們現在是不知道妳在這裡，要是知道了，指不定就湧過來了。」

「沈繡瑩都往那邊走了，哪有不知道的道理？等會兒定要過來了。」沈芷寧道：「走吧，這處留不得。」

若是只有其餘人，她待著便待著，但還有那安陽侯世子的護衛，那安陽侯護沈嘉婉護得跟什麼似的，深柳讀書堂那邊還沒出回應，他自個兒心裡肯定已把她打入死牢了，指不定要對她動用武力押她過去。

她一個女子，怎麼抵得過四、五個大漢？

說著，就要起身，可惜，好似已經來不及了。

「沈繡瑩這張嘴可真是快。」

沈芷寧看著不遠處四宜檯的不少人都往自己這兒看，而那幾個安陽侯府的護衛已經衝了過來，不禁無奈嘆息。

亭子立於湖上，進亭子還須經過一道水上棧道。

不過眨眼之間，那幾個護衛已衝到了棧道之上。

那領頭的護衛頂著臉上的橫肉，就要闖入亭子，但突然停在半道之中，像是被什麼擊中，龐大的身軀從水檻旁轟然倒下，掉入湖水中，激起巨大的水花。

隨後，第二個、第三個、第四個……

這條棧道上的所有護衛皆一一掉入水中，湖裡激起的水花大得都揚在空中，連帶著四宜樓周遭不少人衣物都濕了。

所有人驚嚇得四目相對，無人再敢上那條棧道。

此時，一個男子於眾目睽睽之下緩緩踏上了這條棧道。

他身著玄色暗紋長袍，外套一襲玄色織金雲氣紋氅衣，束髮以金冠，看不清面容，對著眾人的僅是一個背影，偏生就是這個背影，讓人感到十分的危險與不安。

有那麼一瞬間，吵鬧的四宜樓都安靜了下來。

見那男子就這麼步履緩慢地走到亭子內，玄衣擋住了所有人看向沈芷寧的視線，彷彿人就被他護在羽翼之下。

隨後，眾人見男子轉身，轉身看清的那一刻，才知前面見到的背影，不過才是前戲，此人凌厲目光掃過之處，幾乎無人敢對視。

「再看，打的就是你們的眼珠。」

聲音冷冽如寒冰，不帶任何感情，彷彿是從地獄爬出來的惡鬼在索命。

眾人皆移開目光，不敢往那處再投去一個眼神。

沈芷寧倒沒想到秦北霄居然來了，還震住了所有人，心中不禁感嘆：到底是未來的首輔啊！現在這個年紀就是如此，真到了以後，那真是了不得。

沈芷寧眼中帶著笑意，扯了扯秦北霄的袖子。「你怎麼來了？東西都搬好了嗎？」秦北霄要去深柳讀書堂唸書，以後就要同其他的學子一樣，都要住在西園的學舍了。

「搬好了。」秦北霄淡淡回了句。「出來看看，沒想到這麼熱鬧。」

「可不是，熱鬧極了！」

「聽說妳還得了個榜首。」秦北霄目光落在她身上。

一聽這話，沈芷寧眼中笑意更深，往秦北霄身邊湊得更近了些。「是我。沒想到吧？之前是不是看低我了，現在改觀還來得及。」

沈芷寧湊得極近，秦北霄一低頭就能看見沈芷寧的笑眼，那雙澄澈的眼睛皆是燦爛，以及，滿眼的他。還有那張求表揚的面容，明燦可愛至極。

秦北霄不禁唇角微勾，但不過一瞬，左手輕捂住了沈芷寧的眼睛，她長長的眼睫一下下撲閃，他的掌心被撲得微癢，就如他此刻的心。

「好生得意。」他低沈道。

「你捂我眼睛幹麼？」沈芷寧躲開他的手。「當然得意啦！這可是榜首，雖說別人都不相信，但應該有人去問了，深柳讀書堂那邊很快就會有人來吧。」

「那便等著吧。」秦北霄坐下來。

亭子內二人對坐，四宜樓處則依舊喧鬧，只不過自從秦北霄出現後，四周聲音都壓低了不少，也都在等深柳讀書堂的人過來。

四宜樓旁側的冶春樓，正是將底下一切看清的好位置，窗邊都是帶刀的侍衛，正中央則是一個男子，英氣俊朗，雖未笑，眉梢卻含帶春意，身著與衣物皆非凡品，所用織繡也都是宮中所出，正是三皇子蕭燁澤。

自打秦北霄出來後，蕭燁澤便沒有移開過視線，最後緩慢收回目光，一掌拍至案桌上，壓著火氣道：「誰能告訴我，秦北霄這廝為什麼會在這裡？」

秦擎獲罪死了，秦北霄不是被秦氏接走了嗎？那就應該在秦家，怎麼還跑到吳州礙他的眼？

他真是厭極了他。小時候在京都，每每見到他都沒什麼好事，秦北霄這廝嘴還毒得很，知道他是皇子，也知道他比他小兩歲，偏不知道對他尊敬，也不知道讓著小的，說的話直戳他心窩，不戳死他不罷休，讓他對秦北霄產生了陰影。

後來秦北霄去了潭州，他才好了些許。現在又要碰到這畜生了嗎？

幾個侍衛互相看看，最後站出一人道：「三殿下，我們未得到關於秦大公子的任何消息，此事、此事我們確實不清楚。」

蕭燁澤皺眉。

罷了，不過秦北霄既然在這裡，就不要怪他手下不留情了，他要讓秦北霄跪在他面前，痛哭流涕地求饒。

如今秦擎已死，他已成罪臣之子，雖說背後還有個秦氏，但他們這一支向來與秦氏宗族不交好，就看他拿什麼狂？

似乎想到了秦北霄跪在自己面前求饒的畫面，蕭燁澤說話都帶了一絲笑意，也開始開起玩笑。「不過，秦北霄到底是秦北霄啊！你們瞧見沒有？剛才他一出來，這些傻子動都不動了！」

底下侍衛不敢接話，他們可都聽說過三殿下與秦大公子的恩怨，也摸不準眼下這位殿下到底是什麼個想法，要說三殿下痛恨秦大公子，偏生話裡話外又透出一股欣賞。

「喲，來人了。」蕭燁澤瞇了瞇眼，看一個書僮朝四宜樓紅榜走來，再將手上的兩張紙一一貼上。

書僮一句話都未說，貼了紙就走了，就連中途有人攔截，想讓他說句話，都推託掉了。

書僮走後，紅榜立刻又被人圍住。

新貼上去的兩份紙，一份是李先生的手書，上有關於玲瓏館紅榜榜首事件的解釋。手書看下來，內容不多，但態度極為堅定，總體內容便是無作弊一說，玲瓏館紅榜榜首就是沈芷寧，毋庸置疑。

上頭還蓋有李先生的私印。

先生其人，向來公正，吳州乃至江南等地文人對李知甫先生的推崇超乎常人想像，一看到先生居然用這等堅決的語氣寫下這份手書，當下只覺得，那必是真的了。

有些人對此還將信將疑，但看到後一份沈芷寧的試卷時，便啞口無言了。

今年沈府西園書塾入學試，不少學子出來都說難，還說是歷年最難，沒有其他，就是因為沒有一道帖經墨義，唯有策論與詩賦，而策論與詩賦是最難作弊的。

為什麼？因為談的都是自己的看法與議論，好的策論天下人皆知，若寫上去一看便知，不好的策論，那也拿不了高分，所以若真是策論，那必是自己作的，如果是請了槍手，前頭先生手書上也寫了，所有試卷都由他保管，未經他人手。難不成還不信先生嗎？

那此次，玲瓏館魁首，還真是這名不見經傳的沈芷寧了？這般力壓沈嘉婉，真是有一個天才要橫空出世了嗎？

突然人群中有人指著沈芷寧試卷道：「你們看，這幾篇策論與詩賦是真的好啊，角度新穎，我以前從未往這方向想過。」

有人這麼說，更多的人都看了起來，一時之間，讚揚之聲大過了質疑之聲，直至質疑之聲被徹底淹沒，消失不見。

一旁的沈玉蓉幾乎咬碎了銀牙，而沈嘉婉的面色也頗為難看，轉身即走了。

拜師禮在下午，於西園的正德堂。

與上午不同，上午四宜檯放榜，還有不少看榜之人，放榜之後便閉園了。

拜師禮中來的，都是往後同在西園玲瓏館與深柳讀書堂唸書的人，許多都是吳州江南等地的名門子女，身著顯貴，也有不少顯赫子弟是來自其餘地區，還有少數人則是通過入學試考上的寒門子弟。

放榜一事已鬧得人盡皆知，沈芷寧與秦北霄一到正德堂外側，就收到了許多打量審視的目光，而那些目光中不善的居多。

沈芷寧略感不適。

說來她前世可未如此受人矚目過，都是待在文韻院，極少出來，就算出來也都是降低自己的存在感，如今一出場就吸引了無數人的目光，這待遇可是兩輩子以來第一次。

「不舒服？」秦北霄偏身在她耳畔低聲問。

溫熱的氣息於耳畔縈繞，繞得沈芷寧心口一緊，連忙道：「就是有點不適應。」

秦北霄「哦」了一聲，面色依舊淡漠，但更靠近了沈芷寧一些。他的個子與身軀本就高大，沈芷寧在他身邊更顯嬌小，以至於他稍稍有意一擋，不少視線都被阻隔了。

「這女子就是此次紅榜的榜首？」一旁三三兩兩的女子中，一穿粉衣的女子開口問：「上午我未在，聽聞四宜檯那邊鬧得頗大，還說什麼作弊？」

「可不是，壓了沈嘉婉的榜首，妳說奇怪不奇怪？妳說她真有那實力，怎麼之前都沒顯露，今日倒展現出實力了。」說話的是青州知州之女紀薇，平日裡與沈嘉婉交好，免不得替沈嘉婉打抱不平。「也不知道李先生怎麼想的，還拿出手書替她解釋，想來是被蒙蔽了，反正我是一點都不相信！」

另有女子道：「沈嘉婉此次當真是被自家姊妹給害了，聽說是三房的？叫沈芷寧，父親不過是個縣令。」

紀薇聽罷，慢慢道：「那與我們當真不是一路人了，在西園，誰打交道不是看家世與人品？這女子人品如此，家世也不好，只配跟那些個寒門出來的低賤人在一塊兒。」

「妳別這麼說，李先生最不喜歡這樣的說辭，被先生聽到了，小心妳挨一頓罵。」那粉衣女子回道，又問：「不過那沈芷寧方才身邊的男子是誰？我在吳州還未見過此人。」

長得俊朗至極，那氣勢又非常人可比，走過去的時候，周遭人都下意識噤口。

聽此話，紀薇又想到上午四宜檯的場景了，全場皆被這男子鎮住，在他的視線之下，無人敢動，回想起來令人極不舒服，可當時，身體卻好像不聽使喚似的動彈不得。

越想越帶氣，紀薇冷聲回道：「誰知道從哪裡冒出來的？與沈芷寧混在一起，能是什麼好東西？」

此話方落，紀薇的袖子就被拉扯了一下，旁邊的女子壓著聲。「妳今兒個是怎麼回事，嘴巴都不帶遮攔的。我找人打聽過了，這人可是京都秦氏的秦北霄，雖然父親落罪，但好歹背後還有個秦氏，妳總知道秦氏吧？」

京都幾大世家門閥，其中便有秦氏，那真是完全與她們不是一個世界的圈子了。

紀薇臉上一陣紅、一陣白，本來就因上午碰見沈嘉婉，替她的事感到不平，現在又想到這個沈芷寧竟然攀上了秦家出身的公子哥兒，心底更為不爽，開口嘴硬道：「妳都說父親落罪了，那便是罪臣之子，不過就是個破落戶，得意什麼？」

說罷，紀薇就甩下眾人進了正德堂。

沈芷寧與秦北霄進了正德堂，隨著時間的逝去，正德堂的人也越來越多，進來後都規規矩矩地站在堂內。

沈芷寧見李知甫先生已坐在堂內上座，一旁是大伯沈淵玄，還有二伯沈淵計與四叔沈淵屏，除了她父親還在任上，其餘都來了，也是隆重。

「看來都來齊了，那拜師禮就開始吧。」大伯先道。

隨後開始進行各類儀式，最後則是一一向李知甫先生敬茶，玲瓏館優先，輪到沈芷寧時，她明顯感受不少人都在看著自己，深呼了口氣，端了茶去先生面前。

「請先生喝茶。」沈芷寧跪於他跟前，將茶舉高於頭。

感受到茶杯被接過，繼而聽得先生溫和的聲音，也不知是否是她的錯覺，聲音中還略含笑。「好了。」

沈芷寧聽罷，拿了她的那一碗抿了一口後乖巧起身，回到了自己的位置上。

玲瓏館後，便輪到深柳讀書堂了，一一輪了過去，裴延世過後，就是一身著白衣、氣質雅淡的男子，沈芷寧仔細聽身側同窗說，這位是安陽侯世子裴延世的表哥，姓江名檀。

江檀之後便是秦北霄，他一出來敬茶，氣氛明顯壓抑了不少，一部分是因為秦北霄後面的一位男子，身著極為顯赫，皆為宮中織繡。

沈芷寧腦海中浮現出三個字，三皇子。

此人明顯對秦北霄敵意頗深。

隨後，沈芷寧的視線則一直在秦北霄身上，從他端茶碗，敬茶，喝茶，一刻都沒離開過，當他喝完茶，沈芷寧察覺到了一絲的不對勁。

他收於袖中的手，似乎有些許的顫抖。但他克制得極好，不過一瞬，就與往常無異，若非她站在這個方向，以及一直關注著他，恐怕發現不了這個動作。

他回到了自己的位置，拜師禮結束，現場較為混亂時，他便消失了。

沈芷寧不知是出了什麼事，但總覺得不對勁，立刻出了正德堂找人，沿著抄手走廊跑過去，跑到一處後，忽然被一邊屋子裡的人拉了進去。

拉人，關門，抵門。一氣呵成。

沈芷寧嚇得心臟怦怦跳，剛想尖叫，抬頭便發現是秦北霄。

「妳跟著我做什麼？」沈芷寧的手腕被他攥緊，人被死死壓在屋門上，他的聲音極其沈，那沈聲中還帶著幾分虛弱。

沈芷寧這才注意到他額頭上冒著汗，臉色蒼白至極，那雙眼睛直直盯著她，狠戾之色就在瞳色之中。

「我看你喝了茶之後就不對勁了……」沈芷寧連忙解釋道：「你怎麼了？秦北霄，頭上怎麼這麼多汗？」

秦北霄漸漸鬆開了她的手腕，緩緩倒退幾步，碰至案桌時，似是支撐不住，癱軟在地。為了不使自己徹底倒地，他手撐在椅上，鬢間髮絲凌亂，呼吸更為凌亂。

「秦北霄……」沈芷寧趕緊上前扶住他，但剛觸碰到他的身子，就感到像是摸到了冰塊一般。「怎麼這麼冷？」

可就算身子冷成這般，他的額頭卻還在冒汗。

再這麼下去，人指不定要出事了，沈芷寧當下決定去喊大夫來，剛要起身，就被秦北霄拉住。「別去叫人。」

「可你這樣……」

秦北霄不回，身子則因為痛苦開始蜷縮。

沈芷寧哪見過他這個樣子，焦急地摟住他，扯出帕子擦他臉上淌水似的汗。「你不讓我去叫大夫，好歹告訴我是怎麼了？怎麼喝了杯茶人就成這樣了？是茶水有問題嗎？」

第十三章

秦北霄似乎是越來越嚴重了，回答不出話來。

沈芷寧只感覺到他的身子沒了溫度，但他痛苦極了，眼睛通紅，血絲遍布，太陽穴與脖頸處青筋突出，雙手劇烈顫抖著，整個身子僵硬著，喉間發出壓抑的嘶吼。

沈芷寧見他這副樣子，莫名的心疼像浪潮一波一波地湧上來，越來越強烈。

怎麼會這樣呢？他怎麼就被害成這樣了。那茶裡一定是被下毒了，那個人就想讓秦北霄死，想讓她拚命救回來的秦北霄就這麼被害死了。

折磨他，逼他發瘋，看他痛苦，卻無人依靠。他前世是不是也是經歷過這些？

禽獸父親剛死，又被宗親拋棄送來沈家，從京都到吳州，傷成那樣也不給他醫治。到了沈家，也無人救他，任他自生自滅，以至於一直留著病根，以為到了書塾便會好了，誰知方來拜師禮就遭遇此劫。

這得疼成什麼樣，才會讓秦北霄是現在這副狼狽樣子？

「我不問你了，是不是很疼？」沈芷寧壓著哭聲道，抱著渾身顫抖的秦北霄。「我身上暖和，你貼著我點。」

秦北霄已被體內的毒藥折磨得死去活來，死撐著讓自己保有意識。

可這明國的毒藥太厲害了，他不過含在嘴裡一會兒，其餘盡數吐光，便被這藥擊潰了，體內如火灼燒，體外如冰雪附著。渾渾噩噩之間，似是有溫暖的身子貼著他，熟悉的香味縈繞鼻尖，耳畔是她的低語與哽咽。

她哭著一遍一遍喊著，秦北霄。

真愛哭。他不太想讓她哭，還是喊著自己的名字哭，他奮力抬手，想抹去她臉龐的淚痕。可恍惚之間，他想起自己剛到沈府之時，她是否也是這般幫他，可她為何要這樣幫他？僅僅是因為她所說的那所謂善心嗎？

可不應該是幫到這分上。她肯定是有所圖！

他心裡就像堵著一口氣，手就這麼攥緊她的手腕，用盡全身的力氣讓自己恢復意識，聲音嘶啞低沈。「妳告訴我，沈芷寧，妳到底為了什麼？妳告訴我，就算背後有人指使妳，我也不會怪妳，妳到底要什麼？」

他柔聲哄著，就想要個答案。

要什麼……她不過是報恩而已，就是為了那短暫的放心。可這話說了他信嗎？

沈芷寧抬手覆著秦北霄的手背，輕聲回道：「真要說來，總不能見死不救吧？」

話音未落，她便被扣入他懷裡，耳畔是他冰冷的嘴唇，沈聲中帶著嘆氣。「那妳永遠別想逃了。」

沈芷寧愣了半晌，不太明白秦北霄此話到底是何意，想開口問他意思，卻見他似乎又沒了意識，緩緩鬆開了她後，整個人開始蜷縮在太師椅旁，高大的身軀縮成了一團，不住的顫抖。

「秦北霄……這樣下去要到什麼時候……」沈芷寧咬唇，伸手想去觸碰他的臉，手指還未碰到，就聽得屋門砰砰作響。

「開門！」只聽得屋外有一清朗男聲響起。

沈芷寧一下子慌忙站起，視線在屋門與秦北霄之間來回焦急移動。

這該怎麼辦？秦北霄不讓她找人，是不是不想被人看到他這副樣子，還是有其他的打算？不管了，他這麼說肯定有他的道理。

沈芷寧在屋門不斷被敲響時，拚命將人拖至紗簾後頭，隨後跑去開門。

門口站的是蕭燁澤，一見沈芷寧，微眯了眼，眉梢處帶著幾分不滿。「怎麼回事？開得這麼慢？」

說罷，就要推門而入。

沈芷寧張手擋著。「三殿下有何貴幹？」

他這副來尋仇的架勢，她怎麼可能讓他進去見秦北霄。

蕭燁澤沒想到眼前這個小姑娘膽子這麼大，竟還敢攔他，冷聲道：「知道我是三殿下，還攔著？沈家的人膽子倒是頗大，給我讓開！」

「大不大另說，但今日誰來我都不會讓，三殿下若想過去，那便殺了我，畢竟死人是不會擋道的。」沈芷寧死死盯著蕭燁澤，寸步不讓。

「妳真當我不敢殺妳？」蕭燁澤沈下臉。

「不用三殿下動手，若是殿下踏入這門，我便一頭撞死在這柱子上，我知道三殿下有天大的本事，但沈家也不會就此罷休，畢竟也是一條人命，三殿下何必呢？就為進一間屋子，白白吃一場官司。」

沈芷寧胸膛起伏，一字一頓道，尾音帶了幾絲顫抖。

「就為進一間屋子？我可是來找秦北霄敘舊的。」蕭燁澤說的話帶著幾分調笑意味，而這調笑中沒有一點笑意。

沈芷寧一聽這話，沒有退後一步，反而更往前一步，擋在蕭燁澤面前。

蕭燁澤的怒氣上來，就要伸手推開沈芷寧，手還未碰到她，就聽見屋內虛弱之聲，儘管虛弱，但狠戾不失。「蕭燁澤，你敢動她。」

蕭燁澤手一頓，又聽秦北霄道：「沈芷寧，讓他進來吧。」說罷，便是一連串劇烈的咳嗽，咳得令人心驚。

沈芷寧不顧蕭燁澤了，連忙跑回屋內的紗簾後，輕撫秦北霄的後背。「好些了嗎？」

秦北霄未回答，還是咳嗽，鮮血從嘴邊流淌，滴在玄衣上，一下滲入不見。

蕭燁澤進屋，見秦北霄這慘樣，表情莫名的開心。「這麼狼狽啊？秦北霄，看來恨你的人不少啊！」

這話剛落，他又細細打量，發覺了不對勁，似乎忽然想起了什麼，臉色一下嚴肅起來，立刻走到秦北霄身邊，蹲下，碰了下他的手背，不再是開玩笑的口氣。「這是明國的……」

「赤雪。」秦北霄靠在沈芷寧身上，閉著眼掙扎吐出了兩個字，聲音飽含凜冽。

蕭燁澤面色一白。

靖、明兩國交戰時有過一場戰役，當時數千士兵夜襲紮營，喝了生水，沒想到當夜便屍橫遍野，慘不忍睹，據倖存下來的人說，所有中毒之人體內如烈火焚燒，身體卻冰冷如雪，冰火兩重天，痛苦至極。

號哭響徹天，撐不住自殺的人不在少數。這場戰役，震撼靖國朝野。「赤雪」一名也人盡皆知，只是，今日竟然出現在了沈府！

「這裡有明國的狗雜種混進來了？」蕭燁澤咬牙切齒，摸上腰帶的金匕首。「今日沒查出來，誰都別想離開西園！」

他雖然討厭秦北霄，但孰輕孰重還是分得清的，就算兩國明面上和解了，可混入靖國的明國人必須死！

「三殿下。」沈芷寧喊住了蕭燁澤，視線則一直在秦北霄身上。「還是等秦北霄好了之後再做決斷吧，不然恐要打草驚蛇。他既然要殺秦北霄，人沒死，就不可能走的，總會有下一次。」

蕭燁澤張嘴，剛想要反駁等什麼？先殺了那明國人再說！

可他看到秦北霄這樣，想了一會兒，也沒明白自己是什麼心情，最後洩氣地坐在秦北霄旁邊，感嘆道：「秦北霄啊秦北霄，世事無常，你竟然混成現在這副鬼樣子。」

沈芷寧沒管蕭燁澤說什麼，擦了擦秦北霄還在冒汗的額頭，人現在是好一點了，不像剛開始那般恐怖了，但最好還是找大夫看一看。

思來想去，沈芷寧盯上了蕭燁澤。

「幹麼？」蕭燁澤被盯得渾身不舒服。「妳這小姑娘真的是不知天高地厚，居然敢這麼看我?!」

半個時辰後，秦北霄被送到了蕭燁澤的學舍，蕭燁澤找來了隨身跟著的大夫，確認一切無礙後，沈芷寧才鬆了口氣，繼而趕回了永壽堂。

她的行李都已經送到永壽堂，以後她也要在永壽堂住著了。

永壽堂遠不如文韻院自在，而且整個沈府不知道多少雙眼睛盯著，要事事小心，步步留意，不能出了差錯，也不能丟了祖母的臉面。

這般想著，沈芷寧進院子的腳步都放輕了些。

許嬤嬤已經等半天了，見著沈芷寧進了院子，忙下了臺階相迎道：「姑娘回來了，今兒不是說只是拜師禮嗎？怎的到現在才來啊！老夫人都等急了。」

沈芷寧立刻揚起笑容道：「嬤嬤，我在西園逛得忘了時間，我這就進去向祖母請罪。」

許嬤嬤瞧著沈芷寧，想起今日西園放榜之事，五姑娘受委屈了，應當是心情鬱悶在西園散心。現在五姑娘眉間帶著幾分疲倦，小臉還頂著笑，說著要去給老夫人請罪。

許嬤嬤心底不免多了幾分心疼，柔聲道：「快些進去吧，老夫人在東側屋呢，還未吃東西吧？我去喊人傳菜。」

沈芷寧哎了一聲，小跑至東側屋，輕敲了敲屋門。「祖母，我來了。」

「進來吧。」沈老夫人淡淡的聲音傳出。

沈芷寧踏進屋，見祖母坐於八仙紫檀木桌旁，手中拿了張試卷，看著極為眼熟，沈芷寧沒有多看，也沒有多問，待祖母喊她坐下後，才坐在祖母對面。

剛一坐下，就聽得祖母問道：「今日受委屈了吧？」

沈芷寧一愣，繼而回道：「其實也算不得委屈，大家只是不相信我罷了，以後便會信了。」

「妳倒想岔了。」沈老夫人視線還在手中的試卷上，慢慢道：「今日這檔事一出，雖說有李先生替妳解釋，明事理的人會懂，但本就有偏見的人會對妳意見更多。」

「祖母的意思是……以後我低調些？」沈芷寧疑惑道。

「並非這個意思，相反，是越高調越好。」沈老夫人抬頭看沈芷寧。「妳既有這個實力，何必藏著？就算妳藏著，那些不喜妳的人便會就此放過妳了嗎？妳要在書塾拉開與別人的差距，差距越大，大到讓她們覺得妳是一座山，跨不去、越不過，自會歇著了。」

這也是沈芷寧之前所想，眉眼一彎，欣喜嗯了一聲。重來一世，她也不會別的，只能從這方面著手站穩腳跟了。

「當然，像西園那處，是最會恃強凌弱的地方，不少都是看家世地位，妳父親於官場上，一直無人提點、提拔，我回頭寫封信，也該謀劃謀劃了。」

如果說這段時間最為開心的事，莫過於聽到祖母這一番話了，沈芷寧高興得立刻起身，想給祖母磕幾個頭，被攔了下來。

「多謝祖母。」沈芷寧眼中的笑都要溢出來了。

沈老夫人面容不變，但將手中的試卷遞了過來，道：「寫得不錯，沒想到妳這般有天賦，一直都未去書塾上學，還有這等文采，當真不錯。」

原來祖母手中拿的是她的試卷！

沈芷寧接了過來，發現試卷有不知被翻看過多少回的痕跡，瞧出了祖母是真心喜愛。

沈芷寧抿著笑把考卷收了，接著陪同祖母用飯，隨後跟著許嬤嬤去了安排的屋子。永壽堂的屋子比之她在文韻院的屋子，更為精緻，用的、擺的皆是府內上品，這是祖母差人用心準備了。

沈芷寧心底流過幾分暖意，祖母雖然面冷，但人真是極好的。

待漱洗完畢，沈芷寧躺在架子床上，長長吐了口氣，剛進書塾第一日就出了這麼多事，也不知道今後在書塾是否還會像今日這般。但不管如何，祖母既然喜歡讀書好的女子，她就要好好努力，讓祖母滿意才是。

至於秦北霄那邊……

沈芷寧想到他，就想起了他貼在自己耳畔說的那句話，又想了半天，還是不明白是什麼意思。算了，不想了，這人雖然嘴壞，但待她實際上不差，無論是前世欠他的，還是如今的幾分情面，反正在沈府時她定會護好他。

一步一步的來，現在所有事情都在好轉。

沈芷寧甜笑著翻身，進入夢鄉，等著明日書塾正式進學。

翌日，天還未亮，沈芷寧就聽得祖母派來伺候她的范嬤嬤麻利地叮囑丫鬟，拿臉巾、面盆，繼而喊她起床。迷糊之中穿上了衣，梳好了妝，到了祖母的東側屋聞到食物的香味才算醒了神。

紫檀八仙桌上擺滿了各式各樣的早點，有一一綻開的「鬼蓬頭」，松毛木籠盛放的小湯包，看著極為鬆軟綿密的棗泥糕……

許嬤嬤拿起一西施紫砂壺泡了杯松蘿茶，遞至沈芷寧面前，慈祥笑道：「姑娘吃吧！這是文杏園的燒賣，那是品陸軒的淮餃，姑娘嚐嚐，老夫人怕姑娘在永壽堂吃不慣，都是今兒一大早差人去外頭買回來的，姑娘吃幾口再喝一杯松蘿茶，聽說這是吳州時興的茶呢。」

許嬤嬤說著，用公筷挾了湯包放入沈芷寧的湯勺。

沈芷寧聽著，一陣暖意從心中湧上來，朝沈老夫人與許嬤嬤甜笑了一下，又小心翼翼拿起湯勺，將湯包咬了一小口，吸著裡面濃郁的湯汁，她眼睛一亮道：「好吃！」

「老奴就說吧，二梅軒那家茶肆到底是開了多年了，聽聞不少公子、小姐常派小廝去買，定是符合我們姑娘口味的。」許嬤嬤看沈芷寧吃著湯包一鼓一鼓的臉頰，笑道。

沈老夫人嗯了一聲，多看了一會兒沈芷寧，才開始用早點，吃了幾口慢慢道：「明日讓底下人再買，孩子還在長身體，自是要多吃點。」

在永壽堂吃飽喝足，便要去西園的玲瓏館，沈芷寧在許嬤嬤的叮囑下，帶著雲珠一道前去。

快到玲瓏館時，沈芷寧對雲珠道：「待會兒我進去了，妳便回文韻院，燒幾樣好菜與補品，午時再帶來。」

待雲珠應下後，沈芷寧進了玲瓏館。

館內已有不少女子在，有些三三兩兩聚於館中庭院假山處談笑，有些在廊檐下走動，更多的則已經坐進了學堂裡。

沈芷寧踏進了學堂，方一進去，不少人就停止了說話，坐在前三排左側的沈玉蓉一見沈芷寧，高聲嘲諷道：「五姊姊來了，五姊姊昨日可真是風光，從未上過學塾，卻一舉拿下魁首，厲害！」

說著，便伸手鼓掌，偌大的學堂，偏生就沈玉蓉發出了這零星的掌聲，尷尬至極。

沈芷寧沒理會，徑直走到最後留給她的唯一一張案桌，而案桌上的各冊書籍已被人弄得亂七八糟。

學堂眾人雖似乎表面在說著話，但還是關注著沈芷寧那邊，看她有什麼反應。誰知人家什麼反應都沒有，就當沒事發生一般，淡然地坐了下來，將書籍好好收拾整齊，不哭不鬧，不見任何波瀾。

好生定性，看看能撐多久。

沈芷寧就這般坐在自己的案桌前，大概過了半炷香的時間，外頭的人都坐了進來，最後進來的是沈嘉婉還有一瘦高的女子，沈嘉婉輕掃了她一眼，無任何反應，徑直坐到了自己的位置上，而那位瘦高女子則是狠狠瞪了自己一眼。

也不知道哪裡得罪這號人物了。

第十四章

未過多久，玲瓏館的陸先生進來了，陸先生是女子，自幼飽讀詩書，不輸男子。一進來便開始給眾人講了西園書塾的相關事宜。

比如上的什麼課，進的什麼學，總的來說便是四書、五經、六藝，外加一些雜學，與男子無異。包含什麼時候休沐等等，也都一一告知。

講完後，陸先生便開始上課，先上的是《尚書》，講的內容前世李先生都與沈芷寧細細講過了，但她也沒有懈怠，還是細聽。

兩堂課後，陸先生拿出一冊《道德經》，這並非屬於進學內容，不少人對此不甚了解。陸先生也未多講，只抽取了裡面一句話。「天地不仁，以萬物為芻狗。」

「不知各位，能否與我講講，對此句如何理解？」

這話一落，學堂內響起輕微的竊竊私語聲，隨後沈嘉婉身旁的女子巧笑著拉了她一把，沈嘉婉躲開，輕笑道：「別鬧。」

隨後，沈嘉婉還是起身道：「回先生的話，以我的理解，芻狗乃祭祀所用之稻草狗。此話之意，莫非是，天地不仁道，將世間萬物都視為祭祀所用之芻狗，也意為天道無情，此乃天地聖人之漠視，對萬物之踐踏？不過這僅為我個人理解，還請先生指教。」

陸先生聽罷，笑著點點頭，未多說什麼，讓沈嘉婉坐下，隨後道：「還有誰想說一說？」

「先生，沈芷寧是今年玲瓏閣魁首，想必才情斐然，學生對她頗為敬佩，想聽一聽她的見解，也好受教一番。」沈嘉婉身邊的瘦高女子便是紀薇，笑著對陸先生道。

這話一出，學堂所有人皆回頭看沈芷寧，沈玉蓉眼中是止不住的竊喜。

沈芷寧心裡倒是早有準備。這些人怎麼可能就這麼輕易放過她？有個機會就想讓她出醜，只是能不能得逞要另說了。

她緩緩起身，慢慢回道：「回先生的話，原意我與大姊姊想法一致。」

紀薇嗤笑一聲，就知道沒點真才實學，盡學著嘉婉說話。

「只是這延伸之意，我倒覺得並無踐踏漠視之意，不仁為大仁，無情乃大情，應是天地將萬物視為芻狗，貴賤皆同，是萬物平等之意；芻狗用之供之，不用棄之，乃不重要之物，便無所謂仁或不仁，乃道法之自然，任其變化而已。」

「妳在胡說什麼？

「怎麼可能是這個意思？什麼貴賤皆同？照妳這麼說，難道我們在座這些人和外頭那些個低賤乞兒是相等的？」紀薇立刻起身道：「簡直是胡言亂語！」

「好了，紀薇，坐下！」陸先生皺眉道，又仔細思考了一番沈芷寧說的話，道：「沈五姑娘的想法當真是新穎，說來我一直研讀此籍，也未讀出個所以然來，今日沈五姑娘這一番話倒是提點我了。」

紀薇的臉色一下子變了。

眾人聽了，開始竊竊私語，這可是教她們的陸先生，今兒竟然說沈芷寧提點她。

陸先生似乎還沈浸在沈芷寧說的這番話中，想了好一會兒，最後到沈芷寧身邊，拍了拍她的肩膀，柔聲道：「說得好。」

這明顯與方才對沈嘉婉回答的態度不同。

待下課後，沈嘉婉立刻出了學堂，紀薇隨之出去，還有幾個女子。正是要吃午飯的時候，沈芷寧準備一下也出了學堂。

剛出學堂，走至廊檐下，就差點被一塊石頭砸中身子。

「沈芷寧，妳讓我說妳什麼好？人家姊妹就算不和，也不會鬧到檯面上，妳倒好，偏生來禍害自己姊妹。我聽說妳從未上過書塾，嘉婉自進書塾以來一直是名列前茅，妳與她同參加入學試，卻是妳搶了魁首，說出去，又有幾個信？也不知道李先生怎麼就被妳騙了過去，還替妳解釋！」

她看向滔滔不絕的紀薇，輕輕皺眉，沒有回答。

「再說今日，妳說的那些什麼平等的話，根本就是故弄玄虛，陸先生倒是被妳糊弄到了，妳倒是把這些話到街上說一說，妳敢嗎？我怕是官府立刻就來拿人，說妳散播瘋言瘋語，當街斬殺也不是不可能吧？也是嘉婉忍著妳、讓著妳，不與妳計較，但我可看不下去妳的做派！」

紀薇在庭院中間道，想著方才沈嘉婉於無人處略帶委屈的臉色，嘴上還一直說：「無事，沒關係，芷寧也是我的妹妹。」

她聽著便氣不打一處來，她定要為嘉婉出了這一口惡氣！

此時學堂眾人皆已出來，紛紛在四周觀望著。

沈芷寧聽了紀薇的這番話笑了，回道：「妳口口聲聲一個搶，怎的這榜首是我大姊姊的囊中之物？必是她得才是道理，我得便不行？妳又口口聲聲說我故弄玄虛，妳別忘了今日可是妳特意點我起來回答，並非我本願。妳這人奇怪得很，合妳心意妳高興了，不合妳心意妳便要破口大罵，難道這天底下的事，都得圍著妳轉才行？」

紀薇被這話氣得滿臉通紅，一個箭步上前，剛要開口繼續謾罵沈芷寧，就見玲瓏館門口有一小廝進來。

那小廝恭恭敬敬地走到沈嘉婉面前，小心翼翼道：「沈大姑娘，我們世子爺請了酒樓的大廚做了些小菜送到西園來了，邀姑娘一道去用飯。」

「還吃得下嗎？都被人欺負到頭上來了，也不知道你們世子爺怎麼搞的。」紀薇馬上道。

那小廝一瞧周遭的情況，各家小姐都圍看著，而沈大姑娘的面色確實不好，連忙道：「姑娘莫急，小的現在就去請世子爺過來。」

紀薇聽了這話，冷笑著對沈芷寧道：「有妳的苦頭吃。」

沈芷寧心底嘆氣。

或許昨日祖母還是說輕了，這哪是什麼恃強凌弱？這根本就是把她當仇人看啊！

沈芷寧偏頭看向沈嘉婉。她面容淡雅，在沈芷寧看向她時，眼中笑意略起，但很快消失不見。

那小廝速度也是快，不過一會兒，沈芷寧就見裴延世走進了玲瓏閣。

他個子頗高大，其陰冷的性子配以常年養尊處優，一走進來，周遭人的氣勢便矮了一截，不少女子見到他，竊竊私語都壓低了聲。

他先走到沈嘉婉身旁，好聲好氣地安撫，隨後看向沈芷寧，緩慢摩挲著指間的碧玉扳指，眼神陰鬱道：「沈五姑娘，我給妳兩個選擇，一是當著所有人面，爬出這玲瓏閣；二是向嘉婉磕頭認錯，說妳再也不敢了，之後妳可用妳的雙腿走出去，只是以後再走進這西園，我便讓人打斷妳的腿。」

裴延世的這番話，一說出來，玲瓏閣不少女子的臉上不再是看戲的神情了，逐漸變得凝重起來。

他這瘋子的態度，今日怕真的要好好給沈芷寧一個教訓，說什麼打斷腿，哪是開玩笑的語氣？恐怕是要鬧大了。罷了罷了，本不關她們的事，鬧到最後，也是沈府與安陽侯府的事，火燒不到她們身上。

只是沈芷寧，想來是真的躲不過了。

聽聞過裴延世以往脾性行事的一些女子嘆了口氣，就算不談那性子，沈嘉婉也是他裴延世的逆鱗。

有次詩會上，不知是何家的女子對沈嘉婉出言不遜，當眾就被裴延世的手下狠狠打了十幾個巴掌。如此丟臉，又開罪了裴延世，在吳州是待不下去了，那女子一家便舉家搬遷了。

那女子不過說錯了幾句話就得了這麼個後果，沈芷寧這次是嚴重多了。就算許多人真的看不慣沈芷寧，還是不想鬧得見血。

於是在沈芷寧後面的幾個女子勸說道：「沈芷寧，妳就好好認個錯，磕個頭便算了，以後西園也不要來了，可不要硬碰硬，不然最後還是害了自己。」

與她們相距不遠的沈芷寧，轉頭對她們笑了笑。「我知道啦！多謝。」

那幾個女子鬆了口氣，又聽沈芷寧清脆的聲音道：「可這不是裴世子的選擇嗎？不是我的選擇，你既是要打斷我的腿，我現在人就在這裡。」

「妳瘋啦！」方才那幾個女子中有人不忍出聲道。

這沈芷寧真當裴延世是開玩笑的嗎？

裴延世眉尾微壓，沁著幾分陰毒，看了會兒沈芷寧，隨後轉看著沈嘉婉，目光柔和了許多。「嘉婉，這可是妳這好妹妹自個兒要求的。」

沈嘉婉微皺眉，剛想說什麼，裴延世隨手招來護衛。「聽聞沈老夫人將沈五姑娘養在膝下了，看來沈五姑娘如今有這靠山，是天不怕、地不怕，不過沈五姑娘都這麼說了，哪裡能不如妳所願？」

沈芷寧看著那幾個護衛過來，面色絲毫未變，反倒笑了，對裴延世道：「我是如願了，只怕世子是如不了願了，也不知道按照祖母的性子，把大姊姊嫁給打斷沈家女兒雙腿的世子這一事上，會不會點頭？」

「慢著。」裴延世喊住了那幾個護衛，自己從廊檐上慢慢走下來，面色要比方才陰鬱不少，那一雙眼睛宛若毒蛇吐息。「誰給妳的膽子，敢這麼妄言我與嘉婉的事！」

他說著這話，大手一把伸向沈芷寧的脖頸。

沈芷寧一下感覺到窒息。

裴延世冷笑，剛要用力，心口處就被人狠狠踹了一腳，用力之大，踹得他直接飛出去老遠，讓不少女子嚇得驚叫起來。

大家紛紛看向踹裴延世的男子，身著深柳讀書堂的直裰白衣，可那白衣，哪有一絲讀書人的儒雅？簡直是白無常索命，無盡的戾氣撲面而來。

踏的每一步，就像踩在每個人的心口上，使人恐懼逐步上升。

裴延世口中腥甜甚重，吐了幾口鮮血，掙扎撐起身子，狠毒地盯著一步一步走過來的男人。「秦北霄……」

話根本沒說完，秦北霄抬腳狠踩在裴延世的喉間，手搭在膝上，聲音聽不出任何情緒。「是我，要說什麼？」

雖是這般問，腳下卻更為用力，踩得裴延世滿臉通紅，根本說不出任何話來。

裴延世的護衛看此場景，立刻要衝上前，剛進玲瓏館的蕭燁澤使了個眼色，貼身侍衛馬上擋住了護衛，不讓他們前進半分。

「不說嗎？」秦北霄面無表情，眼神睥睨至極，腳下一點一點加力。「我讓你說。」

再這麼下去，他恐怕真的要被秦北霄給殺了。

裴延世用盡剩下的力氣，一把推開秦北霄，隨後一拳揮往秦北霄的臉。「你是什麼東西？秦擎骨灰都被人揚了！還以為自己是秦家大公子？」

秦北霄偏身躲過了裴延世的拳頭，再一拳將人如破布般揮至了地上，而後邊慢條斯理理著衣袖、邊走到裴延世身邊，慢慢道：「看來是查過我了？既然查過了，怎麼還不知道我老子的骨灰，就是我揚的？」

眾人大驚，有聽聞過此事的，都不太敢相信秦北霄的話。

哪有做兒子的去揚老子骨灰的道理？

連裴延世都一臉驚愕地看著秦北霄，下一刻還未反應過來，右手便被狠狠踩著，又死死被秦北霄抓住頭髮，強迫著抬頭對視他那無情無緒的眼。「是這隻手碰的沈芷寧吧？裴延世，你好像很有能耐，但是不是沒有人教過你低頭？我今天就給你上一課。」

「秦公子。」沈嘉婉終於開口，走到秦北霄身邊欠身道：「還請秦公子放了世子，今日這事實屬誤會，鬧到現在這個地步也是我的錯，公子若還有氣可衝我來，莫要再折磨世子了。」

裴延世本來還死撐著，傲氣得不洩一口氣，可看到沈嘉婉過來說了這麼一番話，讓他真正的面如死灰。

「裴延世，看來你是真能耐，護不住人還要人來求情，佩服。」秦北霄輕掃一眼沈嘉婉，淡淡道。

這話讓從不遠處走來的蕭燁澤聽了，忍不住低聲與沈芷寧道：「殺人誅心啊，不愧是他的嘴，毒上天了。」

沈芷寧想也是，裴延世就是那種不可一世的樣子，對沈嘉婉又是那麼執著，今日不僅被沈嘉婉看見了這狼狽的樣子，還讓沈嘉婉低頭為他求情，這不是等於殺了裴延世嗎？

裴延世已經神色麻木，只對秦北霄道：「總有一天，我會殺了你，將你碎屍萬段！」

沈嘉婉立刻低聲喚了聲世子，又對秦北霄道：「秦公子，還請放了裴世子吧。」

秦北霄未看她一眼，也無任何動作。

沈芷寧見僵持不下，這樣下去也不是個事，況且秦北霄要真對裴延世做出了點什麼，到時候也是個麻煩事，於是提裙跑上前，輕扯了扯秦北霄的袖子。「我們走吧。」

秦北霄低頭看了眼她拉著自己袖子的手，淡聲問：「去哪兒？」

「都可以，我想出去透透氣，這裡人太多，太悶了。」沈芷寧回答，又眉眼一彎道：「你陪陪我嗎？」

秦北霄目光落在沈芷寧身上好一會兒，最後還是放開裴延世，繼而大步走出了玲瓏館，沈芷寧連忙跟上。

人走後，整個玲瓏館像是黑霧終於散開了。

紀薇被嚇白的臉漸漸有了血色，在場不少的女子也都鬆了口氣。說來她們這些女子就算真有仇有怨，也會在私底下慢慢解決，頂多就是嘴上功夫，哪會擺在檯面上把人往死裡打？

今日也算見世面了，居然能看到裴延世吃癟吃成這樣。

蕭燁澤讓侍衛放了裴延世的護衛後也走了，出去的時候還碰到趕來的江檀，江檀向蕭燁澤行禮後匆匆進了玲瓏館。

一群人打打殺殺，也就他以德報怨，心胸一片寬廣啊！

蕭燁澤在回去的路上感嘆地誇了誇自己。

沈芷寧走出玲瓏館後，便一直沒追上秦北霄，他步子大，走得又快，似乎也沒有打算讓她追上的意思。

她跟了幾步不跟了，喊道：「你走慢點，我跟不上了。」

前面的秦北霄頓了頓腳步，沒有立刻停下來，又走了幾步後，才轉身冷聲道：「不是說玲瓏館悶，還要走出來逛逛，走遠些不是更好。」

沈芷寧知道他對她也有氣了，怕是氣她方才為裴延世說情拉他出來。

「這不是已經走出來了嗎？」沈芷寧怕他再走遠，趕緊小跑到他身邊。「我已經不悶了。」

「那回去？」秦北霄佯裝想往玲瓏館走。

「不行不行，不回去了，那裡面現在肯定還鬧得很。」沈芷寧被秦北霄這一舉動激得說了一連串的話，最後無奈道：「你也不怕事情真鬧大了。」

秦北霄目光移至沈芷寧身上，嘴邊的話未說出，目光又定在她脖頸上，嫩白的肌膚上留著幾道手指印，紅白相間，格外顯眼。

他的眼底暗沈了幾分，聲音平淡緩慢。「也是，剛才我就應該直接廢了他。」

說罷，他沒有再看一眼沈芷寧，偏身看向別處，臉色陰沈。

第十五章

沈芷寧聽了他這句話，順著他方才的眼神，想到了他這話的意思，笑了起來，抬腳一跳把自己跳進了秦北霄的視線裡。

「秦北霄。」

「幹麼？」他還是冷著臉。

沈芷寧輕咳了兩聲，隨後認真道：「謝謝你，今天要不是你幫我，真沒那麼容易脫身。」

秦北霄聽了這話，淡淡掃了一眼沈芷寧，諷刺道：「還想脫身？我看妳巴不得上趕著被裴延世掐脖子。」

「哪是巴不得？」沈芷寧立刻道：「誰會喜歡被掐脖子？我才不喜歡！而且……其實也不重，你來得太及時了，他都還沒用力呢。」

秦北霄被氣笑了。「沈芷寧，妳是哪個廟裡跑出來的菩薩？是不是要等他把妳掐死了，妳才不會替他開脫是吧？」

「這不是開脫。」沈芷寧反駁道：「這才不是開脫，我只是不想……」

「不想什麼？」秦北霄不耐道。

沈芷寧猶豫了一會兒，嘀咕道：「不想你因為裴延世那種人犯事啊！到時候你要是因為這件事被趕出了西園，多不值得？根本沒必要。」

嘀嘀咕咕，聲音細小輕微，但秦北霄還是聽見了。聽到的那一刻，感覺很奇妙，說不出的奇妙，似是一下子將他的怒氣與煩躁消滅得一乾二淨。

沈芷寧嘀咕完這句話後，也不管秦北霄有沒有聽見，繼續道：「你莫氣了，讓我來瞧瞧你。」

說著，圍著秦北霄轉了一圈，好好打量了一番。

「瞧什麼？」秦北霄被打量得古怪，皺眉道。

「瞧你還有沒有事啊！昨日你喝了拜師禮的茶，整個人成了那個樣子，我還以為你要撐不過來了，沒想到今日倒似好了。」

昨日秦北霄那樣子確實太恐怖了，她還以為要休整好一段時間呢。

「未真的喝下去，大多吐了。」秦北霄回道。

沈芷寧當下覺得這藥著實厲害，照秦北霄這麼說，他只不過是含著，就已經到那個程度，若真的全喝了，那就是痛苦折磨至死。

此人好生狠毒！

「昨日三殿下說是明國，你又說什麼赤雪，這赤雪應該便是那毒藥的名字吧？」沈芷寧往四周看了看，壓低了聲音道：「可西園書塾怎麼會招進明國人？而且方進學，怎麼就衝著你來了？」

沈芷寧有太多疑問了。

不知是因為秦北霄此次被毒害一事，也可能是因為上一輩子沈家便是因為通敵叛國導致家破人亡。前世她根本不知道發生了何事，且自從重生以來也沒有任何頭緒，眼下書院卻出了一樁明國人混入的事，這讓她覺得不可掉以輕心。若是此人真與大伯有聯繫，或是此人蠱惑大伯呢？又或是，這人就是大伯安插進來西園的？難道，這個時候沈家就已有這些動作了？

沈芷寧越想，背後越涼，前世的一切彷彿又出現在眼前，一幕幕衝擊著她，沈芷寧陷入回憶，腳步都有些踉蹌，幸好秦北霄扶了一把。

「妳好像很怕。」秦北霄一眼就瞧出了她的不對勁，聲音放慢了道：「妳也無須怕。赤雪確實就是那毒藥的名字，此藥乃明國所出，之前有場戰役使之惡名昭彰。」

說到此處，秦北霄眼中盡是諷刺與冷漠。

「至於妳問的，書塾為何會招進明國人，整個靖國，就連朝堂之上站的那些個冠冕堂皇的大臣，好幾個或許都還是明國出身，更別談背地裡與明國勾結有多少。上至朝堂，下至廟府，這書塾進來一個明國人，也不奇怪。只是進來了，就別想活著出去了。」秦北霄漠聲道：「此人定是要抓出來才算數。」

沈芷寧自然也是這個想法，看秦北霄目前這個態度，還有昨日蕭燁澤那要發瘋的樣子，這兩個人恐怕已有所商議了。她自是相信他們，或者說，相信秦北霄。

想到這兒，方才提到嗓子眼的心，也慢慢放下了，人放鬆下來，忘記的事也一下子想起來了。「我忘了雲珠了！你且在這兒等等我。」

她早上還提醒雲珠去文韻院叮囑小廚房燒些好菜來，這會兒也到中午用飯的時間了，雲珠肯定已經來了，但她人卻跑到這兒了。

這般想著，沈芷寧跑回了玲瓏館，果真看雲珠提著食盒在玲瓏館門口張望，見著沈芷寧過來了，立刻跑過來道：「小姐，您去哪兒了？裡頭好似亂得很，我都不敢進去。」

沈芷寧笑了笑，接過食盒道：「方才鬧了點事，不過已經沒事了，食盒我拿走，妳先回去吧。」

雲珠應了一聲，轉身走了。

沈芷寧拿著食盒回到方才的地方，見秦北霄沒走，鬆了口氣。說來他脾氣雖說還是差勁，但已比剛認識的時候好了許多，要是換做之前，恐怕這會兒已經走人了。

「說來，就是今日沒有發生這事，你沒有過來，我也要去找你一趟。」沈芷寧拎著食盒走到秦北霄身邊，隨意道。

秦北霄掃了一眼她手裡的食盒。「找我做什麼？」

「我想過了，你如今身子這麼差，定是要補一補的。」沈芷寧將食盒裡的菜一一拿了出來，認真道：「你想想，之前你受了那麼重的傷，雖說天天吃藥，但也要食補。且還沒休養多少天呢，你身上的那些個傷痕都沒癒合，昨日又中了那麼狠的毒，再不好好補回來，日後身子要垮了。」

至少秦北霄在沈府的日子，她得把他養好了，養得白白胖胖的，最好病根都沒了，自然不會變成前世在東門大街看他的那副樣子。

而且，上回付給林廣白的醫藥費，祖母補給她了。所以她還欠他錢呢！那些錢，自然也是要在這些裡面悄悄還給他，秦北霄這個人疑心得很，斷然不能讓他發現了。

不過就算發現了，他應該也不會想到這麼荒唐的事情上去。

沈芷寧一邊說，一邊想，像是要說服自己這麼做很合理似的。

秦北霄聽著沈芷寧的絮絮叨叨，她似乎從第一天見到他開始就一直念叨著讓他吃藥養傷，似乎他不好起來她便不罷休似的，他真沒見過這種人。

他信了她的不能見死不救，可轉念一想，如若當日躺在那床上的不是他，是另外一個男人，難不成她也是這般對待？

秦北霄心底徒然升起幾分浮躁，目光落在沈芷寧身上。

被秦北霄盯得有些心裡發毛，沈芷寧停下了手裡的動作。「你盯著我做什麼？」

秦北霄沒有說話，那疑問他也不想開口問，但壓得他很是煩躁，偏頭不再看沈芷寧，沈芷寧這個人太容易擾亂心神了。

沈芷寧沒有管他，而是舀了碗湯遞給他。「喝湯啦，別的不說，我們文韻院小廚房師傅的湯煲得是一流，你好好嚐嚐。」

秦北霄輕掃了一眼，心情的不悅讓他不是很想接，但看沈芷寧那發亮的眼睛，手還是不自覺地接了過來。

舀了舀，喝了一口，確實像她所說的，煲得不錯。

沈芷寧見他喝了，立刻道：「是不是還不錯？」見秦北霄微微點了點頭，沈芷寧更滿足了，打算等秦北霄喝完再給他舀一碗。

以後等秦北霄真當上首輔，她還可以與小廚房的師傅說一說，當今的首輔大人可是誇讚過你手藝不錯呢。

秦北霄喝得慢，沈芷寧肚子也餓了，便不盯著他喝湯，自個兒拿了塊紙包的薺菜香餅啃了起來，一邊啃、一邊鼓著臉頰叮囑秦北霄道：「你要多喝點，今兒這湯是專門給你燉的，多吃點好的，多喝點好的，病才會好。

「還有啊，我說了你千萬不要生氣，你以後可不能隨意使用武力了，你身子根本沒好，要靜養，像今日這樣動武是不利於休養的。

「還有還有，之前大夫千叮嚀、萬囑咐，你這右手不能用力提重物，我們還有射箭課，過幾日還要去射圃，你記得要與先生說自個兒右手不便，便不參與了，就在邊上看看吧。」

沈芷寧嘮嘮叨叨說到這兒，放下了手中的薺菜香餅，看著秦北霄的右手，問道：「你現在每日有在塗藥膏吧？你的手心、手掌要塗，你的手腕處也要塗，不能落下了，你也不能騙我，回頭我可是要檢查那些藥膏到底有沒有少。」

沈芷寧說完，就看到秦北霄不喝了，打算再給秦北霄再盛一碗，但被秦北霄給攔了。

「等會兒喝。」

「怎麼了？」

秦北霄慢慢道：「聽都要聽飽了，哪還喝得下？」儘管這麼說，卻也沒有生氣與諷刺的意思，甚至連走的意思都沒有。

沈芷寧聽此話，回想了一下，自己方才確實說了許多，不好意思地笑了笑。「我這不是怕你以後留下病根嗎？現在養好了，以後才會好。你可不能嫌我囉嗦，知道了嗎？」

秦北霄看了她一眼，許久之後才輕輕嗯了一聲，那一聲嗯輕得就怕沈芷寧聽見。

不過沈芷寧沒有再說話，秦北霄以為她是覺得不舒服了，打算斟酌一下用詞解釋一下，剛想開口說幾句，抬頭看見沈芷寧正認真地看著他那慘不忍睹的右手。

他微微皺眉。「怎麼了？妳看著這東西做什麼？」

這東西？秦北霄說話真是清奇。

「什麼這東西，這可是你的右手。」沈芷寧道，說完又似乎陷入沈思，道：「秦北霄，要不我給你的右手做一只手套吧？」

只是她肯定是打造不出前世見他的那一只玄鐵手套，那一只手套一看就知道價值不菲，還是精心打造的。但現在他不是還沒有嗎？現在要做出一只普通手套她還是可以的。

秦北霄一聽這話，臉色沈了許多，將右手收回了袖子裡就要起身。「怕是我這隻手礙著沈五姑娘的眼了。」

明明那日替他搽藥還是一副絲毫不在意的樣子，原來實際還是在意的。也是，他在幻想什麼？這隻手他一個大男人瞧著都覺得觸目驚心，更何況是她一個小姑娘。

沈芷寧連忙站起身攔住秦北霄。「我才不是這個意思，而且哪是我在意，明明是你在意吧！」

他前世就戴著手套，肯定是愛面子。若是真的不在意，那大可不必戴那玄鐵手套，可他就是戴了，說到底還是在意的。

她只是想讓他開心點。

沈芷寧怕秦北霄不相信她說的話，焦急之下狠下心，將他的手從袖中拉出來，大大方方牽著他，眼神澄澈至極。「我是真的覺得沒關係啊！再說了，都看這麼多次了，要真的怕我之前早就怕了，何必等到今日才怕？」

秦北霄沒想到沈芷寧膽子這麼大，竟然直接牽著他的手，甚至一下子沒反應過來，等反應過來時，只覺得觸碰到的地方一片炙熱。

燙得秦北霄下意識甩開沈芷寧的手，僵硬訓斥道：「沈芷寧，男女授受不親！」

沈芷寧一聽，縮回了手，不好意思地擺弄了下衣袖，清了清嗓子道：「我這不是一時著急，與你解釋你又不聽，什麼脾氣？」

「就這脾氣。」秦北霄還能感受到自己手心的熱度，甚至有些心不在焉，隨口回道。

「行行行，你說什麼便是什麼。」沈芷寧伸出兩根指頭，捏著秦北霄胳膊處的衣裳。

「那你好歹把我特意給你備的飯菜吃了，哪有沒吃完就走人的？」

秦北霄的視線移到她捏著自己衣裳的指頭上，眉頭微蹙。「妳這是在做什麼？」

「這不是剛剛你說的，男女授受不親嗎？我可沒碰到其他地方啊。」

秦北霄覺得她滿口歪理有些好笑，一時竟也不知該回她什麼，乾脆順了她意，坐回了原位，拿起碗開始進食。

沈芷寧滿意地點頭，過了一會兒道：「這才乖。那手套，你既然不要，我便不給你做了。」

秦北霄聽見這話，動作一頓，淡聲回道：「外頭店鋪那麼多，還找不到賣手套的？我想要自己會去買。」

「外面做的怎麼能和我做的比？那布料、花樣圖案、甚至用心程度，或許都沒我上心！」沈芷寧立刻反駁道。

秦北霄聽了，唇畔下意識翹起，但很快隱去道：「照妳這麼說，確實妳做的會更好。」

「算你識貨。」

「那先多謝沈五姑娘替我做一只手套了。」

「沒問題！」

等秦北霄走後，沈芷寧仔細回想這對話，怎麼想怎麼不對勁，後來回了永壽堂，才想到，秦北霄分明之前還生氣手套的事，最後竟然還是要？猜不透啊這人……

從西園回永壽堂後，沈芷寧先回屋換了衣裳，再去正堂給祖母請安。

沈老夫人方從側屋的小佛堂出來，見沈芷寧回來了，乖巧地坐在右下的位置上，她招了招手，道：「過來坐。」

沈芷寧一愣，繼而上前，坐在了祖母的臥榻上，這是她離祖母第一次這般近，近得都能聞到祖母身上清淡的檀香。

「上回送來的那膏藥，妳去拿來。」沈老夫人對一旁的許嬤嬤道。

許嬤嬤哎了一聲，沒過一會兒，便拿著一瓶很是精緻的小瓷瓶進屋，遞給沈老夫人。沈老夫人打開後，在手上抹了一些，淡聲對沈芷寧道：「抬頭。」

沈芷寧這才意識到原來祖母是為了她脖子上的傷，聽話地抬頭，由祖母在她的脖頸泛紅處塗抹，那膏藥的清淡藥味夾雜著幾分檀香。

「那安陽侯世子也真是的，怎的就下得了這手？」在旁的許嬤嬤忍不住開口。

因著這兩日是五姑娘剛開始進學，永壽堂這邊還是會派人打探消息，且今日的事也不算小，沈府各房算是都清楚了。

「老夫人，這事可不能就這麼算了。」許嬤嬤道。

「還用妳說？」沈老夫人掃了一眼許嬤嬤，繼而目光還是落在沈芷寧的脖子上，又抬頭看了一眼沈芷寧。「我今日已派人去了一趟安陽侯府，下帖子請安陽侯夫人過幾日來沈府喝茶，倒是要好好與她說道說道。」

沈芷寧沒想到祖母為了她這事竟還去尋了安陽侯夫人，剛想說不想麻煩祖母，但心中千迴百轉後，還是輕聲道：「芷寧謝謝祖母。」

沈老夫人手一頓，嗯了聲，封上了藥瓶，道：「以後這些事，妳要與我說，知曉了嗎？」

沈芷寧點頭應下。

隨後一道用了飯，沈芷寧回了自己屋子後，許嬤嬤擔憂道：「如今書塾那邊這般情況，我們五姑娘恐是要難過一段日子了。幸虧那秦北霄還懂得護五姑娘，也算是知恩的。」

沈老夫人沒接後頭的話，只是搖搖頭。「一半是因著其他幾房，最根本的原因還是這孩子到底是家世低。老三這麼些年了，還在一方當著縣令，仕途遙遙無望，還是得有人幫襯著些。前幾日那封送去京都的信，妳可寄了？」

許嬤嬤回答。「寄了，再過幾日大爺應該就可以收到了，不過老夫人，以大爺的性子，恐不會就這樣將不認識的人硬生生提攜上去……」

「看造化吧。」沈老夫人慢慢道：「上回家中子弟來請安，三房那不會說話的孩子也來了，是叫安之吧？他當年出生時我還抱過他，沒想到有了這殘症，現在正是讀書的年紀，他進不得書塾，妳可知他是在做什麼？」

「老奴聽說就是幫著家裡做些雜事，也是可惜了，長得那般好，也是個聰明的好孩子，就是有了這殘症，唉！」

第十六章

梧桐苑正房，燈火通明，卻是屋門緊閉，丫鬟、婆子皆站在外頭，守著門口。

屋內是死氣沈沈的寂靜，只有燭火燃燒的聲音。

正中央跪著人，正是沈嘉婉，也不知跪了多久，面上流出的汗都已乾涸，眼神中帶著幾分木然。

內屋處，徐氏正誦著經，閉著眼，嘴中不斷吐出經文，大約過了一個時辰，身邊的婆子終是忍不住了。「大夫人，都這個點了，還是讓大小姐先起身吧？雖不是冬日，可跪了這麼久，且還未用過飯，還是傷身啊。」

徐氏像是沒聽見這句話，繼續誦經。

又是一個時辰過後，徐氏才緩緩起身，走至外屋，坐於上位，聲音不鹹不淡問沈嘉婉。

「妳可知錯？」

沈嘉婉回道：「女兒知錯。」

「錯在哪兒？」

沈嘉婉低眸，慢慢回道：「女兒未拿到榜首，還……還被沈芷寧超了去。」

徐氏聽了這話，像是被刺激到似的，一下子起身到沈嘉婉面前，一副恨鐵不成鋼的神情。「嘉婉，妳讓娘怎麼說妳？從小到大，在沈府、甚至是整個江南的閨秀中，妳都是一等一，哪個沒聽過妳的名聲？哪個不豔羨妳？可現在呢?!」

沈嘉婉抿著唇，沒答話。

「妳是個乖的，打妳出生以來，娘從未打過妳、罵過妳，可妳自個兒知道，妳哪能被人壓下去？自古第一才被人知曉，第二又有誰會知道？」徐氏搖著沈嘉婉的肩膀。「妳可知道啊，嘉婉？妳是不能屈居第二的。」

「娘只有妳，大房只有妳，娘沒有用，生不出兒子來。」徐氏的手死死扣在沈嘉婉身上。「娘生不出兒子，但娘有妳，妳得為娘爭氣，知道嗎？」

沈嘉婉低頭。

「妳爹今日又去了外頭那小賤人那裡，聽說那小賤人懷孕了，還硬說是個兒子。」徐氏眼中有著幾分惡毒，滿臉冷意。「笑話，我都生不出兒子，那小賤人怎麼生得出……」

徐氏說到這兒，面目又柔和了些，但手還是狠狠地捏著沈嘉婉的肩膀。「娘只有妳了，妳可千萬不能再這樣下去了，知道了嗎？娘下回不想再聽到這兩天的這些消息了，明白了嗎？嘉婉！」

沈嘉婉道：「好，娘，我知道的。」

聽到沈嘉婉的保證，徐氏讓人把沈嘉婉扶了起來，因跪得太久了，站起來時整個人差點就往前撲去，幸好撐住了。

徐氏道：「快些回屋看書，娘等妳下一回考試的好消息。」

沈嘉婉扶著屋門緩緩出了主屋，丫鬟瓊月紅著眼睛道：「姑娘，等會兒奴婢還是給您拿些吃的吧！您這麼久沒吃東西……」

「不用。」沈嘉婉面無表情道：「爹爹這兩日一直在那外室那兒？」

瓊月猶豫了一會兒，點了點頭。「聽嬤嬤說是的，昨日拜師禮後就去了那裡，甚至都未和大夫人說一聲，怕是、怕是等那位生了兒子，就要接回府了。」

沈嘉婉沒再說話，停在原地，抬頭看漆黑的天空，今日的夜沒有一點星光。

她看向永壽堂的方向，看了半晌，才往自己的屋子走。

說來也算因禍得福，自從進學第二日秦北霄與裴延世打了那場架後，沈芷寧接下來幾日倒不似之前那般被人針對了。

開始幾日，同窗只當她不存在，就像沒她這個人似的，可後來有些人察覺到了幾分不對勁。

不是說沈芷寧是因為作弊拿到的魁首嗎？可在課上，每每先生點她回答，她必回答得流利至極，且博古通今；所作詩賦更是驚豔，旁徵博引之文例她們聽都未聽過，還是當場作出；所作策論角度之新穎，更是聞所未聞，比之深柳讀書堂的男子也絲毫不差。

似乎，她並沒有作弊，真是憑藉著自己的本事拿下魁首的。

有了這個念頭，坐在沈芷寧周遭的幾名閨秀便開始同她說起話來，接觸下來發現，她有趣且隨和，不像是流言說的那般讓人生厭。

今日的最後一堂課是由顧先生上的《易經》，結束後與眾人說了明日的休沐以及休沐後便要開始的射箭課。

顧先生走後，周圍的幾名閨秀圍在一塊兒談天。

「總算有休息的日子了，連著上了那麼些天，晚間看書眼睛都快瞎了。」

「誰不是呢？前些日子雲裳閣出了新衣，我本想著要第一批拿到，哪想先生根本不准假，現下那衣裳都沒了。」

「出新衣了？什麼樣式的？」

「與妳說了又有何用？沒都沒了。我已經想好了，等到明日，我便好生去逛一逛，就不信找不出更好看的，下周射箭課，總不能沒點裝備吧？」

「我之前便備好了，不用特地去買。兄長與我道明日得月樓請了青州最為出名的說書先生過來講一齣《清風閘》，我與他一道前去。」

「當真？可是姓常的那位？」

「就是他……」

一聽是姓常的，沈芷寧便知是常遇，江南極為出名的說書先生，她前世聽過一場，聽過後便念念不忘，沒想到竟來了吳州。

不過現在不是想這事的時候，過幾日便是射箭課了，而她一點基礎都沒有，自小就沒碰過這些個東西，想想便知到時表現會有多差勁。

帶著這個憂慮出了玲瓏館，還未走出館門，就見顧先生捧著一大疊宣紙，臉上出了一層薄汗，因看不清臺階，差點一不小心就要把紙給摔散了。

沈芷寧忙扶了一把。「先生小心。」

「沒看清這兒還有個階，我太急了些。」顧先生苦笑道：「這些是妳們的功課，本是前幾日就要送到李先生那處與他一道批改，偏生我給忙忘了，想著有空再送，未料哪日都不得空，今日小兒在家還病著呢！」

說著，顧先生嘆了口氣，女子與男子不同，就算出來掙那幾個錢，也得兼顧家中。

沈芷寧聽罷，接過顧先生手中的功課，笑道：「那我去送吧，我也無事，正巧要去一趟那邊，不如我送去，先生先回去吧。」

顧先生一聽就知這話是沈芷寧編出來的藉口，嘆她用心良苦，本想說不用，可又想到自家小兒或許在家中哭得淒慘，便受了好意，道：「那……就麻煩妳了。」

「不過是件小事，先生何必在意。」

顧先生連連道謝後，便著急走了，沈芷寧則抱著功課出了玲瓏館。

深柳讀書堂與玲瓏館距離不近，中間隔著四宜檯、風旖閣與荷花池，走到深柳讀書堂時，沈芷寧已累得滿頭大汗。

許是到了下學的時間，讀書堂內頗為安靜，沈芷寧尋到了李知甫的屋子，還未敲門，就聽先生的聲音。「莫再多說什麼，今日你得將這些抄完再回去。」

還有其他人？沈芷寧猶豫著要不要敲門，又聽先生道：「門外何人？」

這下不進去也得進了。

沈芷寧用身子微微將門推開了些，頂著笑臉湊進去道：「先生，是我。」

李知甫正在案桌前，本是未抬頭詢問的一聲，聽此聲音後，微微一怔，抬頭就見木門打開湊進來女子明燦的笑臉。

「先生，我給您送我們的功課來了。」

沈芷寧用胳膊肘推開木門，進了屋子，這下看清了屋內，原來屋子的最西面還有個案桌，案桌前坐著一名姿勢歪七扭八的男子，身上是深柳讀書堂的白袍，但白袍凌亂，不像是個讀書人，倒像是街巷中的混子。

他手中隨意拿著毛筆，斜眼看了眼沈芷寧，冷笑一聲，再繼續看回自己案桌，顯然是一副極不耐煩的樣子。

沈芷寧未管他，走過去將捧著的功課放在李知甫的案桌上，呼了一大口氣，剛想從懷中拿出帕子擦一擦臉上的汗，就聽先生輕笑，繼而一張繡有竹葉紋的帕子遞至自己的面前，溫和的聲音響起。「擦一擦，累著了吧？」

「單是捧著是不累的，主要是玲瓏館離這兒太遠了，走過來有些費勁。」沈芷寧接過先生的帕子，輕抹自己的額頭。

抹的時候，她偷瞄了幾眼李知甫。

先生與她記憶中一樣的溫文儒雅、鬢間微白，今日身著淡青色直裰長袍更添幾分雅致，歲月在他身上留下了痕跡，卻也蘊藏著越來越濃厚的儒雅之氣。

「確實遠了些。」李知甫點了點頭，又想了一會兒，平和道：「此事是我疏忽了，下回讓顧先生將功課放於玲瓏館，書僮過去時可順道帶回來，一日一趟便不會積多。」

沈芷寧笑了。「這法子好。」

沈芷寧的話音方落，西面那處的男子起身了，拿著一疊宣紙過來，沈芷寧無意中看到上頭都是歪歪扭扭的字。

「先生，我都抄好了。」那男子吊兒郎當地站於案桌前，將紙推至李知甫面前。

李知甫僅是掃了一眼。「重抄。」

那男子已極為不耐煩，剛想破口大罵，可看著面前的李先生，不知怎的，嘴裡的髒話就是罵不出口，像是憋出了內傷，一把奪過自己抄的東西，怒氣衝衝道：「那老子回去抄。」說罷，便甩門走了。

沈芷寧一臉驚訝，她從來沒看過對李先生這般不敬的人，好奇問道：「先生，那是誰啊？」

「今年入學試進來的一個貧苦孩子。」李知甫溫和道：「性子極其頑劣，品行更是不端正，但到底考進來了，也有些資質，教書育人，自要好好教導他。」

沈芷寧點了點頭，又聽先生問道：「要喝茶嗎？」

沈芷寧掃了一眼一旁的小火爐，正煮著水，她看一旁放的好似是上回許嬤嬤給她倒的，便問：「是松蘿茶？」

「眼睛倒是尖。」李先生笑道，側身拿了一旁的敞口瓷罐，裡頭是方才就已冷卻好的松蘿茶，飄著清雅的茶香，再起滾燙的水沖之。裹藏的濃郁茶香頓時瀰漫了整間屋子，茶色綠粉均勻，又傾向白瓷碗，真如山間翠綠溪水洩下。

沈芷寧看先生這一番行雲流水，頓感驚豔，小小抿了一口，眼睛一亮。「與我那時喝過的很是不同，不愧是先生泡的！」

李知甫笑了，笑容比平常都柔和了不少，道：「早些時候我便與妳說來西園進學，妳一再推辭，就只來了古香齋，卻不進我這讀書堂。怎的這一回反倒參加了入學試？」

那日他看到她的卷子，還以為是同名同姓之人，後來再一看，直覺還是她，文章如此靈氣十足，且不知為何，她所思所想，所寫所作，與他極為契合，可他才不過教了她幾次而已。

沈芷寧聽了先生這話，眼中閃過尷尬，繼而不好意思道：「先生，那時您與我說時我未想通，現下我想通了。」

「想通了便好。」李知甫似乎很高興，又給沈芷寧倒了杯茶。「以後讀書上有何問題，就來讀書堂尋我，定知無不言，妳若覺得不便，也可去古香齋。」

「自然是好的。」沈芷寧抿著茶水。「再說，不找您找誰，您可是我師父。」下意識說完這話，沈芷寧手上的動作一頓，尷尬地看向李知甫。

李知甫疑惑地偏過頭，啞笑道：「師父？我何時成了妳師父了？」

上輩子您就是我師父，我可是您唯一的關門弟子！

沈芷寧心裡著急反駁，可這個時候還未到那般熟悉的地步，她尷尬得滿臉通紅，慌忙起身。「我隨口亂說的，先生您莫當真，不過……您教了我東西，就是我師父。對！是這個道理。」

她不想說出李知甫不是她師父的話，又說不出個道理，只好隨便找了個理由就跑出了屋子，留下李知甫搖頭低笑。

沈芷寧跑到了外頭，呼了口氣，輕輕打了下自己的嘴巴，又邁步走出了深柳讀書堂，讀書堂內門外，有一石壁，石壁上貼有紅榜，是最近一次考試的排名。

沈芷寧走至紅榜處停住了腳步，目光落於上頭，不看不知道，一看嚇一跳。

榜首居然是秦北霄，排在下面的是江檀，再來是不認識的名字，蕭燁澤則在倒數。

「沈芷寧？」剛看到蕭燁澤，沈芷寧就聽到了蕭燁澤清朗的聲音。「妳怎麼來這裡了？」

沈芷寧順著聲看過去，就見蕭燁澤身著玄衣騎射裝，揹著弓箭，雙臂環胸，一派恣意，眼中滿是好奇地看著她，而他身旁站的就是秦北霄，面容淡漠，也是玄衣騎射裝，只是在他身上多了幾分冷硬與強大氣勢。

看樣子，兩人這是剛上完射箭課回來。

秦北霄不會也射箭了吧？

沈芷寧睜大眼，立刻開口道：「秦北霄，你……」

「沒有射箭。」秦北霄眼中閃過一絲無奈，徑直開口堵了沈芷寧的話。

沈芷寧一聽這話，笑得眉眼彎起，悄悄在蕭燁澤看不見的一側，給秦北霄豎了個大拇指，在蕭燁澤看過來的那一瞬間，又馬上把大拇指縮回身後藏了起來，罰站似地抿唇笑著。

秦北霄見她這飛快的小動作，不禁覺得好笑，唇角微翹後，又握拳假意咳嗽一聲掩飾。

「說到這事我就生氣。」蕭燁澤想起方才射箭課，怪罪秦北霄道：「你怎麼回事啊？竟和射箭師傅說自己射不了箭？我還偏偏選了和你一組，結果就靠我一人！」

他就是知道他箭術了得才選了秦北霄，沒想到選完了這人卻說自己不會射箭，這話放在京都誰會相信啊？也就吳州這群傻子信他秦北霄說的話！

「就你一人成績不也還行嗎？做人莫要太貪心了。」秦北霄淡聲道。

「那得多虧本皇子箭術還不錯，不然真被你拖垮了！」

在旁聽著的沈芷寧眼睛亮了。「三殿下，你箭術當真不錯嗎？」

就方才的話聽來，蕭燁澤與秦北霄二人一組，但秦北霄未參與射箭，蕭燁澤一人就有著不錯的成績，那箭術確實是不錯啊！

第十七章

沈芷寧一問到這個，又見她興奮的樣子，蕭燁澤來精神了，立刻揚起下巴道：「自然當真，想我在京都，每每父皇舉辦射箭大賽，或是秋冬狩獵，我可從未下過前三甲。」

「那可真厲害，三殿下，原來你有這等厲害箭術。」沈芷寧更為驚喜。

這麼厲害的箭術，教她入個門應該綽綽有餘了吧？也不知道三殿下願不願意。

沈芷寧帶上一絲獻媚的笑，輕咳了一聲。「三殿下，三殿下有這麼厲害的箭術，就是不知道能不能、教我兩招，兩招就好。」

她認真比了個二。

這有何難？蕭燁澤已經被誇得飄飄然，剛要開口應下，就聽得一旁秦北霄冷哼嘲笑聲。

「你笑什麼？」蕭燁澤看向秦北霄，見他一閃而過的譏諷，橫眉豎眼問道。

秦北霄面無表情，隨意看了眼自己的衣領，淡漠道：「你箭術厲害嗎？」

沈芷寧疑惑。「不厲害嗎？」

秦北霄又看向蕭燁澤，重複了一遍。「三殿下覺得呢？厲害嗎？」

蕭燁澤被秦北霄這副樣子氣得火冒三丈，恨不得往他那討人厭的臉上狠狠揍上十幾拳。

「秦北霄，你陰陽怪氣什麼？」

秦北霄還是那無情無緒的樣子。「也不知道那個時候的射箭比賽與秋冬狩獵，第一名是誰？」

蕭燁澤一下洩了氣。「是你，是你行了吧？讓我在沈芷寧面前吹吹也不行，真是的！」說完這話，蕭燁澤想到了什麼，更氣了，上前揪住了秦北霄的領子。「年年都是你第一，方才射箭課你卻偏說自己射不了箭？」

「哎呀哎呀！」沈芷寧見狀，連忙上前把兩個人分開，道：「別鬧了、別鬧了啊。」雖這麼說著，目光卻是一直盯著秦北霄，猶豫了好一會兒，最後的眼神就像是割肉般放棄，將眼神移到了蕭燁澤身上。「三殿下，就教我兩招吧，入個門便好。」

畢竟秦北霄還帶傷呢。她才不想他辛辛苦苦養好的傷就這麼加重了。

蕭燁澤又精神了起來。「看來妳是盯上我了，沈芷寧，不過那邊有個第一，妳怎麼不選他啊？」

「他不是射不了箭嗎？」

「射得了。」

沈芷寧的話音剛落，秦北霄便立即回了三個字，這兩句一起一伏，直把蕭燁澤聽愣了，反應過來，又上前揪住了秦北霄的領子。「你不是才說自己射不了箭嗎？」

秦北霄將人推開，慢條斯理理了下衣領，淡聲道：「舉不動，但好歹教得了人，用你那些不標準的動作教人，就不怕把人教廢了？」

蕭燁澤很想反駁秦北霄，但他說的話雖然難聽，卻還是有點道理，畢竟他的一些動作也未完全標準，便悻悻不說話了。

沈芷寧聽這二人是商量出結果來了，看向秦北霄笑道：「那你教我啊？什麼時候？不如就明日上午，可行嗎？你們應當也是休沐吧？」

明日。明日可不行。

蕭燁澤趁沈芷寧不注意，輕碰了下秦北霄的背部。

秦北霄的眉頭微皺，但不過一瞬間，就恢復了常態，道：「就明日早晨吧！到時西園射圃見。」

沈芷寧心滿意足地走了。

沈芷寧方走，蕭燁澤便嚴肅開口。「秦北霄……」

「她聰明，不會耽誤太長時間，到時我自會找理由出來。」

蕭燁澤還想說什麼，但聽秦北霄平靜的話語，不知怎的，方才有些慌亂的心竟有些穩住了，也是，畢竟是他辦事。

二人一路無話。

回到學舍，分開之際，蕭燁澤忍不住開口道：「秦北霄，你要知道，現在一切都是暫時的，你好好完成那些事，總有回到原來位置的那一天。」

就是過程實屬艱辛了些。

「莫要鬆懈了。」

秦北霄未回一句話，獨自回了學舍，坐於學舍案桌前，從黃昏坐至夜幕降臨，整個人一半隱在了黑暗中，一半浸在窗外透紙的月光中。

不知過了多久，在那一半黑暗中，似是多出了一道人影。

「主子。」那暗衛恭恭敬敬地請安，遞上一封信。「聖上的信。」

秦北霄面容淡漠至極，拆開信掃了一遍，繼而點火將信紙燒毀，冷聲道：「信中所說的朝中近三年查出的洩露案，線索都斷了，唯有吳州這一條線還可查，我看不是都斷了，而是吳州通敵最為猖狂，連遮掩都鬆懈了。」

「屬下這兩日與其他兄弟將吳州高門大戶都打探了清楚，確實有不少可疑之處，但目前最為緊要的還是明日得月樓劫人一事，聖上既已放了高大人回來，定也是想順藤摸瓜尋下去。」

「怕是摸不到這個瓜，把自個兒給折進去了。」秦北霄漠然道：「在京都且花了五年時間才端了這些官員，更何況在別人的老巢。」

暗衛未再說話。

過了許久，秦北霄問道：「你們跟著秦擎多久了？」

「回主子的話，十一年。」

「十一年了，最後秦擎那廢物落得個屍骨無存的下場。」秦北霄嘲諷道：「也不知道你們找上了我，我會不會也是這樣的下場。」

暗衛連忙跪地。

秦北霄不再看一眼，目光冷漠，隨後移動，定在了案桌上擺成排的藥瓶，腦海裡又浮現出今日沈芷寧那幾個小動作。想到她，便想到明日要教她射箭的事，回學舍以來壓在心頭的不愉快散了好些。

他正要揮手讓暗衛退下，可似乎又想到了什麼，問：「可查過沈家？」

「主子在此處，屬下們不敢亂來。」

「查沈家。」

既約了秦北霄射圃見面，次日沈芷寧早早便起了，與祖母一道用完早膳，就去往西園射圃。

本以為自己到得早，未想到遠遠就已看到秦北霄在那兒了。

今日晨曦霧靄濃重，射圃被籠罩在這朦朧之中，如宣紙上暈染開的水墨畫，而他是這幅水墨畫中最為濃厚的一筆。

玄色長袍，腰繫雙魚忍冬紋蹀躞，比平日的深柳讀書堂白袍多了一分冷峻，側臉更顯凌厲。他手中正擺弄著輕弓，應是察覺到她來了，狹長的眼眸看過來。

沈芷寧一愣，繼而飛快招手，隨後跑到秦北霄身邊，揚著笑容道：「你到得挺早！我還擔心你忘了呢。」

「忘了？」秦北霄將手中輕弓遞到沈芷寧手上。「昨日才說的事今日怎麼會忘？」

沈芷寧正詫異今日秦北霄說話怎麼改了性子，又聽到他接下來的話。「又不像沈五姑娘，說了手套一事，到現在都沒個蹤影。」

「我可沒忘。」沈芷寧立刻回道，拉了下弓弦。「這又不是一個下午便能做成的事，我好的，沒變。

才不是言而無信的人。」

說完這話，就感覺到秦北霄戲謔的目光打量著她，沈芷寧被激得道：「休沐上完射箭課就給你，行了吧？」

「那到時我就勉為其難收下了。」秦北霄道。

沈芷寧嘛了嘛嘴，不想再與他繼續說話了，拿了輕弓跑向箭靶，秦北霄在她跑動的身影後慢悠悠走著，隱著眼中的笑意。

沈芷寧在大約離箭靶一丈半的距離停了下來，還未舉起弓，就聽秦北霄在一旁道：「一丈便夠了，無須這麼遠。」

「為何啊？你們不是一丈半的距離嗎？」沈芷寧雖問著，但還是按秦北霄所說到了一丈的地方。

「妳剛開始練，臂力不夠，姿勢不正，一丈對妳來說剛剛好。」

沈芷寧似懂非懂地點點頭，在一丈處站穩身子，深呼了一口氣，想要舉起輕弓，可想到著自己從未練過，也不知姿勢準不準確，秦北霄還在旁邊看著，倘若哪裡不對，他會不會在心裡嘲笑自己？太丟人了啊。

思及此，她又默默放下了弓。

不過他不是說來教自己嗎，剛開始姿勢不指點一下嗎？

沈芷寧輕咳了一聲。「秦北霄，我開始了啊，你稍微站遠些，免得誤傷到你。」

秦北霄掃了一眼自己這足夠安全的位置，再看沈芷寧那猶猶豫豫不肯舉弓的樣子，猜到了她的小心思，卻也不戳破，站得更遠了些，道：「好。」

沈芷寧聽這一聲應，更是苦惱，又開始舉起、放下弓箭，手中的雕翎箭尾部都已捏出汗了。來回幾次後，她放棄了，喊道：「秦北霄！」

「怎麼了？」

聲音是從近處傳來的，沈芷寧轉頭一看，發現他已經走過來了。

「我不會啊。」沈芷寧看到他，語氣不自覺帶上了幾分委屈。「你不是說來教我的嗎？」

秦北霄見她這般彆扭，不禁覺得好笑，同時心底又是稀罕，上前了幾步，面色與平常無異，但語氣親和了不少。「自然是教的，弓給我。」

沈芷寧連忙極為恭敬地把弓遞過去，討好似的笑著。「秦大公子，請。」

秦北霄做了個示範，繼而把弓還給沈芷寧。

沈芷寧照著他的樣子，將雕翎箭搭於弓弦，方搭好，就聽到秦北霄道：「左臂舉起弓箭時要與肩平。」

沈芷寧很聽話，按照他的話做，舉起來後，秦北霄道：「不對。」

話音剛落，自己頭上投下一片陰影，沈芷寧左手握弓柄的地方，多了秦北霄的左手，隨後是他低沈的聲音。「不能過高也不能過低，這個角度妳要掌握，現下我把的這個角度，就是以後妳射箭時的感覺，知道了嗎？」

溫熱的氣息在耳畔縈繞，他實則還是極為注意的，並未離得特別近，可她的左手肘還是觸碰到了他堅硬的胸膛，鼻尖輕嗅到了他那清淡藥香中夾雜書墨的氣息，不知怎的，竟覺得特別好聞。

她一瞬恍惚後立刻鎮定心神，回道：「知道了。」

隨後，秦北霄就要抬右手去拉弓弦，被沈芷寧阻止了。「你不能動右手，我自己來。」

說著，就勾起弓弦揑著箭。

「再用力些，眼睛與箭平視。」秦北霄鬆開了沈芷寧的手道。

接下來，沈芷寧都一一照做了，在秦北霄的監督下，練習了差不多一個時辰。

沈芷寧本還想再練，秦北霄卻收了輕弓，慢慢道：「要是想接下來幾日連書都捧不起來，我手上的這把弓倒也不是不能給妳。」

沈芷寧洩氣了。「好吧，你說得也是。」沮喪了一下，又很快精神起來。「秦北霄，你可知道今日得月樓請來了青州最有名的常先生來鎮場子，下午我要去聽一齣《清風閘》，你聽說過這話本嗎？」

秦北霄身子一頓。「妳要去得月樓？」

「是啊！」沈芷寧回道：「我與祖母說過了，今日要聽完再回去呢。」

說完這話，沈芷寧感覺秦北霄面色冷淡了許多，過了一會兒才聽到他道：「我今日本也是要和蕭燁澤去那裡，妳要去，便與我和蕭燁澤一道去。」

「你既與蕭燁澤約好了，我又何必跟著去呢？」沈芷寧連忙拒絕了，想來他們要是想讓自己跟去應當昨日便說了，未說便證明沒有這個想法，或許還有其他的什麼事，還是不要去打擾了。

秦北霄聽出了沈芷寧語氣中的抗拒，微微皺眉。

今日下午帶著她確實會顧不上，可一想到如若出了什麼事，自己又不在她身邊……不如派個人跟著她。

想到這兒，秦北霄慢慢道：「那妳去了，就好生聽書，莫要到處亂跑。」

沈芷寧應下了，可雖應下，卻總覺得哪裡不對勁。

午後乘轎前往得月樓的一路上，沈芷寧又細想上午秦北霄的這一句話，說來以秦北霄的性子，今日為何這般提醒她？

除非……今日有事要發生。

沈芷寧眼皮一跳，剛意識到這點，轎簾已被拉開，雲珠滿面笑容。「小姐，到了。小姐方才可是沒看到，從沈府過來城西的一路上都是人，這會兒還擠著，轎廳是沒位置停了，只能多走幾步去得月樓了。」

「我們出門確實晚了，好些人應都是上午就過來了。」沈芷寧出了轎子，見街巷皆是人，悅聲道：「這麼多人，幸好昨日讓妳訂位了，不然今日還真沒處看。」

到了得月樓，門口已是水洩不通，不少夥計在招呼疏通著，沈芷寧剛要踏步進去，餘光瞥見了一個熟悉的人影。

是那日在李先生那裡的男子。

他未身著白袍，而是穿著一件麻布衣，隨意倚靠著不遠處一輛馬車，叼著根竹籤，數著手中的碎銀子，在他面前則跪著一個穿著粗布衣衫的瘦弱書生。

沈芷寧好奇走近了些，就聽到那瘦弱書生不停地磕頭道：「陳沉……求你了，把錢還給我吧，求你了……這是我趕考的全部家當了……」

話未說完，就被那陳沉踹了個窩心腳。「在老子手裡還想要回去，作夢！這點銀子也就夠老子賭個一場。」

說著，他又拽那個瘦弱書生起來，將他身上搜了遍。「還有沒有銀子？還有沒有？就這麼點嗎？廢物。」

將人甩至一旁時，他抬頭看見了一旁的沈芷寧，罵道：「看什麼，臭婊子！」

罵完，吊兒郎當地走了。

雲珠從未見過這種人，瞬大眼睛語無倫次。「小姐……這人……這人好生粗俗！」

「像他這種人多了去了，只是以前沒遇到過，莫要在意。」沈芷寧對雲珠道，又從懷中掏出了銀子給了那瘦弱書生。「這些你拿去吧。」

隨後二人進了得月樓，進去之後，才知外面不過是小場面，裡面更是擠滿了人。望眼過去一樓全是人，烏壓壓一片，二樓比之一樓好不了多少，圍欄處也都被人趴滿了，來來往往，熱鬧非凡，三樓稍稍好些，想來都是些雅間，但也有不少人上了三樓圍欄處。

雲珠攔了一夥計，想讓夥計帶她們上二樓找訂好的位。

「客官，要不我與您說一說，您也瞧見了，今兒實在是太忙了。」那夥計忙得滿頭大汗，一邊招待著客人進來，一邊用白汗巾擦著腦門上的汗。「您是訂在二樓對吧？儘管上樓梯便是了。」

夥計說完，便忙自個兒的去了。

沈芷寧只好與雲珠擠著上了樓梯，上樓之後倒是比一樓寬敞多了，至少人不是那般多，但確實不知到底訂的是哪間。

第十八章

過了好一會兒，沈芷寧未找著位置，倒注意到了上三樓的一眾人，為首的是裴延世，在旁是她的大姊姊沈嘉婉，其後是一個男子以及不少下人。

很奇怪的是，裴延世與沈嘉婉乃名門出身，氣度相較常人已是極為不凡，可與這個男子走在一起，第一眼的注意力偏就在這個男子身上。

他穿的是深柳讀書堂那一襲白袍，簡易至極，他穿起來卻像是天上仙人、返璞歸真之衣物，一舉一動更是行雲流水，讓人賞心悅目。

沈芷寧知道他名字是江檀，在拜師禮上見過一回。

似是察覺到她的眼神，江檀抬眸看了過來，沈芷寧沒來得及躲閃，只好點了點頭以示招呼，江檀同是輕點頭，隨後與裴延世等人上了三樓。

「小姐，方才那人是誰啊？看著好生和善。」雲珠道。

沈芷寧沒有說話，他確實看似是極為和善的，與她點頭時，唇角都有著幾分溫和的笑意，可這些溫和中，卻沁著分寸與距離。

「是深柳讀書堂的學生。找到了嗎？我們的座位？」沈芷寧問道。

雲珠連忙道：「找到了、找到了，忘記與姑娘講了，就在前面。」說著，就帶著沈芷寧過去了。

得月樓二樓與三樓是如環形繞著一樓圓臺，皆有著數不清的雅間，定了雅間之人就可坐於雅間門口看見一樓圓臺。

沈芷寧與雲珠在雅間中等著，就等外面的鑼聲被敲響，敲響了就表示說書即將要開始了。

可沈芷寧未等到陣陣鑼聲，倒是等到了陣陣敲門聲。

敲門的是得月樓的一個小夥計，年紀最多十六，想來是剛來上工，見著屋內二人還有些不好意思，撓了撓腦袋說：「哪位客官是沈姑娘？」

沈芷寧回道：「是我，怎的了？」

那小夥計指了指對面雅間道：「有位秦公子尋姑娘，姑娘要不過去一趟？」

「秦公子？尋我？」沈芷寧立刻想到了秦北霄。

只是他為何突然尋自己，有事不能上午說嗎？還是這會兒出什麼事了？想到這兒，沈芷寧又想到了上午秦北霄的話，於是多了一分警惕，問：「那位秦公子長什麼樣？身旁可還有其他人？」

「那公子今日穿了玄色的衣物，身旁還有一男子，很是貴氣。」

那就是秦北霄與蕭燁澤了。

沈芷寧回道：「知道了，你先下去吧。」

待那小夥計走後，沈芷寧猶豫了一會兒，決定還是過去一趟看看有什麼事，於是讓雲珠留在雅間，自個兒去去就回。

小夥計指的雅間在她們雅間的對面，要繞過半個得月樓，過去的廊道都已擠滿人，沈芷寧費勁走了過去，好不容易到了附近，還得越過人群擠到那雅間前。

沈芷寧心裡咒罵了一句秦北霄，有什麼事不好回去說，非得讓她現在過來。終是擠到了雅間前面，沈芷寧敲響了門，敲了好一會兒都未見有人來開門，她疑惑，打算再敲幾下時，門突然開了。

她的手臂被人箝制著，一把拉了進去。

還未反應過來，就跌入了一個溫熱的懷抱，鼻尖縈繞的是熟悉的味道，是今早那清淡藥香中夾雜書墨的氣息，她還未開口說話，就聽見秦北霄詫異與微怒的聲音。「妳來此處做什麼？」

沈芷寧更疑惑了。「不是你讓我來的嗎？」

此話未說完，秦北霄看向屋門的眼神凜冽，一把拉過沈芷寧推開木櫃旁的屏風，原來這屏風與木櫃後還有一隱秘處，若不仔細探查還真發現不了。

秦北霄帶她躲進了這一狹小空間，一下光亮被屏風遮擋，世界變得昏暗。

動作太快，沈芷寧都不知到底是什麼情況，但她能清楚意識到，情況不對勁，什麼都不對勁，讓她過來這事也不對勁。

她不敢說話，悄悄看了一眼秦北霄，見他一直注意著雅間內。

未過一會兒，雅間的門突然開了，走進來一個中年男人。

男人面黃肌瘦，帶著長途跋涉的那種無力與疲憊感，儘管這樣，他還是非常謹慎，關門之時還四處張望有無人看見，進了雅間後也未立刻坐下，而是視線四處掃過後，發現沒什麼問題，才鬆了口氣似的坐在了榻上。

坐上榻時，還小心翼翼捂著懷中的東西。

沈芷寧不知這中年男人是誰，也不知秦北霄為何要在此處等這個男人，她覺得秦北霄還有許多她不知道的秘密。她本以為秦北霄在沈家的這段日子是沒有任何動靜的，是之後在京都一鳴驚人，或許是她想錯了，他在沈家時可能就已經部署了許多。

而前世，他令殺官員九族，殺得高門前的石獅子都染上了鮮血，無數桶清水都沖刷不了門階前的血漬，都是明面上通敵叛國的人。

他如此痛恨通敵叛國者，恨得讓聞者心悸，那沈家的覆滅，會不會有他的推波助瀾？可他知道沈家的事，上輩子在東門大街上也清楚她是沈家的人，以他的性子，應該巴不得她死無葬身之地才是，怎麼還會多此一舉幫她？

沈芷寧已想得混亂，猶未理清頭緒，思緒被雅間的再一次開門拉了回來，這一人的進屋，讓秦北霄的面容頓時變得冷峻至極，眼神更是出現了幾分肅殺。

沈芷寧順著視線看過去，進來的男人身披黑色斗篷，看不清他的臉，但身形高大挺拔，有著說不出的獨特貴氣。

這男人一進來，中年男人詫異至極，隨即恭敬起身，哈腰鞠躬，甚至整個人都快要匍匐在地上，再將懷中捂著的東西掏了出來。

那是一封信封，縐縐巴巴，有污漬、有血跡，可見一路藏著掩著，到今日送到這裡，有多艱難險阻與苦難。

中年男人雙手捧著信封，有如供奉神明般獻上信封。

那男人從黑色斗篷中緩緩伸出一隻手，那隻手完美無缺，每一處、每一絲都透著貴氣，襯得那覆在手上的黑袖都尊貴了起來。

那隻手輕搭上那髒信封，形成了極為不適的異樣感。

見男人接了信封，中年男人很是高興，語無倫次開口道：「沒想到今日能見到您。京都雖有不少人落網，但個個守口如瓶，一個字都未透漏。」

「哦？」那男人說話聲音似乎有些分辨不出男女，那一個字的反問還帶了點笑意。

中年男人以為面前人不相信他說的話，連忙又道：「無人透露，但牽扯出了不少人，聖上大發雷霆，一個都沒放過，下官、下官是有人替下官脫罪，聖上信了，才放了下官，下官這才馬不停蹄帶著潼川城防圖過來。」

男人甚至未打開那信封，輕笑出聲。「一個都未放過，卻放過了主謀的你。」

中年男人聽這話，臉色瞬間煞白。「您的意思……您的意思是……」

說話聲戛然而止。躲在暗處的沈芷寧瞬間睜大眼睛。

她看著那男人的黑袖中滑出匕首，狠狠刺入中年男人的胸膛，鮮血立刻湧出，他那雙完美無缺的手握著匕首又於胸膛中旋轉了一圈。

中年男人瞳孔突出，滿臉的猙獰與不敢相信，以及滿口鮮血。

他拚命掙扎，他抗拒，他想逃，他就算被刺了那致命的一刀，還是用力推開了男人，想往門口逃去。

隨後男人有條不紊地又是幾刀，雪白的壁上倏地一下子，多了幾道血跡。

用力之狠、下手之毒，看得沈芷寧的身子開始不住的顫抖起來，那一瞬間，甚至都感受不到身體任何部位的存在，全然控制不住自己。她應該要閉眼的，可卻只能死死睜著。

這時，她的眉眼覆上了一隻溫熱的手，是秦北霄的手，帶著屬於他氣息的手。

那一瞬間，血色不見、尖銳隱去，一切都消失、安靜了。

他蒙著她的眼，臂膀輕環著，將她整個人都護在了懷裡，靠在他堅硬的胸膛上，身子左側是一下又一下溫柔的撫慰。不知過了多久，他的手移開了，沈芷寧看到的是滿屋狼藉以及那中年男人殘破不堪的屍體。

秦北霄沒有猶豫，帶著腿軟的沈芷寧立刻出了雅間。

雅間外的圍欄處依舊是那般擁擠，沈芷寧已有些意識恍惚，秦北霄握緊她冰涼的手，讓她靠著自己，帶著她出了擁擠的地方，又進到另一雅間。

雅間內的蕭燁澤立刻起身，其身後的侍衛刀刃出鞘。

蕭燁澤見是秦北霄，也不管他身旁的沈芷寧怎麼會出現在這裡，面容嚴肅中帶著幾分焦急道：「秦北霄，人不對。」

他們得到消息要的人確實是要去那間雅間，還未進去，就被他們擒住，後來細細一盤問，才知是吳州一富商，姓李，來此處交易東西的，根本不是他們想抓的人。

秦北霄讓沈芷寧靠在榻上，冷聲道：「高琛死了。」

「不可能！」蕭燁澤立刻道：「姓李的那人根本沒進屋就被截下來了，怎麼可能還有人進去殺了高琛？」

秦北霄眼神冷漠，看向蕭燁澤。「你得到的是假消息，蕭燁澤，你還不明白嗎？」

先是讓他們得知那姓李的消息，以瞞天過海之計，騙過暗衛與侍衛，抓了假的人，而真正的那黑袍人卻逃了，逃得無影無蹤。

說罷，秦北霄的目光一一掃過蕭燁澤身後的侍衛，最後定在蕭燁澤身上，無情無緒道：「我看你這底下人也該好好清洗一波了。」

蕭燁澤意識到這次計劃他出了大問題，懊惱得很，也不知道該怎麼回秦北霄，最後只能看向在榻上的沈芷寧，問：「妳怎麼來了？」

沈芷寧聽到這一句問話，扯出一個慘淡的笑容道：「三殿下，我本來就是想來聽個說書，未想到怎麼就成了這樣？」

秦北霄見她這笑容，面色極為不對，開口道：「我先送妳回府。」

沈芷寧看著秦北霄一會兒，最後默默點了點頭。

回府的一路上，沈芷寧似乎在神遊，秦北霄沈默，二人一路無話，直到回了沈府，沈芷寧扯著笑容對秦北霄道：「今日我是當真沒想到，我也不想過去的，怕是打亂你們的事了，對不起。」

秦北霄淡聲回道：「不關妳的事，無須攬在自己身上。」

沈芷寧沒再說話，低頭沈默著回了永壽堂。

秦北霄回了學舍，之前派去跟著沈芷寧的暗衛跪地稟報。「今日沈姑娘到了得月樓後，進了雅間，便有得月樓一小夥計敲門，說是主子您找沈姑娘過去，還準確地說出了主子與三殿下的衣裳，沈姑娘便去了。」

秦北霄面色無異，眼神漠然。「既是如此，人已經死了吧？」

暗衛一愣，繼而回道：「是，已經死了，那夥計與沈姑娘說了之後就被殺死在暗巷中，兄弟們過去看時就是一具屍體了。」

「看來今日的事是全盤被知道了。」從進樓的那一刻，就已經在別人的視線中。也就是說，他與沈芷寧在暗處，實則那人是知道的。

秦北霄語氣是從未有過的平靜，但平靜下似乎還帶著一絲壓抑的興奮，跪著的暗衛感到濃重的危險。

「還把沈芷寧嚇得夠嗆，有意思，當真有意思！」

他腦海中一直浮現著沈芷寧今日那慘白的面容，還有那像行屍走肉般回永壽堂的身影。怒意與戾氣漸起，隨之伴著的是不放心。

他今晚得去趟永壽堂。

沈芷寧失魂落魄地回來，許嬤嬤還以為看錯了人，迎著人進來。「姑娘怎麼這麼快就回來了？不是說出去聽書了？這般快就結束了？」

哪是結束了，是根本沒聽。她也沒心情聽了。

沈芷寧扯出笑容道：「嬤嬤，是我覺得不舒服，便回來了，想著休息一會兒。」

方才沈芷寧一直都是低著頭，許嬤嬤未看清，這會兒見人抬頭，臉色是一片蒼白，連忙用手背觸碰額頭。「哎喲，還好，不是發燒了。可這臉色也太差了，是哪兒不舒服嗎？老奴去把大夫喊來。」

沈芷寧連忙攔住了許嬤嬤，道：「嬤嬤，不用，我就是想一個人回屋睡會兒，不必這般麻煩了。」

許嬤嬤擔憂地看了會兒沈芷寧，最後還是聽了她的話，柔聲道：「實在撐不住了，便讓雲珠喊老奴來，知曉了嗎？」

沈芷寧笑著點頭，繼而回了自己的屋子。

所有的丫鬟、婆子都被她遣了出去，又將床幔放下，不留一點縫隙，一個人縮在床上，這才覺得有安全感了些。

就這樣從下午至黃昏，再從黃昏坐到光亮一點一點消失。

夜色籠罩著整個沈府，各房屋內與廊檐下都點亮燈火，唯獨沈芷寧的屋子還是黑暗一片。

在這黑暗中失神著，不知過了多少時間，她才昏昏沈沈地睡了過去，未料白日如噩夢，噩夢如白日，她就像陷進了恐懼編織的網，逃不開、躲不掉。

夢中的她在把玩哥哥從燈會上帶回來的琉璃燈球。

旋轉著燈柄，看琉璃燈罩散出五光十色的絢麗，新奇地指給娘親與爹爹看，一屋子其樂融融時，官兵衝進了文韻院，抓走了爹爹與兄長，推倒了娘親，那極為漂亮的琉璃燈球摔得粉碎。

她恍惚站在這破碎中，畫面又換了。

腳下是髒污不堪的地面，在隱約的黑暗中甚至還有老鼠鑽過的痕跡，走在她前面的是左腿微跛的獄卒，將她領到一個牢房前，她行屍走肉般塞給了那獄卒好多銀兩，目光卻定在牢房中那白布遮蓋的屍體上。

那白布太刺眼了，她的眼前一瞬間幾乎全是白光。

白光過後，是她那雙紅腫不堪的雙手，用力搓洗著堆成山的衣裳，洗著洗著，身子被強硬摟在一個男子的懷裡，渾濁不堪的臭氣撲面而來，她掙扎著推開，一旁婆子開始擰著她的腰間謾罵。「哪兒不知好歹的小賤人，我們公子看上妳是妳的福分，識相就張開腿從了我們哥兒，到時也給妳個名分！」

她忍著淚不掉，還是想將那衣物洗完，卻又聽到一聲聲喊：「沈芷寧！沈芷寧！妳快去看看！妳娘快不行了！」

那話貫穿她的耳朵，就如雷聲轟鳴。

場景轉換得更快了，一幕接著一幕，皆是她前世的苦痛，最後停留在今日見到的那張血盆大口上，那中年男人猙獰的面孔。

第十九章

沈芷寧一下子驚醒了。

今夜是滂沱大雨，電閃雷鳴。

一道閃電帶著光亮劈下來，整間昏暗的屋子一瞬間宛若白日，又重回黑暗。

她又抱著被子蜷縮成一團，與白日不同的是，眼下整個人還在瑟瑟發抖，不知是被嚇的，還是怕的。

秦北霄進屋時，沈芷寧便是這個樣了。

他走至床畔，她也察覺到有人過來。

她抬眸，平日那靈動非凡的眼神，此時彷彿丟了三魂七魄，失神地定在他身上好一會兒，最後赤腳衝過來，衝進了他懷裡，摟住了他的腰。

這一下，像是撞進了他心口，讓他猛然一顫。

秦北霄下意識身子僵硬，本想開口說的話也嚥了回去，只輕輕喚了一聲。「沈芷寧？」

懷中的人不回，但摟他越緊，他的手頓在空中，繼而緩緩落在她的背後，拍打撫慰幾下後，再將赤腳的她抱回床榻上。

抱回床榻後，沈芷寧鬆開了他，過了好一會兒，悶聲開口道：「你怎麼來了？」

她不問是怎麼進的永壽堂，想來他也有辦法，但她實在沒想到今夜秦北霄居然會來她的屋子。

她也沒等他回答，自顧自地回了一句。「剛才很丟人吧。」

說完她抬眼看他，他正巧也看了過來，沈芷寧不知怎的，對上眼的那一刻，心跳下意識加快了些，便又將頭悶了起來，旁邊是秦北霄與平常無異的聲音。「很丟人嗎？」

丟人的。畢竟她剛剛都抱住他了，儘管不能說，但不能不承認，抱上他的那一刻，是無比的安心。

但這個時候，她以為秦北霄會至少安慰她一下，假意客氣地說一聲不丟人，沒想到秦北霄隨之而來的一句話是：「確實有點。」

沈芷寧氣得抬頭，睜大眼睛。「秦北霄，你難道半夜偷偷進來就是專程來看我笑話的？」

猜到她碰到今日的事會睡不好，還特地過來一趟看她笑話，怎麼會有這麼惡劣的人！

沈芷寧一下就鑽進被子扭過身子背對秦北霄。「走開，我才不想見到你，更不會讓你看我的笑話。」

「可惜了，我倒想見妳得緊。」秦北霄的聲音悠悠傳來。

沈芷寧聽這話，耳根莫名一紅。秦北霄今晚說話是怎麼回事？她偷偷拉下被子，瞄見了他唇角的調笑。

這話是含盡嘲諷的！

沈芷寧拉下被子，剛想說些什麼，秦北霄又開口道：「今日被嚇著了吧。」這話與方才的調笑不同，語氣平靜，他似乎本來就是準備了這句話，就等著說出來。

沈芷寧的氣被憋回來了，嘀咕道：「還好。」

實際上就是被嚇著了，但目前這個情況，她是不會在看她笑話的秦北霄面前服軟的。

「可我瞧妳是怕極了。」秦北霄慢慢道。

沈芷寧沒說話，低頭抱著屈起的雙腿，忽然，感覺自己頭頂有一片溫熱，是秦北霄的手，輕揉會兒她的髮，低沈的聲音響起。「以後不會再出現這樣的情況。」

這一句話，讓沈芷寧今日慌亂不已的心在那一瞬間似乎就平靜了下來。

二人許久都沒有說話。

聽雨聲入屋，原本的滂沱大雨已變為淅淅瀝瀝的小雨。

過了一會兒，沈芷寧和著雨聲開口緩緩道：「秦北霄，你好像有很多秘密。」

「是嗎？」

沈芷寧嗯了聲，又點了點頭。「是的，你有許許多多的秘密。」

「那有妳想知道的秘密嗎？」

他聲音與平常無異，可聽在沈芷寧耳中，總覺得有哪裡不一樣的地方，她忽略這種感覺，回著他的話。「就算我想知道，你也不會告訴我吧。」

畢竟他們二人關係雖說還不錯，但應該還沒到知無不言的地步。

「不一定，看心情。」

沈芷寧抬頭，看向秦北霄，他正看過來，沈芷寧不知怎的，臉上有些發燙，竟不敢與秦北霄對視，移開目光，似是隨意問道：「那你是心情好還是不好？」

心情……倒是極好的。

「一般般吧。」

沈芷寧哦了一聲，試探性地問了一句。「那你能不能告訴我今日雅間死的那男人到底是誰啊？」

秦北霄沒有立即回答，沈芷寧又趕緊說了一句。「你不想說的話……」

「沒有不想說。」秦北霄截斷了她的話，接著道：「那男人姓高名琛，是原吏部員外郎。年初朝廷潼川大案的涉案官員，本是要處決，被放了回來當誘餌引出背後主謀。」

秦北霄的這番話至少給她透露了三個點，他現在並非單純在沈府讀書，他還在與朝中的人聯繫，同時在追查案件，顯然是揹負著什麼任務。

原來秦北霄這般信任她了嗎？這些事她一問就告訴了她。

「潼川大案，之前在雅間那高琛好似就說到什麼潼川攻防圖，他還將東西給了那個人，這是……」

沈芷寧想到這兒，心底一驚。若她沒猜錯的話，那黑袍男子不是靖國人，應是明國人，那高琛做的一切，就是在將靖國的信息給明國，或者說，通敵賣國。

而秦北霄方才說，高琛是被放回吳州當誘餌引出主謀，主謀自也是有著這等罪名。沈家上一世也是以這個罪名落獄的，難不成這事與沈家也有關係？

她重生到現在，雖然也試圖關注大伯，但沒能察覺什麼，如今這般直接地接觸到與上一世事件相關的信息。或許、或許弄清楚了，沈家便能躲過這劫。

她整個人開始緊張起來，努力讓自己的語氣平靜下來。「秦北霄，那黑袍男子逃了，現在也斷了線索，你有沒有想過……查一下沈家？」

沈家肯定有問題。

但她不信一切真的就是她那趨炎附勢的大伯所為，至少現在看下來，沈淵玄肯定沒這膽子也沒那能力一個人策劃通敵賣國的事。背後定是還有人！

她不知道大伯有沒有冤情，但當時確實在沈家查出了通敵賣國的書信，現在無藤可摸，依上輩子的事，應當可以順著沈家摸下去。

她覺得自己已經瘋魔了，可直覺覺得這個方向是對的。

秦北霄現在追查案件，必是朝廷下的命令，這個命令除了當今聖上會下，恐怕也沒有其他人了。如果能找出問題，沈家最後定不會落得那個下場了吧。

沈芷寧說完，認真地看向秦北霄，而他卻是輕笑。「是要大義滅親了嗎？」

沈芷寧急了。「我是認真的，你別……」

「已經在查了。」沈芷寧的話還在嘴邊，又聽秦北霄這般道。

沈芷寧一下子愣住了，下意識反問道：「已經在查了？」

這麼說來，其實上一世秦北霄這個時候已經開始在調查沈府了，難道之後沈府出事真的有他的手筆在嗎？

沈芷寧的神情複雜了起來，不禁裹著被子往旁邊挪了挪，未挪多少便連人帶被子被秦北霄抱了回來，還離他更近了些。

「沈芷寧，妳這臉色比外頭的天氣變得還快啊。」

他的手輕捏著她的耳垂，揉搓幾下開始用了點小力，沈芷寧捂著耳朵輕叫起來。「痛、痛！」又嘀咕了一聲。「哪裡變得快了？」

「哪裡變得快了？」秦北霄反問，未鬆開她的耳垂，但手上的力氣卻減了許多。「妳著急說要查，這會兒我說已經在查了，整張臉卻沈了，還說自己變得不快？」

哪知道你速度這麼快，本來以為沒你在背後摻和，誰知你竟然說已經在查了？沈家敗亡指不定前世就有你在背後攪弄，要是真是你幹的……

沈芷寧一下轉向秦北霄，咧著嘴巴張牙舞爪起來。「哪有你變得快？你才是最陰晴不定的那一個！」

說完這句話還不解恨，伸手到秦北霄的腰間，揪著他腰間的肉狠狠擰了一把。

看著秦北霄的臉明顯變黑，轉向她的眼神都沈了許多。「沈芷寧，妳這段時間膽子明顯見長啊？」

「哪有。」沈芷寧縮了縮身子，但這般看他吃癟，心裡還是挺樂的，面上還佯裝委屈道：「你剛剛還不是捏我，我還很痛呢。」

她說著，時刻關注著秦北霄的表情，見他的神情似乎有點痛苦，還捂著自己的腰間，好像被她動到傷口了。

「碰到傷口了嗎？難道……」沈芷寧立刻湊過去，不好意思道：「很痛嗎？對不起啊，秦北霄，讓我看一眼，流血了嗎？」

說著就要去掀秦北霄的衣袍，秦北霄一下抓住了她的手，神色捉摸不透。「沈芷寧，妳要我說幾遍，男女授受不親，妳這是在做什麼？」

這人簡直是不可理喻，她好心好意關心他有沒有受傷，他還像炸了毛一樣。

「那你現在大半夜在誰的屋子裡呢？比起我看看你的傷，你半夜偷進我的屋子說出去才難聽呢。」沈芷寧皺了皺鼻子回道：「書塾裡有明國人，我看你就是那個明國人，規矩多，還麻煩！」

秦北霄的臉更黑了，不理睬沈芷寧的話，但捂著自己腰間的手卻捂得更緊了，眉頭都開始緊皺。

沈芷寧覺得或許問題大了，秦北霄這麼能忍的人，現在卻是這個狀態，看來真的是傷到了，她忙又湊近了些。「秦北霄，是我下手沒輕重，你要不要找大夫瞧一瞧？對不起啊，秦北霄，我以為你這裡沒受傷呢。」

「妳怎麼知道沒受傷？難不成我身上所有受傷的地方妳都記著了？」秦北霄略帶諷刺，沈聲道，說的時候好像還壓抑著疼痛的感覺。

沈芷寧更加內疚了，語氣滿是愧疚。「當時救你的時候看了一眼，是我記錯了，你疼不疼？我去喊大夫。」

說著就要起身，被秦北霄拉了回來。「瘋了？外面下著雨，還是大半夜。」

「可總不能看你受傷不管吧？還是我的錯……」沈芷寧更加堅定了叫大夫的心，硬是要起身。

秦北霄不讓去，兩個人一拉一扯，最後沈芷寧才看到了秦北霄隱藏的笑意，睜大眼睛。

「你沒受傷！」

說罷，沈芷寧又鑽進被子裏起來背對秦北霄。「大騙子，大騙子。」

這話說了，又聽到秦北霄輕笑聲，自認識他以來，沈芷寧很少見過他笑，更別提笑出聲這種事。

這個人是當真惡劣，只有欺負別人才會覺得開心！

可不知道他到底是怎麼笑的，於是拉下被子看了一眼，他正看著自己，沈芷寧一下又想把被子拉上去擋著他的視線。

沒來得及，秦北霄把她從被子裡撈出來了。

「你幹麼?!」沈芷寧還氣他剛才騙自己，掙扎著擺脫他。

「我看一看。」秦北霄的手又觸碰上了她的耳垂，這回與方才他捏自己的力道絲毫不一樣。

「看什麼？」沈芷寧稍稍縮了縮身子，不知為何，有些緊張起來。

「不是說痛嗎？」

他的聲音與平常一樣的冷淡，可沈芷寧總覺得他摸自己耳垂的手非常炙熱。他的手指腹部輕揉著她的耳垂，或許是想看得更清楚些，人也靠近了許多，她就像是靠在他懷裡似的，鼻尖處滿是屬於他的氣味。

沈芷寧越來越緊張了，下意識躲開。

而躲開的那一瞬間，氣氛似乎變得更為黏稠起來。

沈芷寧為避免尷尬，連忙開口道：「有點熱。」說著，便用手給自己搧了搧風，又給秦北霄搧了搧。

「熱？」

沈芷寧用力點頭。「有點，而且我已經不痛了。」實際上就痛了那麼一下，秦北霄還是有注意力道的。

秦北霄眼神意味不明。「不痛便好。」邊說著，邊看了一眼屋外，道：「我也該走了，不過看妳剛才反應那麼大，有些事還是與妳說一說。」

他的這話語氣中帶著幾分嘲笑。

沈芷寧頓時像炸了毛一樣。「什麼反應那麼大？哪有？」

「不大嗎？不是才說了查沈家妳便是那個態度？」

原來他說的是這個……

沈芷寧縮回了身子。「你要與我說什麼？」

秦北霄沈默了一會兒，繼而緩聲道：「妳身為沈家人，這般擔心也正常，只是我雖是要查，實則倒覺得沈家查不出什麼東西。」

秦北霄說的與她上一世經歷的完全不一樣，上一世最後明明就是沈家出了問題……沈芷寧提振著精神，認真問道：「你為何會覺得沈家沒問題？」

秦北霄掃了一眼沈芷寧。「妳這話問的，怎麼好像沈家真有問題似的？」

被秦北霄的眼神看得心虛，沈芷寧假裝鎮定回道：「我不過隨口一問，因你方才說要查，可這會兒又說沒問題，我就是好奇為何覺得沒問題還要查。」

「沒問題不代表不能查，至於為何會覺得沒問題。」秦北霄淡聲道：「你們沈家四房主事的是妳大伯沈淵玄，其人喜趨炎附勢，又膽小如鼠，萬事只要有一分不妥便不敢行事，且能力實屬不足，守成尚可，又哪是能擔大事之人？妳若是明國人，妳可會交代他辦事？」

「這倒也是……」

可上一世，沈家確確實實被判了通敵之罪，在大伯書房中也搜出了許多的通敵書信，難道那都是假的嗎？問題到底出在哪裡？秦北霄說的，怎麼和她知道的都不一樣？

「沈芷寧，妳每每談及這事，好似都很焦慮。」秦北霄將沈芷寧幾分糾結的面容收入眼底。「可以放寬心些。」

「什麼意思？」

「什麼意思？」秦北霄起身了，理了下衣袍淡聲道：「你們沈家我不懷疑，我懷疑的一直是安陽侯府。」

「安陽侯府？」

沈芷寧似乎被驚到了，他為何會懷疑安陽侯府呢，安陽侯府與沈家一樣，皆是吳州的高門大戶，但前一世是沈家出了事，安陽侯府一直無事啊。

沈芷寧一想到這裡，愣住了。

是啊！安陽侯府無事，沈家卻出了事這才是疑點所在。安陽侯府與沈家一直有點姻親關係，大伯母徐氏母家與安陽侯府祖上還連了點親，兩家互通往來確實方便，既然方便，便也容易嫁禍。

最主要的是，以大伯的行為處事而言，一旦有什麼大事必是會尋安陽侯商量，大伯這邊若是有什麼動作，安陽侯怎麼可能會不知道呢？

這似乎有些通了，如若按秦北霄所說，順下去便通了。因為前世的秦北霄知道不是沈家出了問題，才沒有對沈家深惡痛絕，雖不知道為何幫她，但至少沒有厭惡的點才願意幫她。

第二十章

沈芷寧咬著下唇深思。

她前世便一直在懷疑是不是沈家被人冤枉了，可上輩子她躲在家中，又是人證物證皆在，她一句話都說不出來，現在竟有這樣的苗頭，撕開了這道口子，證明她當時想的是對的。

她的臉色差極了，秦北霄慢慢道：「妳莫要多想，事情還未查清，若真有什麼消息，妳想知道，到時可問我。」

沈芷寧點著頭，又想起之前秦北霄說的話，下意識道：「看你心情？」

「嗯，看我心情。」

沈芷寧方才那湧上的惆悵被他這一句話打消了個乾淨，她恨不得再擰他一次，這會兒推著他。「秦北霄，快走啦你。」

儘管這般說，她還是拿了把油紙傘給他，但不送他，自個兒回到床上。

秦北霄是翻窗走的，沈芷寧想了一會兒，起身跑到窗邊，偷偷看他模糊的身影。今夜春雨濛濛，他撐著油紙傘走在朦朧當中，平日裡那幾分凌厲似乎都柔和了許多。

也不知道他是察覺了還是什麼，竟還回頭看了一眼。

那一瞬間，沈芷寧緊張地連忙蹲下身，像作賊似地靠在牆邊。靠在牆邊時，才發現自己的心在狂跳，在她聽來，外頭的雨聲都快遮掩不住。

她只能用手捂著，一點一點等它平靜下來，最後呼了口氣。

他應該是沒看到。

休沐過後，玲瓏館迎來了第一堂箭術課。

春光正好，花香風起，瀰漫著一股清甜香味。

沈芷寧隨著眾女一路到射圃，射箭師傅姓寧，正在射圃等著她們。

到了射圃，發現除了寧師傅，還有深柳讀書堂的人，看來也有射箭課，不過並非同一個射箭師傅。

沈芷寧在眾人之中一下捕捉到了秦北霄的身影，在被他發現之前想趕緊移開目光，卻未料到他眼睛這麼尖，還未移開便被他看到了。

沈芷寧躲也來不及，乾脆向他扮鬼臉吐舌頭。

只見秦北霄面色平淡，他一旁的蕭燁澤倒是看了過來，沈芷寧忙偏過頭，跟上人群去了寧師傅那裡。

「你在看什麼？」蕭燁澤順著秦北霄的視線看了過去，不過就是玲瓏館眾女走過，喲了一聲。「想不到啊，秦北霄，人大了就是不一樣，還學會京都紈袴那一套了。」

說罷，他戲謔地上下打量了一番秦北霄，心中感嘆：孩子大了，開始思春了。

而這想法剛落地，就感覺秦北霄略冷的目光掃過來。

蕭燁澤擺手。「行行行，我不說了，不跟你計較，今日射箭小試，我要去練習了，本皇子跟你這零分的可不一樣。」

沈芷寧這邊則先與寧師傅拜見，隨後寧師傅要一一測試眾女的射箭水平。未輪到的女子都三三兩兩尋了坐處或是圍觀他人射箭，玲瓏館與深柳讀書堂的學生都在，一時之間，倒也熱鬧了起來。

沈芷寧盯上了秦北霄那邊，他正在蕭燁澤的箭靶附近。

她悄悄走過去，特地放輕了腳步。

踩著草地時都未發出輕微的窸窣聲響，邊接近，邊想著最好戲弄一下他。

可還未得逞，秦北霄便已轉過了身子，輕飄飄的目光落在了她身上，淡聲開口。「沈芷寧。」

沈芷寧嚇得停住了腳步。「你怎麼知道是我？」

秦北霄沒有回答，而是上上下下打量了她一番，看得沈芷寧不敢直視他的眼睛，左偏過頭看看後面，右偏過頭看看地上，再聽秦北霄慢慢道：「怎麼知道是妳？妳那腳步聲都重得快震破我耳朵了。」

「哪有這麼誇張！」沈芷寧上前幾步，走到秦北霄身邊，過來的時候，每一個腳步還踩得更重了些，笑著道：「這才叫重。」

說完這話，又瞧了一眼四周練習射箭的學生，道：「秦北霄，聽說你們今日要射箭小試。」

秦北霄嗯了聲，回道：「零分。」

沈芷寧一愣，下意識問：「誰零分？」

此話剛落，沈芷寧就感覺到秦北霄不善的眼神移了過來，繼而聽到他道：「沈芷寧，妳倒學會明知故問了。」

沈芷寧立刻反應過來，眉眼都笑得彎了起來道：「這不是為了你著想嗎？要是換了別人我都不想搭理呢！誰管他有沒有受傷？」

秦北霄斜看她一眼，眼神涵義極深。「這句話換別人說我自然信，可換妳來說我是半個字都不信。沈五姑娘難道不是見到身世淒慘的，便要幫一把、救一把？」

「哪是你說的這樣？」沈芷寧立刻反駁道：「你倒是說一說，除了你我還救過誰？再說了，這天底下身世淒慘的人那麼多，我怎麼都救得了？」

「看來還真得給妳修座廟了，普渡眾生，沈小菩薩。」

秦北霄面色與平常無異，可今日這略帶諷刺的話，在沈芷寧聽來，不知怎的，似乎帶著幾分笑意。

沈芷寧抬頭一看，發現他眉眼處真的沁著幾分悅色，問：「你笑了？你在笑什麼？」

「沒什麼。」

這人真奇怪，沈芷寧嘀咕了一句。「捉摸不透。」

「捉摸不透？」

沈芷寧立刻陪笑道：「你聽錯了，我才沒說這個。」

想找些什麼移開秦北霄的注意力，看向蕭燁澤那邊，發現他正在不耐煩地把弄著手裡的弓箭，箭靶上的箭皆在外層。

「秦北霄。」沈芷寧用手戳了戳他手臂。「三殿下好似很苦惱，你不去幫他一把嗎？」

秦北霄掃了一眼她那根小手指。「怎麼幫？替他小試？」

沈芷寧被秦北霄堵得沒話說，報復性戳得更用力些，隨後趕緊縮了回來。「怪不得三殿下對你怨言頗深。」

「我看妳對我怨言也不淺。」秦北霄慢慢道。

沈芷寧清咳了一聲，假裝沒聽到秦北霄的這一句話，不承認也不反駁，也不去看秦北霄那漸黑的臉色，憋著笑看著蕭燁澤那邊正鄭重擺好姿勢，拉弓準備射箭。

「這姿勢好。」沈芷寧一拍手。「三殿下這次一定能射中中心。」

蕭燁澤似乎聽見了沈芷寧的這句話，朝她看了過來，擠眉弄眼衝她一點頭，繼而挺了挺頭，再次整理了下衣裳，擺出角度最為好看的姿勢。

「沈芷寧。」沈芷寧的頭上被秦北霄屈指敲了一下。「出去莫說我教過妳射箭。」

沈芷寧捂著頭上被秦北霄敲的地方。「怎麼了呀？這姿勢不好嗎？我看便是能射中中心的。」

「中心？我看最多外層。」秦北霄嘲諷道：「待會兒我看妳初試什麼成績，上回教的姿勢，今兒全忘了乾淨。」

沈芷寧不服，還想多說兩句話。

未料還未說出口，就見蕭燁澤已射出了箭，那支雕翎箭直直地射向箭靶，定在了外層，未定住，搖搖擺擺後，掉了下來。

脫靶了。

沈芷寧睜大了眼，立刻看向了秦北霄。「真的是外層靶。」

那邊蕭燁澤不滿這個結果，又舉起了弓箭，沈芷寧連忙盯著秦北霄。「你覺得這次是什麼靶？」

秦北霄看了一眼一臉興奮的沈芷寧，不自覺緩聲開口。「中層。」

秦北霄的三個字與蕭燁澤射箭的結果幾乎同時出來，沈芷寧更是振奮起來。「還真是！」

蕭燁澤被這邊的動靜吸引了，走了過來，還未開口說什麼，沈芷寧就把剛剛神奇的事告訴了他。

今日射得這般差勁，又被兩個人看了全程，蕭燁澤心裡滿是不服與不爽，更是不信秦北霄真能猜出來，將弓箭背在後邊。「本皇子不信，他肯定胡猜的！」

秦北霄顯得無所謂，他哪會在意蕭燁澤說的話。但沈芷寧見秦北霄不反駁，猶豫著，略有失望地看著秦北霄。「秦北霄，你真的是胡猜的嗎？」

「他定是胡猜的！」蕭燁澤斬釘截鐵道：「要是他真能猜到這分上，本皇子……」

「打賭嗎？」

蕭燁澤一愣，萬萬沒想到秦北霄真接了這話，他哪是個會主動提出打賭的人啊？平日指不定擺著個臭臉嫌幼稚，今兒竟主動說出了這話。

蕭燁澤一下鬥志被燃起。「賭，當然賭！賭什麼？駿馬、銀子？不不，我猜你沒這麼庸俗，不對啊，秦北霄，你不會想讓我給你當下人一月吧？」

心腸好生狠毒！

「確實很誘人。」秦北霄慢慢道，但還是把目光移到了沈芷寧身上。「不過比起那些，我倒更想要沈芷寧那絕版的《容齋隨筆》。」

沈芷寧睜大眼。「那是我辛辛苦苦找來的絕版古籍，不給你！」

蕭燁澤見沈芷寧不肯給，偏生他好勝心強烈，便在她一側好說歹說，終是說動了她，隨後喊了十人過來，讓他們一一射箭。

「秦北霄，我也不為難你，十個裡面中六個，便算你贏。」蕭燁澤志在必得道。

蕭燁澤這番動作自是引來了不少人注意，深柳讀書堂與玲瓏館的學子大多都圍了過來，裡三圈、外三圈。

秦北霄看這架勢，微微皺了皺眉，實則是不喜這麼多人圍觀看熱鬧，剛想說不賭了，轉頭又看見沈芷寧那期待的神色。

有那本古籍當賭注，他自是不會自作多情覺得這是期待他贏的神情，看來是巴不得他輸。那他若是贏了，沈芷寧會皺著小臉哭出來吧？再紅著眼眶心疼地把古籍給他，那不想給又一定要給的模樣，真是可憐極了。

秦北霄隱去眼中的笑意。「開始吧。」

得了秦北霄的這句話，蕭燁澤興奮揮手。「你們上。」

「瞧那邊，熱鬧極了，要不過去看看？」

玲瓏館的幾名女子被那熱火朝天的氣氛吸引，三三兩兩正準備過去，沈玉蓉在旁聽到，眼中閃過幾分怨毒，對那幾名女子脫口而出道：「有什麼好瞧的？」

說罷，也不管那幾名女子難堪的面色，徑直轉頭走了，未走幾步，就看到了沈嘉婉，口氣極衝地喊了聲「大姊姊」，便要繞道而行。

「六妹妹。」沈嘉婉微啟唇，語氣中似乎帶了點詫異。「似乎心情極為不悅，可遇到什麼事了？」

「還不是沈芷寧那……」

沈玉蓉本就在嗓子眼的那口氣聽到這句話，恨不得一下子發洩出來，可對方是沈嘉婉，又不是什麼交心人，便生生壓了下去。「沒什麼，大姊姊。」

「難不成是因為五妹妹？」沈嘉婉唇角掛著一絲笑，目光落在遠處眾人之間的沈芷寧身上，似是不經意感嘆道：「說來五妹妹是越來越聰明了，雖說這秦北霄已沒落，還是個罪臣之子，可三殿下與其似乎極為交好，聽說二人在京中早已相識，如今在吳州也是舊人相見，進學回舍皆是同進同出。」

沈玉蓉聽這話，眉頭微蹙。「大姊姊是何意，這關她沈芷寧什麼事？」

「自是沒什麼事的。」沈嘉婉唇角笑容更深。「只是五妹妹與秦北霄交好，難免三人會常在一起，我便說了，五妹妹是越來越聰明，知道近水樓臺先得月，要是以後真被三殿下看中，成了三皇子妃……」

「她想得美！也不看自己配不配！」沈玉蓉頓時炸了，整張臉氣得通紅。

三殿下怎麼會看上沈芷寧？三殿下那般俊朗，怎麼會與她有什麼瓜葛。但自己現在都未與三殿下說過幾句話，沈芷寧因著秦北霄的緣故，不知說過多少話了。

沈玉蓉氣得眼睛都紅了，不再理會沈嘉婉，徑直走了。

蕭燁澤叫來的那十個人一一上場，在即將射箭之前，秦北霄將猜的層數用木棍在地上劃出。

一次中了。兩次中了。直到三次連中，人群一片沸騰。

十次機會，秦北霄居然猜對了九次，周圍的歡呼聲更是一次比一次響，差點要掀翻了整個射圃。

「譁眾取寵！」不遠處的裴延世聽見這一陣陣的歡呼聲，滿臉鄙夷，在他一旁的江檀聽了，唇角多了幾分笑意。「我倒不覺得，他們這氛圍不錯。」

裴延世斜看了一眼江檀，冷哼一聲。「那怎麼不見你過去？」

江檀笑了笑，沒再說話。

而沈芷寧眼睜睜看著秦北霄一次又一次猜對靶層，不祥的預感越來越濃重。

在他猜中第六次時，她知道自己的《容齋隨筆》保不住了。

那可是自己辛辛苦苦找來的孤本啊！明明不關她的事，怎的就發展成了要拿她的古籍作賭注啊？沈芷寧欲哭無淚。

看著混亂熱鬧的人群，沈芷寧心生一計，趁著人多，偷偷向後退。

一步，兩步，退出中心圈後。她立即轉身，抬腿就要跑。

「沈芷寧。」秦北霄叫住了她，聲音淡淡，但極為清晰。

沈芷寧懊惱一閉眼，頂著笑容轉身，見所有人的視線都隨著秦北霄的這一聲喚往她看來，她佯裝淡定道：「寧師傅那兒初試應該要輪到我了，我去瞧一瞧。」

秦北霄往那兒掃了一眼。哪是輪到她了？還遠著呢。

「去吧，但回頭別忘了把東西給我。」秦北霄慢慢道，聲音與平常無異，可聽在沈芷寧耳裡，總覺得多了幾分戲謔。

沈芷寧離開了那裡，越想越不對勁，越想越覺得，秦北霄就是在戲弄她。

有了這個念頭之後，她好生回想了方才的事，說來以秦北霄的性子，應當是極為不喜被周遭人這般圍觀，但竟就這麼順著蕭燁澤的意打賭。

打賭還不算，居然不賭蕭燁澤的東西，偏生就要賭她的東西。賭她的東西也就罷了，還一定要多提一嘴讓她別忘了給。她怎麼不知道他秦北霄還有收藏古籍的喜好？思來想去都覺得在戲弄她……這人好生惡劣！

沈芷寧也不去寧師傅那兒了，走到遠處找到射圃一處隱蔽樹蔭底下的涼亭坐下，將自己的這口氣順了下來。

沒坐多久，就見秦北霄走了過來。

沈芷寧氣不打一處來，見他要坐下來，一隻手攔了過去。「有人了。」

秦北霄「哦」了一聲。「有人了？」

沈芷寧立刻點頭，一下就移了過去，理直氣壯道：「對，有人了。」

秦北霄微抬下巴，指向方才沈芷寧坐的位置。「那這處呢？也有人了？」

「都有人了，這些位置我都要坐，沒有秦大公子的位置，請走吧。」沈芷寧道。

秦北霄眉眼帶了絲笑意，一閃而過，就坐在了沈芷寧剛才的位置上，沈芷寧見阻止不了他，乾脆氣嘟嘟就偏過身。

「生氣了？」

沈芷寧不理。

「真是可惜，本來想著與妳說那《容齋隨筆》就不拿了。」秦北霄佯裝起身。

「我不生氣、不生氣！」沈芷寧連忙轉身扒拉住他的衣袍。「秦北霄，你說真的？不拿

《容齋隨筆》了嗎？」

秦北霄輕掃了一眼她那緊攥衣袍的手，心情更好了些，看向沈芷寧道：「當真不生氣？」

「還是有一點點的……」沈芷寧嘀咕道：「你這明擺著戲弄我啊！明明是你和蕭燁澤打賭，結果卻是賭我的《容齋隨筆》。」

說完這話，沈芷寧又滿眼笑意。「不過你方才說的，不拿了，可是真的？」

第二十一章

「難不成還是假的？妳若真想給，我倒不介意收下。」

沈芷寧立刻搖頭，又面露糾結。

方才秦北霄沒來時，她是滿心的不想給，可他真說不要了，她又覺得有點不太好意思，討好似地試探道：「可方才確實拿來當賭注了。你這般說，我實屬過意不去，要不我給你抄錄一份，將抄錄的那份給你，那本孤本再借你看，你想看多久就看多久，只要最後還我就行。」

沈芷寧見秦北霄思索了一會兒，再緩慢點頭。「妳這主意不錯。」

她心中一喜。

「不過到時再看吧，不急在這一時。」秦北霄略帶深意地目光落在她身上。「比起這《容齋隨筆》，我倒更想問問妳，那說好的手套不知何時能拿到？」

秦北霄就是口是心非！

沈芷寧聽完這話立刻心底發笑。

那時說要給他做手套，人還黑臉就要走，這會兒都不知催了多少遍。他果然還是在意自己那右手啊！

「知道了、知道了，我會做的，不會忘了的。」沈芷寧回道：「你就放寬心吧。」

「沈芷寧。」秦北霄微微皺眉道：「外頭做手套的鋪子，好歹會量一量手的尺寸，妳未量過便要做手套嗎？」

沈芷寧見他眉頭微皺，想著秦北霄應當是很在意這事了。也是，到時若做得不對，還得重做，不僅累著她，他還得再等上一段時間。

於是道：「這倒是，只是眼下我沒有量尺寸的工具，下回我尋你量一量。」

「下回？不如就今日。」秦北霄淡聲開口。「工具的話，我瞧妳這帕子也可量。」

沈芷寧將懷中露出一角的帕子抽了出來，好奇道：「帕子怎麼量？」

「僅量中指至手腕的距離，還有手腕的大小便可。」秦北霄邊說，邊將腰間的玉珮扯了下來。「再拿玉珮劃道印子。」

秦北霄的的這塊脂玉，外以雲紋圍繞，雲紋尾部微尖銳。

沈芷寧還沒試過這等新奇的量手方式，被秦北霄這麼一說，也躍躍欲試起來。她拉扯一下自己的袖子，才將帕子覆在了他放至亭椅的右手上。將帕子的頂端與他的右手中指對齊，而這過程中，沈芷寧的手難免會碰到他的手，又是這般被他注視看著，一下緊張了起來。

她只能佯裝很是認真的量尺寸，特意低了頭，讓墨髮垂下，蓋住她微紅的耳尖。

空氣中那春日的清甜香味，不知怎的在她聞來，更為濃重了些，甚至讓她有些眩暈。

沈芷寧屏聲息氣，讓自己專注眼前的事。

說來，秦北霄的手許是與深柳讀書堂的許多人不同，他的手寬大有力，指骨處還有好幾處繭子。

沈芷寧的手順著那小紅桃杏色帕子量過去，不自覺觸摸了一下那堅硬指骨處的繭子，隨後反應過來，耳尖更紅了，連忙按著到他手腕處帕子的位置，繼而扯下帕子，用他給的玉珮，用力劃了一道印子。

「這手腕……要不下次再量？」沈芷寧穩住越跳越快的心，輕聲問秦北霄。

沒想到秦北霄將手遞得更近些，聲音微沈。「都量到一半了，為何不乾脆量完？」

為何不幹脆量完？因為她快量不下去了！

可這種奇怪的感覺她又說不出口，只得道：「好吧好吧，那今日便量完吧。」

說著，就將帕子輕輕圈住他的手腕，然而剛圈完，就聽到一陣腳步聲，隨之而來的是蕭燁澤的喊聲。「你們倆在這兒幹麼呢！」

沈芷寧睜大眼，就要將手縮回，下意識不想被人看到與秦北霄的接觸。

可沒想到，手剛縮回，就被秦北霄緊緊拉了回去，他的大手就這麼牽住了自己的手，指尖纏繞，手心相對，被寬大的衣袍遮掩。
沈芷寧的心都要從嗓子眼裡跳出來了，一下子看向秦北霄。
此時蕭燁澤已經跑過來了。「找你們半天了，累死我了。沈芷寧，應該快輪到妳測試了，秦北霄，我也快小試了，你倒是過來幫我練一練。」
「知道了。」秦北霄開口。
而沈芷寧已經說不出任何話來，所有的注意力都在二人緊握的雙手上，見蕭燁澤走了，她才趕緊抽回了手。「秦北霄！」
「妳不是不想讓他看見嗎？若是抽回來，那蕭燁澤才會懷疑，方才這衣袍遮著，他看不見。」秦北霄起身道，理了下衣袖。「好了，走吧。」
「走是要走的，可是……」
沈芷寧聽了這話，想說什麼卻又不知說什麼。
總感覺哪裡很奇怪，可秦北霄的這番話又沒有錯，方才她要是把手抽回來，蕭燁澤過來一下子便能看到這動靜，反倒更容易懷疑，倒不如就放在那兒不動，袖子擋著什麼都看不見。
可，就是有些奇怪。
她跟在秦北霄身後，一步一步地走著，那隻手收在了袖子中，直到現在，她還能感覺到他緊握自己的力度，不讓她掙脫，兩人手心沁出的汗都交融在了一起。

二人回到了射圃中央，秦北霄去了蕭燁澤那邊。

方給蕭燁澤指點了下姿勢問題，便已經輪到蕭燁澤小試，好在成績不錯，輪到秦北霄時，由於之前有跟師傅說過不便射箭，就真得了個零分。

但除了秦北霄零分，還有另一個人。

「我們西園書塾第一名、第二名射箭都是零分，這說給李先生聽，李先生都不信，一個個人高馬大的，不會連把弓都舉不起？」蕭燁澤話裡帶話一臉嘲諷看著秦北霄。

見秦北霄不理睬他的陰陽怪氣，蕭燁澤將目光投往一旁的江檀，開口問道：「江檀，你怎麼回事？」

見他雖看似瘦，可是臂膀處應當還是有力量，怎的就舉不了弓了？

江檀聽到蕭燁澤的這一問話，一愣，唇角和善的笑意略顯尷尬，視線先落在蕭燁澤拿著的那把自帶弓上，又落在旁人拿著的西園發下來的弓上。

西園發下來的那把弓似是很多人都用過了，弓柄處帶著黑漬與一些不知名的污點，其他地方還沾了些泥土。

江檀看了一眼便不再多看，下意識從袖中掏出手帕擦自己的手。「讓三殿下見笑了，來西園時沒想到這事，若是自帶了弓，也可嘗試一下射箭。」

蕭燁澤一下明白了他的毛病是什麼，頓時感到親近許多。「可以可以，兩個零分，秦北霄我是不知道什麼情況，不過江檀你這理由要是被射箭師傅聽見了，恐是要挨一頓罵了。」

「那就煩勞三殿下替我保密了。」江檀溫和一笑。

沈芷寧回到了寧師傅那兒。

確實輪到她們這一組了，寧師傅仔細詢問了她之前有無學過射箭，沈芷寧一一作答，只說自己不曾學過，就是前幾日學了一點，但實則一點基礎都沒有。

或許在這一點上，她是真趕不上別人了，就算是一起學，她也是落後的那一個。沒有辦法，自小到大，在這一方面她就像個白癡。

寧師傅給她遞了把弓，讓她試一試，她先去其他人那兒測試。

沈芷寧應下，站在箭靶前，舉弓對準射了一箭。

脫靶。意料之中。

沈芷寧又去撿了一支羽箭，撿的時候忽然想到了什麼，轉身一下往秦北霄那邊方向看去，真巧對上了他看笑話的眼神，朝他做了個鬼臉便不再理。

就知道在看她笑話。

而一旁看到的蕭燁澤則笑壞了，指著沈芷寧對秦北霄道：「沈芷寧這箭射得不怎麼樣，這鬼臉倒是做得一絕啊，你瞧見沒有？」

他自然是瞧見了，一直瞧著。但他沒有搭理蕭燁澤的這句話，轉身要走，但餘光似乎瞥見了什麼，眼神一下子狠戾起來。

沈芷寧拿回了一支羽箭，正準備搭上弓再射。

可還未搭上，就不知從哪兒傳來了幾聲。「小心！」

旁邊的女子似比她先反應過來，也趕緊衝她道：「沈芷寧！小心！」

沈芷寧馬上轉頭順著她的眼神向右看去——那是一支雕翎箭，直衝她射來，根本沒有給她反應的機會。

在這千鈞一髮之時，所有人都以為這支箭要射上沈芷寧。

而下一秒，更快的一支雕翎箭急勢而來，劃破空氣的猛烈一悶聲，連殘影都未見到，箭矢徑直狠狠劈開原本一支雕翎箭的箭桿，箭羽帶著那支破爛的雕翎箭射向箭靶。

僅在那一瞬間，遠處的箭靶猛然晃動著，彷彿下一刻就要轟然墜地。

被射中的靶上那一處，已全然裂開，箭矢深深沒了進去。

所有人皆被這動靜給驚嚇住了，甚至有些女子受不住這激烈場面，臉色煞白，互相扶持著，但不管是怎麼樣的，視線都看向射出此箭的人。

秦北霄方收了長弓，面色是從未有過的冷冽，掃視了全場後，無任何情緒的目光落在沈玉蓉身上，看得她渾身發抖，隨後扔了弓轉身離去。

沈芷寧驚魂未定，可見秦北霄走了，立刻追了上去，不顧現場騷亂。

秦北霄射箭了。用的是右手。

她看見了，還是這麼霸道的力度。

沈芷寧只覺得心底湧著一股不知名的酸澀，離他背影越近，那股酸澀感越強烈，直到追上他，一把拉過了他的右手。

秦北霄皺眉想扯回去，可沈芷寧不知哪來的氣力，硬是拉過了他，那隻手在觸碰時就已在顫抖，這會兒更是顫抖得厲害。

沈芷寧一下子紅了眼眶。「我就知道……」

她就知道，這一箭怎麼可能不會讓他的傷勢加重，那麼大的力量，連箭靶都快被穿透了，怎麼可能不會加重這右手的負擔，現在竟抖成這樣。

秦北霄這麼好面子，還是那般克制，這會兒卻是對這右手一點辦法都沒有。

她平日裡連一點點重活都不讓他這隻手碰，如今卻是這般，這麼狼狽，她想起林大夫說了，他這隻右手已經是半廢，那以後豈不是要全廢了。分明她要好好幫他養身子的，如今卻……

沈芷寧越想越難過，越想眼眶越紅，酸澀與心疼一下子湧上來。

「我帶你去看大夫。」她哽咽著，想到他不愛看人哭，卻還是忍不住哭意，眼淚直直掉了下來，她乾脆不忍了，直接哭了起來。「你的手，可怎麼辦啊？秦北霄。」

秦北霄那本來極差的心情，看到沈芷寧哭得一把眼淚、一把鼻涕，甚至還拿袖子抹眼淚，眼中劃過笑意。「沈芷寧，到底是妳受傷還是我受傷？受傷的沒哭，妳倒哭得稀裡嘩啦。」

「可我忍不住了啊，我也不想哭！」說著這話，沈芷寧哭得更厲害了，抽噎著。「而且，我發誓要把你養得好好的，養得白白胖胖的，手也是要養好的，你看你現在的手，抖得跟什麼一樣，你自己能控制得住嗎？根本不行了，秦北霄，這可怎麼辦……」

沈芷寧邊哭著，邊又用袖子擦眼淚，方才因為射過箭，許是蹭到了些髒東西，一下都蹭到了臉上。

秦北霄憋著笑，又將顫抖的右手收回了袖子。「妳放心，我自己有數，可沈芷寧，妳為何不拿帕子擦？」

「帕子不是因為你之前說要量手套，現在怎麼擦啊？」沈芷寧哭著道，更是用力地抹著眼淚，臉上頓時更花了。

她也不知自己怎麼回事，分明不願意哭，重來一世卻還是控制不住眼淚。

秦北霄實在憋不住了，握拳掩了下唇角的笑意，抽出了自己的帕子，一點一點輕柔地擦掉她臉上的淚水。「好了好了，不哭了，不是說要帶我去看大夫？妳要紅著眼睛過去？」

聽完這句話，沈芷寧立刻努力收起淚，認真道：「對，看大夫，我們馬上過去。」

找的是蕭燁澤從京都帶過來的吳大夫，二人到學舍沒多久，蕭燁澤也趕過來了，正見沈芷寧一個人孤零零撐著頭坐在臺階上。

見到蕭燁澤過來，沈芷寧一下子眼睛亮了起來，又黯淡下去。「三殿下，秦北霄在裡頭呢。」

「那妳怎麼不進去？」蕭燁澤立刻道：「方才真是危險啊，可他到底什麼情況啊？明明能射箭卻不射，還跑過來看大夫？」

「我也想在裡頭的，可大夫和秦北霄都讓我出來等著，我便出來了。至於射箭的事情，你還是等會兒問他吧。」沈芷寧道。

「我可等不及了，妳不進去我進去。」說著，蕭燁澤就衝進了屋子。

屋子裡很安靜，吳大夫正給秦北霄診脈，見蕭燁澤進來，起身向蕭燁澤請安。「見過三殿下。」

蕭燁澤隨意揮了揮手，看向秦北霄，見他臉色這會兒是慘白得可怕，又見他的眼神示意將門關上，於是下意識用腳把門踢得關上了。

見門關上，吳大夫才坐了下來，對秦北霄道：「秦公子，實在是太過危險了，您這右手真是不該使力啊，之前本就筋脈盡斷，尚未養好，您今日又是這般強行……」

說罷，吳大夫嘆了口氣。

「筋脈盡斷？」蕭燁澤大吃一驚。「你這手不是只是被燙傷了嗎？怎麼還有這一事？現在是更嚴重了嗎？」

怪不得不射箭，怪不得讀書寫字皆不用這右手，原來是這原因。

秦北霄沒有回答蕭燁澤的話，目光看了眼門的方向，諷刺道：「你盡可再大聲點，讓沈芷寧聽得清清楚楚。」

蕭燁澤明白了秦北霄的意思，這會兒也不跟他爭什麼，壓低了聲音。「懂了懂了，我小聲些。」

他也不打擾吳大夫給秦北霄醫治了，就在一邊走來走去，等吳大夫走了，沈芷寧在外面敲門。「我可以進去了嗎，秦北霄？」

秦北霄的臉色還是不太好，且吳大夫方才施了針，還是別讓沈芷寧看到他這副樣子了，於是給蕭燁澤使了個眼色。

蕭燁澤自是明白，立刻提聲道：「沈芷寧，要不妳先回去，秦北霄這裡我先看著。」

外頭的聲音猶猶豫豫。「這樣嗎？那好吧……」

隨後是一陣一步三回頭的腳步聲，腳步聲越來越遠，蕭燁澤以為人走了，沒想到人突然又蹬蹬蹬跑回來，還隔著門縫道：「有什麼事記得喊我。」

沈芷寧說完這話才真的走了，蕭燁澤呼了口氣，坐了下來。「沈芷寧還是很關心你的，也不必避著她。」

就是因為如此，才不想讓她看見。

秦北霄未說這句話，轉而道：「待會兒可是要與你說那張攻防圖的事，你若是想讓她聽見，儘管叫她回來。」

蕭燁澤沒想把旁人捲進來，整個人都緊張了起來。「那便不讓她來了。」

說完這句話，還起身去屋門處開關了一番，四處張望看無人才放心地回到方才的位置上，語氣焦急問道：「你說攻防圖？你查到是怎麼回事了？」

第二十二章

秦北霄未說話，而是由暗衛過來向蕭燁澤匯報。「當日於得月樓，屬下們雖在那裡部署，實則人太多太雜，再因敵人在暗、我方在明，不好追查。」

實際上進入江南，或者換句話來說，進入吳州地界後，他們行事就頗為困難。各處好像都有人監視著，鋪子、酒樓、飯館，上至高門大戶，下至平民百姓，好像都已經在他人的掌控之中，稍微有一點細小的動靜都會被發現。

真要從蛛絲馬跡一點一點探查下去，或許第一步不會被發現，但接下來的幾步都難逃他人的眼睛。就像這次的得月樓，一切的行動皆在暗處的掌握之中，就連想繼續追蹤下去，線索都快斷得一乾二淨。

首先朝廷放了高琛，有放餌釣魚之意，那定有派人從京都跟至吳州，看其路上有無與人接觸。

高琛不蠢，或者是他背後的人不蠢，不挑人煙稀少處，反而挑了個魚龍混雜的得月樓，那日還有無數人前往，擠得水洩不通。

因此，才更適合交易，也更適合逃脫。

果真，人逃得無影無蹤，還有掩飾的假消息，將他們耍得團團轉，甚至一系列的殺人滅口，殺高琛、殺夥計，殺了可能會知道這事的所有人，目前暗衛已經找到了三具屍體，線索幾乎都沒了。

暗衛將以上情況都與蕭燁澤說了一遍，又尊敬地看了一眼秦北霄低頭匯報道：「屬下們本以為得月樓事件進行不下去，沒想到之前主子讓屬下們查的沈家倒是發現問題了。」

「沈家？」蕭燁澤重複了這兩個字，眼珠子轉了一圈，抬靴踩了幾下地。「是這個沈家？」

「這吳州還有哪個沈家？」秦北霄看向他。

「可若是這個沈家，父皇怎會讓我過來此處，雖有讓我調查吳州蹊蹺之事，但提及沈家可是滿口稱讚。」蕭燁澤回憶道：「以父皇的性子，這沈家真有什麼貓膩，與我說時也不會那般輕鬆愉悅吧？」

秦北霄略帶諷刺的眼神掃了過去。「沈家有什麼值得稱讚之地？是那養外室的沈淵玄，還是他那幾個沒用的兄弟？聖上稱讚的，無非就是李知甫。」

「你說的也是，不過……沒用的兄弟？秦北霄，你這話最好當著沈芷寧的面說，聽聽你是如何說她的老子，到時就好看了。」

秦北霄橫看蕭燁澤一眼，平日裡那張可以刺死人的嘴，此時倒是沒接話。

蕭燁澤難得占上風一回，口氣都輕快了起來。「原來你也知道那沈淵玄養外室的事，之前我是略有耳聞，你可知我來吳州第一日他設宴為我接風洗塵時，宴上說的那叫一個高風亮節，沒想到也是個道貌岸然的。」

秦北霄更是沒接他這話，這些事他向來不感興趣，不過前幾日聽人說了幾嘴。

蕭燁澤見秦北霄不搭理他，稍微鬱悶，不過轉頭便好了，指著那暗衛道：「你繼續說。」

「嚴格來說，不能說是沈家，應當是與沈家有關係的安陽侯府。」

原來跟沈家無關，這口氣端的。

蕭燁澤沒好氣地撇了撇嘴，點點頭示意暗衛繼續說下去。

「沈淵玄與安陽侯私交頗多，單就這段時間以來，見面便不下五次。說來奇怪，皆是安陽侯主動邀約，安插在沈淵玄身邊的小廝回稟，談的也不過都是平常瑣事。西園書塾之事，李先生、三殿下與主子您，都有談及，還有不過就是一些書畫，安陽侯知沈淵玄喜書畫，常會於相聚之時攜帶，贈與沈淵玄。」

「沈淵玄收了？」蕭燁澤問道。

「安陽侯帶過兩回，兩回皆收了。」

「也是個貪的。」蕭燁澤搖搖頭道：「不過這些都是小事，那得月樓呢？為何說是安陽侯府有問題？」

「原本線索皆斷，外加吳州高門貴冑不少，也如大海撈針，查不出什麼來，只是上回主子說要查沈家，才有這些端倪，便順著查下去。此次得月樓，看似與安陽侯府搭不上邊，因任何所得線索皆指不到安陽侯府，可若以安陽侯府為結果，再反向追查，卻挖出了不少。」

蕭燁澤疑惑。「這怎麼反向追查？盯著安陽侯府查嗎？」

「不單單如此。」秦北霄慢慢道：「蕭燁澤，之前是我們疏忽了，僅查出事那一日反而最為艱難。」

「那日正好是高琛與其背後人見面，按理說，若無差錯，便可一網打盡。」蕭燁澤是這般想的。

「全盤皆由我等掌控，自是可以，可如今身在吳州。出事的那一日，應該是他背後之人收網之日，所有計劃都已安排妥當了。僅往出事那一日追查，實是往死胡同裡鑽。」秦北霄道。

「主子所言極是。三殿下，之後屬下們便不單是盯著出事那一日，而是就安陽侯府與得月樓兩處，發現原來青州那位姓常的說書先生與安陽侯府在青州的一遠親是舊相識，那日來得月樓說書，也是經那舊相識說動而來。」

蕭燁澤聽得點了點頭。

「出事的前幾日，沈淵玄底下衙門中的衙役尋了個由頭去得月樓過了一遍場子，而發生的時間，便是安陽侯與沈淵玄見面後一日。屬下們又打探，那日過場子時，除了衙役，還有一安陽侯府的人，這實在是太過巧合。」

這暗衛說的話已經很明白了，蕭燁澤立刻看向秦北霄。「如若這般，還真是……」

「還需更確鑿的證據，現下一切不過是推測。」秦北霄道。

「可這更確鑿的證據要去哪裡尋？」蕭燁澤問，話語中帶了幾分焦躁。「說來這吳州當真是個好地方啊。父皇派了幾波人都打探不進，皆命喪吳州，僅憑你我二人，恐是不行的。你這暗衛方才不也說了，稍有動靜就被察覺，根本不得法，現在攻防圖也丟了，絲毫不得行動，更無法向父皇求救，當真是不知怎麼辦了。」

「繞繞彎彎的不行，乾脆就硬著來。」秦北霄冷聲道。

蕭燁澤一愣。「你是何意？」

秦北霄沒說話，蕭燁澤連忙勸道：「你可別亂來，這裡不是京都，如若真是安陽侯府的人，到時被他們查到是你，你就算在西園他們也會把你揪出來，你與我現在就如同鬥獸困於樊籠，我還有皇子的身分保命，你有什麼？父皇就算想救，為了大局，也是救不了的。」

秦北霄眼中劃過一絲諷意。「自然明白，就像我的老子一樣。」

蕭燁澤張了張嘴巴，囁嚅道：「當時，哪有什麼其他的法子。」

蕭燁澤回想締結潭下之盟的那段時日，京都猶如被黑霧瀰漫，撥都撥不開。

朝中不論是內閣閣老、肱骨大臣、還是什麼王孫貴戚、文官清流，以及那些個世家門閥等等，都在其中攪弄風雲。

撞死在紅柱上的老人不知有多少人，金水橋上自刎的官員數不勝數，聲音起來又被淹沒，文人抗議又被斬殺，最後彷彿只剩下了一種聲音，那就是簽訂盟約，殺秦擎。

連在他眼中英明神武的父皇都好像他人的提線木偶，不得不應了大多數人的請願，召秦擎回京，派人與明國和談。

而下詔回寢當日，父皇急火攻心，生生吐了一口心頭血。

他與太子哥哥齊跪數日，只求父皇收回成命，明明可以與明國再戰，逼他們投降！為何要簽下盟約，給他們休養的機會？

但數日之後，只見滿頭白髮的父皇，一臉悲憤說了一句話。

「靖國爛了，從根部開始爛，快要爛完了。」

隨後，秦擎被殺，盟約簽訂，一切似乎在他人控制之中，父皇已無回天之力，但還存有幾分希望，派了他前往吳州，也暗中找了秦北霄，只求一個突破口。

但這一切，都是不能擺在明面上說的。

蕭燁澤嘆了一口很長的氣，看向秦北霄，但秦北霄已經打算送客了，一臉淡漠地將人從屋子裡趕出去。

好嘛！自從來了吳州，自己這一國皇子的威嚴是蕩然無存。

蕭燁澤伸手指向秦北霄，但門啪的一關，他擔心手指被夾到，又連忙縮了回來。

行，秦北霄，讓你一回，不跟你多計較！

蕭燁澤想到射圃那邊還有事，抬步過去，即將到射圃入口之處，見到一道熟悉的身影，正是沈芷寧。

她的聲音很平靜，但那平靜之中暗藏洶湧。「妳敢說那支箭不是妳射的？」

站在她對面的就是沈玉蓉，被沈芷寧攔住已是滿心不快，再加上對沈芷寧有著不少的怨恨與氣憤，聲音尖銳。「是我射的又如何？難不成妳還要朝我射一箭？沈芷寧，妳可滾遠些吧！別以為進了永壽堂就可以這般對我……」

沈玉蓉的話還沒說完，沈芷寧一巴掌狠狠搧了過去，搧得沈玉蓉面容發紅，指印立顯。

「沈芷寧！妳……妳瘋了？妳打我？」沈玉蓉被搧傻了，捂著臉，一臉不敢相信沈芷寧有這麼大的膽子。

「我打的就是妳，我不僅要打妳，我還要上衙門告妳蓄意謀殺，妳別以為此事就這麼了了。」

在遠處的蕭燁澤聽到沈芷寧那發狠的話，不由得稀奇挑眉。

撞上秦北霄的事，沈芷寧這麼凶？

沈芷寧警告完沈玉蓉後便回了永壽堂，連晚膳都未吃，徑直坐在了書案前，提筆不知在寫些什麼。

但雲珠能看得出自家小姐氣憤得很。

沈芷寧能不氣憤嗎？她一想到方才秦北霄那隻顫抖的手，就滿心的氣憤與心疼。她辛辛苦苦救他，不知費了多少銀子與心血。這些日子以來，為了他那一身的傷，為了他那隻手，天天讓人送補湯，還時時掛念著喝藥的事，好不容易覺得傷情會有轉機，沒想到一朝盡毀。她多氣啊！還心疼得要命，秦北霄那一箭，當下射的時候或許是沒感覺的，但接下來幾日許要難受極了，過些日子又要到多雨季節，這怎麼受得了啊？

沈芷寧越想，胸口堵的那團氣越大，吐不出、下不去，必得她自己消耗乾淨了才算。

於是雲珠見自家小姐連蘸墨時都用力極大，寫時又彷彿有著說不完的話，飛快、不帶任何停頓地寫完一行，再繼續下一行。很快，一張紙便寫得滿滿當當，又再繼續下一張。

剛寫了兩張紙，屋門便被人拍響了。「五小姐，五小姐，老夫人請您去正堂呢。」

沈芷寧悶頭寫字，雲珠忙出去推開門問：「何事啊？巧兒姊姊。」

巧兒是老夫人屋裡的一名丫鬟。

「二夫人來了，在正堂撒潑呢，說五小姐打了六小姐一巴掌，要來找五小姐算帳，老夫人讓小姐去一趟，將事說清楚。」

「雲珠，妳先去，我等等就去。」屋裡的沈芷寧聽到了，筆墨未停，提聲道。

雲珠應著，隨巧兒一道走，路上巧兒不禁開口道：「方才二夫人帶六姑娘進來我都嚇了一大跳，我也瞧到了，那臉腫得老高，真是我們小姐打的？也不像啊，我們小姐一向是最和善的。」

這段時間下來，永壽堂的人誰不知五小姐是個極好說話的？連脾氣也是最好的，說話總是笑呵呵的，還常開個玩笑，真的就像自家養的小姑娘，不僅老夫人喜歡，連她們做下人的都疼她。

雲珠聽罷，為難地回頭看了一眼自家小姐的屋門，輕輕點了點頭。「這事不瞞巧兒姊姊，還真是我們小姐打的。」

巧兒捂了嘴巴。「哎喲！是發生什麼事了啊？不過如今二夫人來了，有得鬧了。」

雲珠默默心裡說了句，這回就算她們不來，我們小姐也要找上門的。

一路到了正堂，雲珠剛一進去，就差點被茶碗砸到了額頭，繼而是莊氏劈頭蓋臉的話。

「沈芷寧那小孽畜呢？還躲起來了？把我們玉蓉打成這個樣子，現在我都來永壽堂找她要說法了，她竟還不露臉？」

說完這話，莊氏向沈老夫人哭訴。「老夫人，您來評評理啊。」說著，就將沈玉蓉拉到老夫人面前。「您瞧瞧玉蓉的臉，腫成這般，這是什麼深仇大恨要把自家姊妹打成這樣？沈芷寧這個心腸狠毒的，自從進了永壽堂就一副囂張的樣子，仗著老夫人您疼愛就什麼都不管不顧了，都不把姊妹親情放在心上了。」

邊哭邊說，說得沈老夫人一陣頭疼，沈老夫人先吩咐丫鬟們給沈玉蓉的臉上藥，又問雲珠。「芷寧呢？為何還不來？」

「小姐說等等便來……」

未等雲珠說完，莊氏生龍活虎的氣勢又出現了。「等什麼？她就是不敢出來對峙，她不來，我親自去尋她！」

這句話說完，沈芷寧的聲音從外傳來。「不煩勞二伯母了，我來了。」

沈玉蓉見到沈芷寧便是滿眼的恨意，而莊氏更是一個箭步衝上前，就要將沈芷寧拉扯過來，沈芷寧避開來，走到沈老夫人面前，跪了下來。「祖母，孫女來了。」

「妳這個小孽畜還敢來？妳看看玉蓉的臉！妳這個毒心腸的……」莊氏一連串的話鋪天蓋地而來。

沈老夫人給許嬤嬤使了個顏色，許嬤嬤連忙會意安撫莊氏。「二夫人，莫要自己氣壞了身子，是非對錯，老夫人定會主持公道，您先坐一會兒吧。」

莊氏喘著大氣，被許嬤嬤撫著胸口，坐回了位置上。

沈芷寧沒有等沈老夫人問話，先是自己將事認了下來。「祖母，沈玉蓉的臉是我打的。」

這話一出，莊氏立即起身，怒聲道：「老夫人，她自己都承認了！可憐我的玉蓉了……」

沈老夫人皺眉。「真是妳打的？」

許嬤嬤也是一臉的不敢相信。五小姐多好的脾氣啊！竟真動手打人了？這是她怎麼都想不到的，她決定繼續聽下去看看五小姐怎麼說。

沈芷寧點頭，繼續道：「是我打的，今日若二伯母不尋我，明日我也要尋她們討公道。」

「公道？真是笑話！到底是誰挨了打？這明眼人都看得見，妳還有臉說出要公道三字？」

「是，我就是要公道！」沈芷寧不跪著了，徑直起身看向沈玉蓉。「六妹妹，妳還未將事情與二伯母說清楚嗎？我為何打妳？祖母與二伯母不知曉，難道妳也不知曉嗎？」

沈玉蓉聽後，眼神躲躲閃閃，不敢直視。

莊氏見自己女兒不敢看沈芷寧，以為是被她打怕了，想玉蓉平日裡那性子，如今卻成了這般，而且沈芷寧這理直氣壯的話更是讓人惱火。「出了什麼事情輪得到妳做姊姊的去打妹妹？出了什麼事情妳要下這麼重的手……」

「如若，她要殺我呢？」

第二十三章

莊氏的話直接被沈芷寧堵了，沈芷寧的目光直直落在了莊氏身上，沒有一點後退，平日裡輕快的語氣轉成了從未有過的嚴肅。

「殺妳？」莊氏直接愣了。

「殺妳?!」許嬤嬤也是驚得重複了這兩個字。

「二伯母今日難道沒聽說射圃之事嗎？」沈芷寧語帶嘲諷，就在那一刻，似乎是秦北霄附身，滿臉冰寒。「難道不知今日有一支亂射的箭，差點就射中了我嗎？難道不知這支亂射的箭，就是妳女兒沈玉蓉射的嗎？」

這事畢竟不小，永壽堂與各房自是聽聞，只是不知就是沈玉蓉射出來的。

沈老夫人頓時皺起眉。「此事當真？」

內宅陰暗齷齪之事不少，可真涉及人命的事，那也是不常見的。

沈玉蓉搖頭否認，可平日裡若是被冤枉的她肯定大吵大嚷，此時卻只是心虛地默默搖頭。而莊氏則是一臉不相信。「怎麼可能？好啊，沈芷寧，妳把髒水潑到玉蓉身上了，好掩蓋妳做下的事嗎？」

「二伯母，我到底有沒有潑髒水，此事我不需要與妳細說，我也沒打算要在這裡細說，既涉及到人命之事，我自是要上衙門，狀告沈玉蓉。她以為這支箭沒有傷到任何人便沒事，可只要她有這個意圖，我便不會讓她逃脫。」

沈芷寧的話擲地有聲，莊氏聽完這番話心底都有些發虛，轉頭見自家女兒不敢直視她的眼睛，就知沈芷寧說的話基本是真的了。

可告上衙門？沈芷寧莫不是在開什麼玩笑？

「先不說其他的。但是衙門？沈芷寧，妳是腦子糊塗了？大哥就是知州，妳是想要大哥給玉蓉判罪？讓當大伯的給姪女判罪？」莊氏笑了，滿是嘲笑沈芷寧的天真。

「什麼衙門，什麼事啊，還要鬧到衙門？」這會兒，沈淵玄的聲音從外傳來。

與他一道進來的是二爺沈淵計，也是沈玉蓉的父親，沈芷寧的二伯，原是莊氏差人去請沈淵計，沈淵計正巧與沈淵玄在一起談事，便一道來了。

二人先向沈老夫人請安。「兒子給母親請安。」

方請完安，沈淵計就看到了沈玉蓉那腫起來的半邊臉，皺起眉道：「怎麼回事，玉蓉怎麼被打成這樣？」

莊氏見人都來了，自覺有人撐腰了，開始哭訴起來。

「是啊，老爺，都是五丫頭打的，這麼毒的心腸，我這個當娘的，看得心都要碎了。」

說完這話，莊氏又朝沈淵玄道：「大哥，您要為我們主持公道。五丫頭不僅不道歉，竟說要告上衙門。大哥，您說，這是個什麼事啊！」

「告上衙門？」沈淵玄聽到這字眼也覺得荒唐，內宅的事竟要上衙門，衙門的事還不夠多嗎？

沈淵玄剛要斥責，沈芷寧卻一句話沒多說，直接將狀紙遞上去。

沈淵玄狐疑接過，狀紙洋洋灑灑，皆是訴說今日之事。

從第一行起，言語就犀利得宛若一把銳利的刀劃開事情，讓真相展現眼前，無一字在斥責卻字字像斥責，鋪天蓋地的氣憤就像一隻不知名的手狠狠攥緊了沈淵玄的心臟，讓他的心都跟著陷入文字裡。

看完第一張紙，沈淵玄幾乎就信了沈芷寧的話，但他沒有停，繼續看了下去。而接下來的話更像是一氣呵成，通篇讀下來，只覺得字字珠璣，文采斐然，更是對犯案之人心生極為不滿的情緒。

沈淵玄看完狀紙，問沈芷寧。「這是妳寫的？」

「是我寫的。」

沈淵玄沈默，當官這麼多年，見過多少狀紙遞上來，那些狀紙有不少是舉人親自書寫，無論是行文還是文采，竟都不如眼前這篇。

沈淵計見沈淵玄沈默了，皺眉道：「大哥，你不會真信了這丫頭的鬼狀紙吧？」

沈淵玄將狀紙遞了過來。「你自己看看。」隨後沈淵玄轉而對沈玉蓉道：「若真如這狀紙所寫，芷寧也執意要告的話，玉蓉，妳明日確實要與大伯去一趟衙門了。」

全場譁然，莊氏更是癱軟在地，不敢相信眼前發生的一切。

大哥多怕麻煩的一個人啊！還極其重視家醜不可外揚，就因為一張狀紙，說出這句話來？難不成玉蓉真就要去衙門？這好好的小姐竟要去衙門，說出去不是要丟死人了？以後怎麼說親？

莊氏連忙轉向沈淵計，扒拉沈淵計的衣袍。「老爺、老爺，不可啊！玉蓉不能去衙門，不能去啊！」

沈淵計剛看完狀紙，面色複雜地看了一眼沈芷寧。

三房這是出了什麼人才？照這份狀紙所寫的，恐怕大哥若不收，這丫頭再遞到上面，也定會判下來吧，交由大哥處理，還有轉圜餘地。

莊氏見沈淵計攥著狀紙沈默，已滿是不安，又哭求著沈淵玄。「大哥，玉蓉可是您的姪女啊，真要帶去衙門，以後讓她怎麼活？不如一根繩子吊死算了，也免得被他人恥笑啊。」

沈淵玄嘆了口氣，不說話。

沈玉蓉之前本以為此事不過是件小事，沈芷寧說的什麼去衙門，她也當成是笑話，畢竟吳州知州可是大伯，又怎會真的受理這件內宅小事呢？可大伯如今卻是這個態度……

沈玉蓉慌了，也隨著莊氏哭求起來。「大伯，大伯……」

沈淵計心疼地掃了一眼沈玉蓉，二房有三個孩子，唯獨玉蓉這一個姑娘，還是最小的一個，自然是千寵萬寵，平日裡打一下都心疼，如今被打了這一巴掌，還要被送到衙門裡去……

沈淵計將手中的狀紙攥得更緊了些，再慢慢鬆開，看向沈芷寧。「芷寧啊，讓玉蓉給妳賠個禮、道個歉，此事便這般了了，真鬧到衙門裡去，大家面上都不好看，畢竟妳與玉蓉都還是未出閣的姑娘。再來，射箭的事又有誰給妳作證？無人作證，哪真的能定案？算了，就這麼算了，玉蓉，來，給妳五姊姊道個歉吧。」

沈玉蓉過來剛要行禮道歉，沈芷寧退了一步，不受她這個禮。

「當時玲瓏館與深柳讀書堂的學子都在，她射了這一箭，豈會沒有人看到？又豈會沒有人給我作證？」

「沈芷寧！」沈淵計怒氣漸起。「二伯平日裡瞧妳是個乖巧的，怎的心腸這般狠毒，定要把妳妹妹逼到死路嗎？妳們可是有血緣關係的姊妹，妳難道不知嗎？」

「二伯說的這些話，可曾與我這六妹妹說過？她衝我射那一箭時，可知我與她是有血緣關係的姊妹？平日裡對我欺壓羞辱時，又可想到我與她是有血緣關係的姊妹？是她先要置我於死地，二伯現下要我退步，原來這天底下的道理到了二伯的嘴裡，就是這般損人利己嗎？」

沈芷寧一步都不讓，就像炸了毛的小獸，誰過來說一句便要咬誰一口，鮮血淋漓的那種。

沈淵計不得不嘆，這丫頭好利的嘴，他竟一句話都駁不出來。

莊氏聽沈芷寧的這些話，已經明白她的態度。可這怎麼行呢？這樣是不行的，到這時她是真正怕了，向沈芷寧低下頭。「芷寧……芷寧，以前是我們的錯，我們不該，妳就大人有大量，給玉蓉一個機會，好不好？」

沈芷寧不肯。

沈淵計與沈淵玄都說了與莊氏差不多的話。

沈芷寧還是不肯。

沈淵計實在是沒法子了，道：「芷寧，那妳到底怎樣才肯……」說到這裡，沈淵計停頓了一下，轉向沈老夫人道：「母親……您要不勸勸芷寧？」

這五丫頭在永壽堂，總歸還是要聽母親的吧？

沈老夫人臉色依舊冷淡，卻開口叫了沈芷寧靠近，眾人一喜。

「祖母，若您要我……」沈芷寧咬了下唇，如若祖母真要替沈玉蓉求情，她實在也拒絕不了。

沈老夫人舉了下手中佛珠，阻止沈芷寧這話。「祖母沒這個意思。險些被射中的人是妳，我哪來的老臉去勸妳？只是，真鬧上衙門，不過是傷敵一千、自損八百，畢竟還是閨閣女兒，這種事傳出去，雖是玉蓉的錯，妳難免也會遭到一些閒話。」

莊氏與沈淵計面露喜色，老夫人還是替他們說話了。但接著老夫人的話，讓莊氏與沈淵計面上方才的喜色消失得一乾二淨。

「不如，以後乾脆讓玉蓉離開西園，你們夫婦倆再去給她尋個書院，就莫要待在西園了，二人也少碰面，怎麼樣？」

這雖比送上衙門好一些，可也半斤八兩啊。誰不知吳州最好的書院就在沈家西園？自家的書院自家的女兒被趕了出來進不去，還要去另尋，當真是要笑掉人大牙的事！更何況，江南一地，又去哪兒尋一個與西園書塾一樣好的？

沈芷寧聽了祖母這話，沈默了一會兒，覺得可行，便問莊氏與沈淵計願不願意。

如此一來，莊氏與沈淵計就算不願意也只能說願意了。畢竟送上衙門肯定不行，於是便應了沈老夫人的話，又怕沈芷寧反悔，趕緊帶著沈玉蓉走了。

這一事鬧的，總算有了個結果，沈老夫人沒說什麼，只是最後回過頭來想這事，不禁點了點沈芷寧的額頭。「倒沒看出來是個這麼凶的。」

此事便掀過了。

但沈芷寧今日一戰，已經傳到外頭去了。或者說，是蕭燁澤聽到了些許風聲又差人打聽，打聽回來直把自己笑趴了，隨後敲響了秦北霄學舍的屋門。

「秦北霄，開門！」

裡頭有動靜，但就是不開門。

蕭燁澤裝模作樣地長嘆一口氣。「哎——本來想跟你說說沈芷寧的事，你不想聽，那就算了，我走了啊。」

蕭燁澤剛踏下臺階，身後的屋門便打開了。

「進來。」

蕭燁澤眉眼處立顯幾分得意，轉身大跨步進了屋子，大剌剌地坐在了凳子上，興奮道：「秦北霄，我和你說啊……」

說到這裡就停了，唇角掛著笑。

秦北霄眉頭微蹙。「你說不說？」

蕭燁澤又哎了一聲，將桌上的茶杯翻了過來，得寸進尺道：「回回來你屋子都沒口熱茶喝，也不知今日有沒有？」

秦北霄不說話，蕭燁澤以為眼前這男人要趕人了，沒想到還真的喊人進來倒熱茶。

大開眼界！

蕭燁澤喝了茶，語氣帶了幾分輕快。「昨日那一箭是沈家排行老六的姑娘射的。你是不知道啊，昨日沈芷寧那叫一個大殺四方，洋洋灑灑寫了好幾張狀紙，當著沈淵玄的面要把她這妹妹告上衙門，沈淵玄看了狀紙之後竟然還應了，那什麼沈家二爺也被堵得說不出話來。」

蕭燁澤又喝了口茶，續道：「他們勸沈芷寧不要那麼做，顧念姊妹親情啊，她是一步都不讓。厲害！真厲害，我在京都都沒見過這樣的女子，沒想到向來嬌軟的江南美人還有這一面。話說回來，平日裡沈芷寧最好說話了，就算你惹她生氣了，哄幾句也就好了，哄完她還跟你鬧著玩呢！」

蕭燁澤回想平日，最後下了一個自己早就想好的結論。「我覺得這回是跟你有關，秦北霄，她整個人都快氣炸了。」

秦北霄於指尖轉圈的茶杯停了下來，儘管心口處脹滿了甜意，但聲音還是儘量保持與平常一樣的冷淡。「為何這麼說？」

「為何這麼說？」蕭燁澤重複了秦北霄這句話，繼而吃驚斜看了他一眼道：「你還看不出來？我都看出來了！沈芷寧對你那叫一個上心，就是你老子騎八匹馬都趕不上她。回回見著你了就問有沒有喝藥，日日送來補湯，上回我想喝一口，她身邊那丫鬟支支吾吾就是不讓我喝，本皇子的威嚴啊！哎，我也不知你們倆到底怎麼回事，但雖說救了人，救了便救了，這還帶後續啊？」

秦北霄掩著眼底的悅色，慢慢道：「都與你說了，她就是個菩薩，就算是別人，也一樣的。」

「這可不見得。」蕭燁澤立刻道：「普通的上心和她這上心完全不一樣啊，她現在是恨不得把你裝眼珠子裡了，護你跟老母雞護雞崽子似的，你說說，她是不是……」

「嗯？」

蕭燁澤臉上出現了幾分曖昧的笑容。「到年紀了，也是情竇初開的時候了。」

被蕭燁澤這麼說出來，秦北霄像是自己的心思被猜中了一般，不善的眼神掃過來，冷聲道：「休得胡說。」

她年紀尚小，這樣的傳言要不得。

「我胡說？我哪是胡說了？」蕭燁澤立刻反駁道：「反正我是這麼認為了，大不了下回我找個機會試探試探。」

秦北霄的臉更黑了，一想到蕭燁澤真去試探，沈芷寧沒聽懂那還好些，若是聽懂了，之後避嫌與他之間有了生分……

蕭燁澤一下子被踹出了屋門。

「秦北霄！你瘋啦？」蕭燁澤在屋外大喊。

他堂堂一國皇子，竟然被人踹到了門外?!

沈玉蓉悄無聲息地離開了西園書塾，玲瓏館眾人當時皆在射圃，知事情首尾，三三兩兩說了幾句閒話，便不再討論。

進學的當月學業輕鬆，隨後學業就繁重了起來，眾人腳尖不點地、忙忙碌碌過了淅淅瀝瀝的清明，春雨朦朧，綠意氤氳，漸漸暈染於江南兩岸。

到了端午前幾日，這蒙著綠意的輕紗被韶光照射，如山窗初曙，透紙黎光。

沈芷寧抱書於胸前，匆匆走過玲瓏館廊檐下，行色匆匆中，也不忘抬頭看臨近之飛檐，及飛檐後面的西園文峰塔，今日當真是春和景明。

她一路出了玲瓏館，到了深柳讀書堂，遠遠就聽到朗朗讀書聲，她於讀書聲中敲響了李先生的木門。「先生，我來了。」

「進來。」

沈芷寧推門而入，一眼又看到了西邊案桌旁吊兒郎當的陳沉，她見怪不怪，反正這段日子她只要來李先生這兒，必見陳沉在罰抄。

「沈先生今日又來了啊？」陳沉叼著枝毛筆，斜著眼睛上下掃了一通沈芷寧，嗤笑出聲。

也不知道這女的腦子是怎麼想的，這深柳讀書堂的男人都沒有她積極，隔三差五就要過來請教問題，過來也就算了，還偏要對自己抄的東西指手畫腳，一會兒說不對、一會兒說應該那麼寫，活脫脫把自己當先生了。

老子只要抄完就行了，媽的，廢話這麼多！

沈芷寧不理會陳沉的諷刺，但本來徑直走向李先生的腳步一轉彎，轉向陳沉，掃了一眼他寫的東西，開口道：「你又寫錯了。」

說罷，不顧身後他的暴怒摔筆，走到先生案桌前，笑道：「先生，您找我啊？」

李知甫見了，眼中不免含帶了幾分好笑。「妳性子也皮。是找妳，為的是過幾日的龐園文會。」

第二十四章

文會的風氣是從明國傳來，當今小國林立，明、靖兩國龍虎相爭，然相爭之中，多數小國偏向依附明國，連靖國都不免向明國靠攏，無其他，唯那明國之學問最為鼎盛，天下讀書人十分嚮往。

嚮往，所以前往，明國吸收了周邊無數有識有才之人，國內學風文氣之旺，開文會、辦詩會，百花齊放，由此帶動了無數小國，乃至靖國。

但在這帶動之下，背後更有不少人擔憂，長久以往，天下學子皆去往明國，有口之人皆稱道他國，有識之人皆流失，到時靖國該如何自處？甚至不用開戰都會敗亡啊！

有了這等擔憂，朝廷大力辦學堂、舉大儒，希望能改善目前之境況，眼下雖然有所改善，不過相比明國還是差一等，但沈芷寧相信，如若先生出山，前往京都布學，到時一定會更上一層樓，超過明國指日可待。

至於先生所說的文會，由於朝廷大力支持，所以每年都會有數十場文會在江南開辦，規模有大有小，在端午前後舉辦的龐園文會，則是近月來規模最大的一場。

只不過開了這麼多場文會，先生也未說什麼，怎麼今日特地找她說龐園文會？

「本是想著讓你們幾個安心讀書，但一味的閉門造車也是不妥，還是要出去多聽一聽他人之思、之想，便想著此次龐園文會，在玲瓏館與深柳讀書堂挑幾人隨我一道去。」李知甫溫和道。

沈芷寧一聽，自是點頭應下。「反正我都聽先生的，先生讓我去我就去，不去我就不去了。」

「馬屁精。」不遠處的陳沉下頷微抖，吐出了三個字。

沈芷寧聽到了，立刻飛快地說：「就算是馬屁精也比你這呆頭鵝好！」說罷，連忙推開木門跑了出去。

一跑出去，發現方才極好的天又淅淅瀝瀝下起了小雨。

「沈芷寧！後面有鬼追妳嗎？跑這麼快！」庭院對面響起蕭燁澤的聲音，他旁邊站著秦北霄。

沈芷寧習慣這些人嘴裡總沒好話，朝二人一揮手。「你們下學了？」

蕭燁澤走了過來。「下學了，妳這是又來找李先生討教問題了？我看咱們李先生多虧有了妳這乖巧的學生，才不至於被我們給氣出病來。」

「你別扯上我。」秦北霄淡漠道。

沈芷寧笑了。「今日不是為這個，是說那龐園文會，先生說帶上幾人一起去。」

蕭燁澤臉色變得很奇怪，看了一眼秦北霄，又問沈芷寧。「先生今日找妳，是要帶上妳？」

沈芷寧乖巧點頭。「對呀！」

蕭燁澤一拍大腿，可惜道：「怎麼先生就不帶上我呢？秦北霄，你和江檀都被選上了，沈芷寧也去了，到時西園就剩我一人。」

沈芷寧一聽這話，跳到了秦北霄面前。「你也去？這事你都沒和我說，生分了、生分了啊！秦北霄，這才幾日沒見，感情就淡薄如此了嗎？」

說著，抬袖假意拭淚。

秦北霄覺得好笑，伸手圈住沈芷寧的手腕拉下來，語氣平淡但略帶戲謔道：「上回哭成了泥臉，今日呢？我來看看。」

「上回我那是沒注意袖上沾泥點了！」沈芷寧想到就有氣，立刻反駁道：「你也不提醒我，盡看我笑話。」

害她後來被許嬤嬤笑了好幾日。

「妳哭成那般，我哪插得上嘴提醒妳？」秦北霄回想上次她那張大花臉就心生笑意。

「今日的事不是未和妳說，我也是今早方得了消息。」

沈芷寧不管不顧，依舊抬袖佯裝擦眼淚。「你雖這麼說，但想想也知道，就算真見了面，還得我問你你才肯說，哪回是你主動與我說的？」

這般說著，倒真的像是傷心了起來。

「那不過是我不愛提，妳若想知道，問我即是。」秦北霄一時分不清沈芷寧是真傷心還是假傷心，但無論真假，他此時語氣中不自覺多了幾分解釋。

說著，剛想觸碰她的袖子，還未碰到，就見她一張明燦笑臉。「騙你的。」

平日嘴上從未吃過虧的秦北霄這會兒竟也無奈道：「沈芷寧……」

沈芷寧連忙哎了一聲。「說來，端午快到了，昨日差人給你們的符袋可收到了？」

因著端午佳節將至，府裡都準備了起來，永壽堂也製了許多五毒銅錢、釵符與符袋，她挑了一些送給了玲瓏館的同窗，還挑了兩個送給了秦北霄與蕭燁澤。

但給秦北霄的與蕭燁澤和其他同窗的不同，秦北霄的符袋她拆開過了，在紗囊中又放入了一張供奉過的靈篆，望他平安健康。

「收到了、收到了，與我在京都收到的符袋很不一樣，我還以為搞錯了呢！」蕭燁澤道。

「各地風俗不一樣嘛！」沈芷寧回道，但視線一直在秦北霄身上，最終挪到了他的手上，皺起眉。「秦北霄，你急著催我給你做手套，前幾日給你送去了，卻也不見你戴，我看你就是要我玩。」

秦北霄順著她的視線落在自己那手上。前幾日她確實把手套送來了，只是不知怎的，他竟怕戴上了弄髒、弄破，便又好好收了起來。

「今日忘了，明日戴。」秦北霄回道。

「今日回去戴。」沈芷寧緊跟其後道。

秦北霄看了沈芷寧一眼，答應了，沈芷寧笑得開心。「那我先走了，待會兒還有一堂課，不知趕不趕得上。」

蕭燁澤剛想說回頭見，但又想起上回與秦北霄說的試探，抬腳一步就想追上沈芷寧，被秦北霄攔住了去路。「蕭燁澤，這是做什麼？」

蕭燁澤輕咳幾聲。「我不過是想問問沈芷寧一些事情。」

秦北霄冷笑。「什麼事當著我面不好問，要跑過去問？」

「當著你的面有什麼好問的？」蕭燁澤腦子一轉。「我就是想問沈芷寧明日休沐要不要一道去香市，我今日問你，你說你不去，那我去問她！」

說著，就繞過了秦北霄，像是真的有這個打算似的問起了沈芷寧。「明日休沐，妳可有什麼安排？」

沈芷寧被蕭燁澤攔了下來，聽到這一句話，想了想。「明日休沐，打算去一趟月湖香市。」

她有好些東西想買，打算明日去一趟。

蕭燁澤一拍手。「真是巧了！沈芷寧，我也正有此意！」

「可是三殿下，我就是逛逛，怕是不會太久。」

「無事，到時妳逛妳的，我逛我的，但過去的時候我載妳一程便可。」這樣，可有足夠的時間談心了。

秦北霄的臉頓時黑了。

次日，蕭燁澤還真就興致勃勃地打算與沈芷寧一道出門，但出了西園，見倚靠在馬車旁的秦北霄，他一愣。「你怎麼來了？你昨日不是說不來？」

昨日早晨他就問了要不要一道來香市，秦北霄可是明確拒絕了的，還一臉的冷淡，昨日與沈芷寧說完，他也沒說什麼，今日卻比他和沈芷寧到得都早。

秦北霄沒說話，面色無異，跨步上馬車，掀簾進了車內。

讓蕭燁澤和沈芷寧單獨待在一起？除非他瘋了。

沈芷寧出了府，見備好的馬車旁沒有蕭燁澤，問旁邊的侍衛。「三殿下已經上馬車了？」

那侍衛點頭。

沈芷寧哦了一聲，掀簾就要進，結果一眼就看到馬車內坐得端端正正的二人，一個是意料之中的蕭燁澤，一個是意料之外的秦北霄。

她詫異。「秦北霄，你怎麼來了？」

「這月湖香市名傳京都，便去見識一下，怎麼就你們來得，我便來不得？」

旁邊的蕭燁澤一聽這話，抑制不住要呸秦北霄，這話不是他昨日同他說的嗎？原話不動，他就直接照搬了。他可記得昨日他說的時候，秦北霄除了一臉冷淡，還甩了「無趣」兩個字。

怎麼？過了一夜就變得有趣了？

蕭燁澤剛想駁了秦北霄這話，只見沈芷寧已經坐在了秦北霄旁邊，眼中滿是暗含玩笑的小欣喜。「來得來得，自然來得，只是秦大公子來了，也不知今日逛街，會不會散一散銀兩啊？我有些想買的物件，秦大公子也會包了的吧？」

「可以。」

秦北霄右臂搭在膝蓋上，語氣稀鬆平常，但多了一分乾脆爽利。

答應得這麼爽快？肯定有詐。

「到時那帳，我是遞到永壽堂結還是文韻院結？」秦北霄繼續平淡道。

「我就知道！」沈芷寧就知道秦北霄才不會那麼好心，這個人就算真的是好心，也得磨一磨，但猜中了他的心意，沈芷寧一臉得意。「才不須你買，我自個兒有銀子！」說著，輕咳了一聲，正襟危坐起來，整理衣裙時，特地觸碰了下腰間的荷包，將裡面的零碎銀子震響。

怕秦北霄沒聽見清楚，又哎呀了一聲，道：「還未坐過這般好的馬車。」說完，又將荷包裡的銀子弄響。

秦北霄哦了一聲。「聽著聲音，妳今日出門帶了不少銀子啊？不過我怎麼聽說月湖香市熱鬧，扒手也喜在那兒聚集，最喜歡偷的就是那種年紀輕輕帶著沈甸甸荷包出門的小姑娘了。」

沈芷寧一下子捂住荷包。「當真？可我怎麼以前沒聽說過這事。」說著，低頭看了一眼自己的荷包。「不過我帶的也不多啊，都是些散碎銀子，應當不會偷我的，你是聽何人說的？」

秦北霄不語。

沈芷寧湊到他眼前。「是誰說的呀？秦北霄，你與我說說。」

這回湊得近了，她都能看到他眼中的自己，而他的眼神似乎越來越深不見底，過了一會兒，他才緩慢吐出了幾個字。「騙妳的。」

蕭燁澤在旁邊快笑瘋了，捧著腹。「沈芷寧，他從來沒去過，妳居然真信他！」

沈芷寧臉脹成了豬肝色，氣鼓鼓地從秦北霄的旁邊，坐到了他對面。「不和你說話，秦北霄，至少在下馬車之前，我不再與你說一句話！」

蕭燁澤笑得更厲害了，秦北霄也握拳掩著笑意。

沈芷寧不看他們兩個，等馬車駛了一會兒，氣也消得差不多了，但還是拉不下面子說話，於是掀開了簾子，見才拐過了一個街巷，外邊已是車如流水馬如龍，今日的天氣與昨日未下雨之前一樣春和景明。

看外頭的熱鬧看得興起，忽然鞋子被人微微一碰。

沈芷寧收回了向外的視線，落在自己的腳上，她今日穿了一雙芙蓉底花卉雲錦繡鞋，繡鞋旁是秦北霄的玄色靴子。

他又碰了一下，沈芷寧不知怎的，心頭跳快了一拍，下意識往蕭燁澤那邊看去，見蕭燁澤沒注意二人腳下的動作，她才放心了些。不過說好了不理睬他，沈芷寧乾脆躲著，誰知他又是觸碰了一下，沈芷寧瞪大眼睛，也回了一下。

秦北霄輕笑，蕭燁澤不知秦北霄怎的就突然笑了，奇怪地看著他，見他盯著沈芷寧，又順著視線看向沈芷寧。「怎麼了這是？」

沈芷寧偏頭掩著耳尖的紅。「沒什麼！還能幹麼？」

「消氣了？」秦北霄的視線還是沈芷寧身上。

「才沒呢！」沈芷寧立刻回道：「哪有這麼快消氣？」
「那到香市後，隨妳選三樣？」秦北霄像是做出了很大讓步似的。「這夠意思嗎？」
「哎呀，這怎麼好意思。」沈芷寧假裝忸怩了一下，餘光見秦北霄似乎又要開口說什麼，怕他反悔，馬上道：「但你既然開了這個口，我也不好拂了你的面子，就勉為其難答應吧。」
這可是難得占秦北霄便宜的機會啊。想想都覺得興奮。
沈芷寧哼著小曲又掀開了簾子，過了一會兒，咦了一聲。「那位……」
「怎麼了？」秦北霄問。
「前面那位好像是你們的同窗。」沈芷寧道。
「是嗎？我瞧瞧。」蕭燁澤湊過去往外瞧。「還真是，是江檀啊。」說完這話，馬車已到了江檀旁邊，蕭燁澤靠在馬車窗邊，端著一副好奇八卦的模樣問：「江檀，這是要去哪兒啊？」
江檀顯然一愣，未想到這路過的馬車裡會鑽出一個人來，見是蕭燁澤，拱了拱手笑道：「原來是三殿下。」
他提了提手中的藥材道：「近日偶感風寒，特地去買了藥，正好出門，打算去月湖香市瞧一瞧。」

「真是巧得很，我們正是要去月湖，不如捎帶你一程。」

「從此處到月湖，路程不遠，我可自己走過去。」江檀面露不好意思，回道：「中途上車，未免叨擾了。」

「有什麼叨擾不叨擾，既然是同窗，還說這些見外的話做什麼？」

蕭燁澤很熱情，好說歹說把江檀勸上了馬車。而江檀上馬車掀簾一看，發現除了蕭燁澤，竟還有秦北霄與沈芷寧，面色微微一愣。

沈芷寧衝他一笑，抬手揮揮。「江公子巧，且坐吧，一道去月湖。」

江檀拱手行禮。「見過沈姑娘、秦公子，真是叨擾了。」說著，頗為規矩地坐在了馬車一側。

秦北霄看了他一眼，沒有說話。

馬車一路駛往月湖，離月湖越近，車外聲音越來越嘈雜，叫賣聲、馬嘶聲、交談聲不絕於耳。

下車後，更能體會其中熱鬧。

月湖香市起於花朝，盡於端午，眼下乃最後的餘熱，比之開市時不遑多讓。環月湖一圈的月牙亭、宋公祠、三天竺皆是人來人往，最為擁擠熱鬧的則是昭慶寺。

寺廟長廊兩側皆擺滿攤位，無論是大殿前，還是放生池旁，滿滿當當的攤位，就是沒有地方可擺，也定要擠個地出來，還有不少鋪子都賣力吆喝著。

攤位上商品琳琅滿目，不說之後端午的五毒釵符、香袋等等，還有胭脂花粉、首飾，甚至連木魚與佛珠都擺上了。

沈芷寧於一個攤位上看看，於另外一個攤位上瞧瞧，最後站定在一個攤位前，拿起攤上的符袋放在手中，這符袋做得與沈府裡的很不同，小巧玲瓏，上面還繡有五毒的圖案，樣子偏生不醜陋，還透著幾分憨氣。

攤主是一位老婆婆，一問原來是寧州人士，怪不得做出來的符袋與吳州的不大一樣。她從荷包中掏出銀子遞給婆婆，買下了，打算先去其他地方逛，隨後逛完了，再來這兒一道將買的東西搬回馬車。

沈芷寧離開了這個攤位，轉到下一個。江檀過了一會兒過來，停於這個攤位前，看了一圈攤上的各色符袋，最後停在沈芷寧方才拿過的符袋上，顯然很喜歡。

在旁邊攤位的沈芷寧餘光注意到了江檀，見他要拿起那符袋，自己還沒來得及說話，那攤主老婆婆已開口。「已經被人選走了，要不公子再換一個？」

沈芷寧聽見了，哎了一聲。「沒事的，婆婆。」又對江檀道：「拿吧拿吧，小物件而已。」

說著，沈芷寧又看到遠處有什麼熱鬧，便往那兒走去。

「既然如此，此物何價？」江檀問那老婆婆。
「那小姑娘已經給了，給了啊。」
江檀掃了一眼手中的符袋，頓時眉頭微蹙，想著要將東西還給沈芷寧，於是往沈芷寧方才走的地方過去。

第二十五章

沈芷寧到了人群圍觀處，發現蕭燁澤也在，還讓侍衛去打聽到底這裡頭有什麼新奇事。秦北霄一個人則在隨處走著，她輕著腳步，跟在秦北霄後邊，他走一步，她也跟著走一步，最後秦北霄停下來轉身。「沈芷寧。」

然而一回頭，就看見一張五毒面具，張牙舞爪地朝他撲過來，秦北霄後退都未後退，僅皺著眉伸手將五毒面具揭下來，露出沈芷寧那張還裝著可怕樣子的嬌嫩臉龐。

秦北霄伸手輕捏她的頰面，平淡問：「沈芷寧，妳今年幾歲了？」

「別捏、別捏了，你自個兒勁多大不知道嗎？痛死啦、痛死啦！」

秦北霄放開了手。

沈芷寧嘿嘿一笑。「其實不痛，還有點癢。」說著，又反覆翻看那五毒面具，疑惑道：「不嚇人嗎？剛才你一點反應都沒有。」

翻看了幾下，還真覺得不怎麼嚇人，明明她方才第一眼看到時被嚇了一大跳。她將面具收了起來，正想和秦北霄再說幾句話。然而視線掠過秦北霄左側，看見遠處放生池旁大榕樹下的石磚板上，有一個熟悉的身影。

再定睛一看，發現是她在玲瓏館的一個同窗，名喚莫文嫣。只是她的情況好似不太對，一會兒站起、一會兒坐下，旁邊的丫鬟似乎在勸說著，而她最後呆滯著不知看向何處。

「怎麼了？」秦北霄順著沈芷寧的視線看過去，見是一名女子。

「我去瞧瞧。」

沈芷寧走過去，首先是那丫鬟注意到了她，那丫鬟許是跟著莫文嫣來過西園，見沈芷寧有些眼熟，喊了幾聲莫文嫣。「小姐，小姐。」

莫文嫣注意到了沈芷寧走過來，面色有些頹廢。「妳今兒也來此處了？」

沈芷寧蹲下來問道：「妳臉色不大好，是身子不舒服嗎？要不要喊大夫？」

「小姐哪是不舒服，明明就是被那畜生……」

「妙音！」莫文嫣喊住了她。「胡說什麼？」

那被喊做妙音的丫鬟滿是忿忿不平。「奴婢才不是胡說，那單久望就是個不懂禮義廉恥的，明明與小姐您訂親了，卻還沒進門就養了外室。方才我都看見了，那外室肚子都大了，還在小姐您面前耀武揚威的。」

莫文嫣嘆了口氣，對沈芷寧道：「讓妳見笑了，我這丫鬟脾氣毛躁了些。」

「無礙的，她話裡話外都是在為著妳。不過，到底是發生了何事？什麼單久望，我怎的未聽說過這名字？」

莫文嫣眼中流露出幾分無奈。「單久望是青州望族單家的嫡次子，與我自幼就訂親了。眼下我在西園進學，而他在青州長仁書院唸書，家裡的意思是等今年的秋闈過後，便讓我二人成親。過幾日是龐園文會，他與同窗自是要過來，還來了信邀我到香市同遊，可未想到，他竟帶了個外室過來。」

「未迎娶正妻過門，便先養了個外室？這等荒唐之事妳可知曉，莫家可知曉？有了這事，怎的還訂親呢？」

「可不只是有了外室，那外室還大著肚子呢！」妙音忍不住道：「小姐是今日才知曉的，家中也是絲毫不知道此事。可那單久望就看咱們小姐好欺負，知道咱們小姐性子軟，威逼利誘小姐不要插手此事，還放任那外室騎在我們小姐頭上撒野，仗著肚子裡有個孩子，一點都不把小姐放在眼裡。」

沈芷寧知道莫文嫣的性子，確實是內向柔弱，在書院時，說話也是輕輕柔柔的，聽著很讓人喜歡，沒想到會遇到這種事。

「眼下我也不知該與妳怎麼說，怕是我想得不夠周全。我只覺得莫要聽那男人的胡謅，該與家中說的事，定是要與家中說的，好好將此事商量了，這單久望嫁不得，嫁人是一輩子的事，哪能未進門就給妳弄了個外室與孩子出來？這生生打妳與莫家的臉不是？」沈芷寧勸慰道：「文嫣，更不要因此事傷心或是氣憤，壞了自己的身子，沒必要，且好好與家中說了此事，解了親事最好。」

莫文嫣能聽出沈芷寧的話極為誠懇，也是真心為自己出主意的，方才滿心的委屈與苦悶散了不少，微紅著眼眶應下。

沈芷寧聽她應了，又見她紅了眼眶，哎喲了一聲。「不可以掉金豆子啊！走走走，開心點，我們去那處看熱鬧。」

說著，便領著莫文嫣去找秦北霄，未過一會兒，蕭燁澤也過來了，指著人群中央搭著的臺子道：「是對對子，若是贏了，就能得到極為好看的釵符，這釵符是妳們女人戴的，我可不感興趣，走了走了。」

「我感興趣！」沈芷寧道，又將莫文嫣的手舉起。「文嫣也感興趣，我們都感興趣。」

說完這話，沈芷寧看向秦北霄，期望著問：「秦北霄，我們去看看好不好？」

「若不去看，是不是又要與我鬧什麼脾氣了？」秦北霄語氣不失嘲諷。

沈芷寧理直氣壯回答。「是的。」

秦北霄覺得好笑，屈指敲了敲沈芷寧的腦門。「臉皮真厚，還不快走？」

蕭燁澤無奈，拉上了方才過來的江檀，跟著一道走，一臉的無趣。

眾人進了人群中，圍觀在臺子前，剛站定，莫文嫣臉色就白了，甚至不敢往一個方向看去，沈芷寧感受到她手的冰冷，順著她迴避的方向看去。

只見一群人，為首的是一名看似儒雅的男子，還有一名美嬌娘依偎著他，那美嬌娘也瞧向了這裡。

沈芷寧一下子猜到了，這應該就是單久望和他那外室。

這美嬌娘名喚宛娘，她本就是打算看看熱鬧，未想到在這兒碰上了方才走掉的莫文嫣。

這大家小姐就是心高氣傲，今日第一眼見，面色就不好看，被自己刺了幾句就紅著眼眶走掉了，不成氣候。不會真以為公子與她訂親了，公子就是她的了？想得美，公子可是日日到自己屋子裡來，同床共枕，夜夜歡愉，哪有這莫家小姐什麼事。更何況，她現在肚子裡還有單家的骨肉了，這莫家小姐就算真進了門，又能拿她怎麼樣？

以後她可是要進單家的門，把公子搶到她屋子裡來，搶那主子的位置，還要她的孩子當嫡子，搶了她所有東西。她本來就打算看個熱鬧，如果這莫家小姐要爭這個釵符的話，她也要搶了！

想到這兒，宛娘唇角勾起笑，柔聲對單久望道：「公子，你瞧那邊，莫姑娘也在那邊呢，要不要把她請過來？方才是宛娘的不對，不該說話的，宛娘待會兒定與莫姑娘好生道歉。」

單久望握住宛娘柔嫩的手，皺著眉頭看向莫文嫣，滿是厭棄地撇開目光，隨後安慰宛娘道：「無須道歉，妳沒有做錯什麼，是她心胸狹隘容不下妳，回頭我自會好好教訓她。」

宛娘莞爾一笑，同時上半身蹭著單久望的胳膊。「宛娘不求別的，只求能與公子在一起，就算是做個低下的奴婢，也是心甘情願的。」

單久望感受到她的柔軟，頓感熱氣，口乾舌燥，更是摟過了她的細腰，掐了一把。「本公子就喜歡妳的懂事。」

單久望周遭的同窗望著這宛娘的腰身，不由嚥了口水，想著單久望這小子到底是有福氣，這頭與大家閨秀訂親，還有這尤物相伴身旁，坐享齊人之福。

單久望自然感受到同窗投來的豔羨目光，更是從內而外的自滿，這時宛娘遺憾道：「聽聞這釵符極為精美，可惜了。

「可惜就算有了，奴家也沒這個福分戴，莫姑娘好像也想要這個釵符，還是更合適莫姑娘。」

「誰說妳沒有福分？妳可比那女人有福分多了。」單久望摸了一把宛娘。「本公子就喜歡妳。不就是釵符嗎？本公子就替妳拿下。」

不久，臺上有人出來了。「各位、各位請靜一靜，請聽規則，共有十個上聯，對下聯，可一人為戰，也可多人，但至多三人，最後對上對聯數量最多者，取勝。

「首先出第一聯。」

臺上擺的大案桌鋪有宣紙，有位老先生提筆寫完，有一小廝舉起。「第一聯上聯為，風卷雪花辭臘去。」

店家或許覺得第一聯，不應出太難，放了個簡單的上去，這上聯一說完，未過一會兒，單久望便很是自信地開口出聲。「香隨梅蕊送春來！」

「好！」

圍觀的人一一拍手稱好。

單久望拱手。「各位承讓了，承讓了。」儘管這般說著，還是一臉的自傲，隨後還當眾親了下宛娘的嫩手。

莫文嫣不再看，一股煩悶與委屈在心中，外加源源不斷的氣憤，她自是對單久望沒有多喜歡，可明面上她與他還是訂親了，他竟如此下她的臉面，踩著她、踩著莫家。

沈芷寧感受到了莫文嫣的不對勁，瞧了幾眼單久望那個方向，又看了一眼臺上，笑對莫文嫣道：「不如今日就贏了那釵符，文嫣妳覺得怎麼樣？」

莫文嫣連忙道：「不是說就過來看看嗎？再說……我怕是贏不了的。」

「本是想著過來看看罷了，可他們太氣人了些。」沈芷寧直接把話與莫文嫣說開了。「哪能這麼欺負妳？至於贏不贏，我來試一試！」

沈芷寧笑容明燦。

莫文嫣猶豫，她確實也想殺一殺他們的威風，可自己到底能力不足。沈芷寧，這段日子以來，沈芷寧應該是玲瓏館當之無愧的第一了，近兩次小試都遠超第二，她……她應該是行的。

莫文嫣想著，輕輕點了頭。

隨後，第二個對聯出來了。

「各位，今日既然在昭慶寺，就出一上聯：淨土蓮花，一花一佛一世界。」

話音剛落，眾人才剛聽完。

一道清脆如鈴鐺的女聲就已響起。「牟尼珠獻，三摩三藐三菩提。」

在場眾人皆一愣。這不是才剛說完，這麼快就對出來了？這聯比第一聯難上一些了吧，第一聯好歹想了一會兒，可這是想都未想，真有神人在場嗎？

幾乎是話音落地時，話音就響起，中間完全沒有停頓。

而單久望還想著鼓足勁頭答第二聯，未想到方一出聯就已有下聯，臉色一黑，看到竟是與莫文嫣一道的女子答的，更是氣。

明擺著就是想和他爭，笑話，也不掂量自己幾斤幾兩。先讓這女子一次，接下來，他是不會讓了。

這般想著，單久望立刻看向臺上的小廝，口氣不善。「還不快些唸下一題？」

後面的老先生又寫了一聯，小廝過去拿上聯，一愣後，繼而到臺前說道：「第三聯是一道拆字聯，上聯為——墨。」

墨？墨能拆什麼？上下拆分無非是黑、土。

單久望皺眉想著，這能答個什麼字，既要與「墨」的上下結構相對應，又要與黑、土相對應。

比起之前兩道簡單的，此題甚難。

在場眾人也都陷進了思考之中，單久望也沒有任何頭緒，然而不過一會兒，與方才一樣的那道女聲又開口道：「我覺得，『泉』字與之相配。」

泉？眾人聽此字，細細默唸，再一拆分，便恍然大悟，是配，極配！

墨與泉。黑對白，土對水。

而且還是這麼短的時間便猜出來了，這聲音，好似與上一題的回答者聲音相似？

不，就是同人。又是她？怎麼又是她？

單久望面色微沈，眼神極其不善。

莫文嫣已高興得不能自已，臉上都泛起了興奮的紅暈，但性子害羞內斂，壓著激動的聲音對沈芷寧道：「對得極好！墨對泉，這是怎麼想出來的？墨對泉，沈芷寧，我都想不到這處去。」

沈芷寧被莫文嫣誇得有些不好意思，只笑著。「莫管我對得如何，反正贏了那單久望就好，今日這釵符我給妳拿定了。」

「沈芷寧，沒看出來，妳這好勝心還挺強啊！」一旁的蕭燁澤語氣帶著幾分輕快。「不過這聯是對得真好！」

江檀溫和應道：「是不錯，此聯又對字形，又對字義，難得的是用了這麼短的時間。常聽李先生誇沈姑娘，今日看來，果真名不虛傳。」

江檀這誇的，沈芷寧更加不好意思了，撓了撓頭，下意識餘光看向秦北霄，他的目光還在臺上，似乎沒注意這邊。

沈芷寧有些失落，但很快打起精神來，因為下一聯又來了。

這一回那老先生寫了上一聯後，未直接讓那小廝唸出來，而是與那小廝耳語了幾句，小廝頻頻點頭後，走到臺前說道：「此聯可能與各位之前聽過的對聯不同，此聯涉及古籍人物……」

「磨蹭什麼！還不趕緊唸？」單久望的同窗大聲催促。

「是啊，古籍怕什麼？我們並非沒有讀過書！」

說是三人成隊，他們與單久望一起，又是在美嬌娘面前，自是不想丟了面子，可眼下，除了單久望對上了第一聯，其餘都未對上，怎麼能不焦躁？

這兩句話出來，其餘人也被帶起來了，催促著小廝，現場一片混亂。

小廝連忙開始說道：「第四聯！上聯為——收二川，排八陣，六出七擒，五丈原前，點四十九盞明燈，一心只為酬三顧。」

單久望愣住了。方才還在叫囂的同窗也愣住了。

這是什麼？方才說是古籍人物，這又是什麼古籍人物？什麼二川、八陣，怎麼聽都沒有聽說過？

「這是什麼？」

「未聽說，莫不是胡謅的吧？」

定是胡謅的，這聯聽都聽不懂，什麼六出七擒，定是為難他們來了。

如此想著，單久望出口怒斥。「這出的什麼上聯？裡面的字眼聽都未聽說過！」

此話剛落，沈芷寧隨即回答。「取西蜀，定南蠻，東和北拒，中軍帳裡，變金木土爻神卦，水面偏能用火攻！」

又是她！

在場眾人早已記住了這個聲音，又立刻看向她，眾人中也有不少是讀書人，沒有像單久望那般覺得此聯是胡謅，只覺得此聯頗偏，典故又難，偏生這麼難的聯又是極快地被人答了。

而看到了答題的人，豆蔻年華，還是個女子，更是吃驚，想著難不成是沈嘉婉？還是早就聞名的其他閨秀？

旁人正猜想是何人，單久望那邊已是氣急敗壞了。

原來說好了給懷中的美嬌娘拿下那釵符，沒想到竟被個黃毛丫頭搶了風頭。

——未完，待續，請看文創風1059《緣來是冤家》2

2022年4月出版

文創風 1056~1057

換個夫君就好命

自古紅顏多薄命，作為京城第一美人，不知道是不是自帶吸渣體質，
前有渣爹賣女求榮，後有渣夫寵妾滅妻，這人生好難啊~
而今她想要翻轉命運，只能換個上等夫君來嫁！

佳人慕英雄，姻緣今生定／若凌

只能怪自己當初很傻很天真，錯將渣男當作良配，
後宅中有擅長折磨的惡毒婆婆，還有偽裝可憐的心機小妾，
嫁進這樣的人家也算是自己上輩子倒楣透頂了。
如今重活一世，時光倒轉，要改命當然先從換夫做起！
眼下渣男婚前納妾鬧得沸沸揚揚，她當機立斷退了這門親，
將前世對她有情有義的璟王爺當作未來的夫君人選。
雖然這會兒他因腿傷而灰心喪志，眼下對娶妻沒興趣，
但想要再續前緣，她可不會輕易放棄，平時積極學醫備藥，
就為了將來能替他治腿疾，求個近水樓臺先得月！
只不過她前頭才剛送走了渣男，親爹後頭又替她找來了色鬼？
這怎麼行！終身大事不容耽誤，看來她只能登王府先求嫁……

流浪貓狗介紹所

為流浪貓狗加油 和貓寶貝 狗寶貝

廝守終生（一定要終生喔！）的幸福機會

對人來說，貓寶貝狗寶貝只是生活的一部分，
但妳（你）對牠們來說，卻是生活的全部，領養前請一定要考慮清楚——

▲ 誓要成為家中之寶的 小熊

性　　別：男生
品　　種：米克斯
年　　紀：約2歲
個　　性：活潑樂天、愛撒嬌
健康狀況：已結紮，已完成狂犬病、四合一疫苗施打，有定期服用心絲蟲、一錠除，曾因肝衰竭而住院，目前已完全康復且無後遺症
目前住所：桃園市中壢區（中原大學）

本期資料來源：中原。動物服務社 https://www.facebook.com/cycucatdog

『小熊』的故事：

去年九月中旬，遇到了尾巴被剪斷的小熊，身上滿是被虐打的痕跡，但是當牠看到我們的第一眼，竟然是開心地走到我們面前，乖乖地被套著牽繩去醫院。傷勢復原後，因為不忍讓牠再流落街頭，便將牠留在學校的中途。

小熊雖然不親狗，但為了一天中能和我們多相處一小時，卻願意和狗狗們共處。平時會乖巧地趴在我們身旁，就算被抱起來也喜歡倚靠在人們身上，享受大家的關愛。在日常的陪伴和訓練下，從一進籠子就開始大叫、焦慮地來回踱步，到現在只有在你看著牠時，會小小聲地嗚咽，希望你能陪牠度過籠子內難熬的時刻。

然而聰明的小熊也不免搞些小破壞，像是翻垃圾桶、扒飼料，甚至會跳到其他狗狗都上不去的平臺上搶早餐，常常讓我們又氣又好笑，說他真是個名副其實的「熊孩子」。的確，因為發情期而被丟棄的牠，也只是個想要有人陪伴、渴望被愛的「孩子」。由於我們是屬於社團性質，沒辦法給牠一個家，更不想看到當初選擇我們的牠，被困在校園中面對一次又一次的分離。

如果您有足夠的耐心陪牠一起成長，給牠滿滿的愛，請不要吝嗇說出您的意願，搜尋中原動物服務社FB或IG，抑或是拿起手機找張先生 0909515373或沈小姐 0987105390，抱起單純可愛的小熊回家吧！

認養資格：

1. 認養人須年滿20歲，否則須經法定代理人同意，出示同意書並留下法定代理人之聯絡資訊。
2. 小熊親人但排斥外狗，若家中已有其他毛小孩，請審慎評估後再決定領養。
3. 被關籠後可能會因不安而吠叫，必須事先確定好環境，能讓小熊適應家庭生活。
4. 在進入校園前，小熊可能因撞擊而傷害到肝臟，飲食上須斟酌。
5. 雖然小熊看起來憨憨的，但有護食行為，在玩玩具和用餐時須特別注意。
6. 領養前須拍攝家裡環境以供社團評估，觀察欲認養人與狗狗的互動狀況，並簽署領養協議書，對待小熊不離不棄。

來信請說明：

a. 個人基本資料：姓名、性別、年齡、家庭狀況、職業與經濟來源等。
b. 想認養小熊的理由。
c. 過去養寵物的經驗，及簡介一下您的飼養環境。
d. 若未來有結婚、懷孕、出國或搬家等計劃，將如何安置小熊？

霜月

天馬行空敘事能手

失憶了那麼久，可得加快腳步彌補浪費的時間！
擁有各種先進的知識與源源不絕的「實用配方」，
就算是個肩不能挑、手不能提的弱女子，也能扭轉乾坤……

5/10(二)出版

文創風 1063-1064 《箏服天下》 全二冊

靈魂穿進小說的故事對現代人來說並不稀奇，
不過當一切發生在自己身上，而且是以嬰兒的姿態從頭開始時，
說陸雲箏一點都不感到喪氣是騙人的。
幸虧冥冥之中有股神秘力量相助，只要好好運用，
日子不僅可以過得順順利利，搞不好還能成為稀世天才！
只可惜，一場巨變令她失去記憶，就這麼虛度十年光陰……
再次「醒來」，她已是皇帝謝長風獨寵的貴妃，
眼前非但充滿重重險阻，身邊更潛伏著各式各樣的黑暗勢力。
罷了，既然改變不了既定的事實，就看她出些鬼點子，
聯手親愛的夫君掃除障礙，開創太平盛世！

2套合購價
920元

另部好書，別有滋味

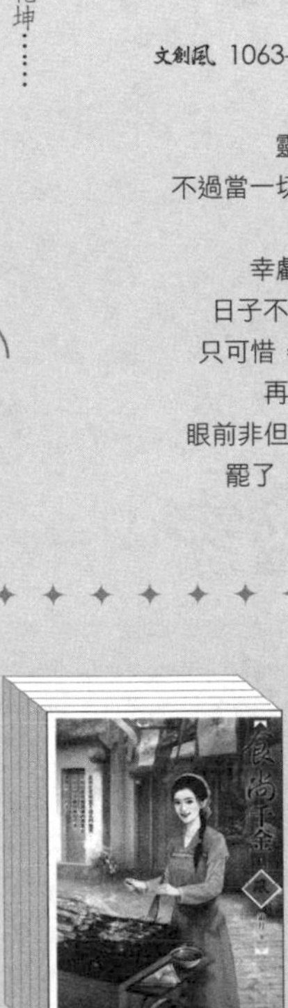

文創風 1025-1027 《食尚千金》 全三冊

在京城當不成名門閨秀，那就回鄉做她的農家女吧！
重活一世，被錯養成相府千金的消息一傳出，
她早就想好了退路，那就是遠離京城是非之地，
然後回鄉認親，當個平頭百姓，走在發家致富的路上！
人人皆誇她手巧，不只吃貨神醫歡喜地收她做徒弟，
就連在村中養病又嘴刁的六皇子也賞識她，成為開店大金主。
原本只是單純的合作夥伴關係，直到皇帝突然下旨指婚，
堂堂皇子的正妃，不選世家貴女，而要她區區一個農家女？

連禪

5/17(二)出版

小小丫頭點樹成金，
發家致富心想事成

穿到農村成了個小丫頭，還沒適應新生活，她就發現此地非比尋常——
村民個個身懷奇技，村外還有陣法保護，娘親舉手投足更不像個農婦；
她到底是穿來了個什麼地方？這裡還有多少秘密……

文創風 1065-1067《青梅一心要發家》全三冊

穿來這個鄉間小農村，成了一個五歲丫頭，南溪欲哭無淚！
不但自己年紀小不能成事，又只有寡母相依，母女倆日子實在清苦；
幸好定居的桃花村是個寶地，與世隔絕又清靜，居民也彼此照顧，
只是住著住著，她怎麼覺得這個桃花村隱隱透著不尋常？
比如村長是個仙風道骨的中年道士，斯文瘦弱的秀才居然會打獵，
看來柔弱不能自理的小娘子卻會打鐵，還有瞎眼的大娘能用銀針射鳥！
而娘親能教她讀書，倒像是個世家小姐，又為何流落到這個荒山村落中？

送妳一顆小喜糖，甜嘴甜心迎好運

2022週年慶

抽獎辦法

活動期間內，只要在官網購書並成功付款，系統會發e-mail給您，並附上抽獎專用之流水編號，買一本就送一組，買十本就能抽十次，不須拆單，買越多中獎機率越大。

得獎公佈

6/8(三)於狗屋官網公佈得獎名單

獎項

20名 紅利金 100元

2 名《青梅一心要發家》全三冊

2 名《三流貴女拚轉運》全二冊

週年慶 購書注意事項：

(1) 請於訂購後**三日內**完成付款，最後訂購於**2022/5/20**前完成付款才算有效訂單喔！
(2) 購書滿千元(含)以上免郵資。未滿千元部分：
郵資65元(2本以下郵資50元)／超商取貨70元(限7本以內)／宅配100元。
(3) 特賣書籍因出書時間較久，雖經擦拭、整理，仍有褪色或整飾痕跡，故難免不如新書亮麗。
除缺頁、倒裝外無法換書，因實在無書可換，但一定會優先提供書況較良好的書給大家。
若有個人原因需要換書，需自付來回郵資。
(4) 各書籍庫存不一，若遇缺書情形可選擇換書或退款。
(5) 歡迎海外讀者參與(郵資另計)，請上網訂購或是mail至love小姐信箱
(love@doghouse.com.tw)詢問相關訊息。

狗屋有權修改優惠活動的實施權益及辦法。

文創風
1058

緣來是冤家 1

國家圖書館出版品預行編目資料

緣來是冤家 / 明檀著. --
初版. -- 臺北市 : 狗屋出版社有限公司, 2022.04
冊 ; 公分. --（文創風 ; 1058-1060）
ISBN 978-986-509-316-7（第1冊 : 平裝）. --

857.7　　111003270

著作者　明檀
編輯　林俐君
校對　沈毓萍
發行所　狗屋出版社有限公司
地址　台北市104中山區龍江路71巷15號1樓
電話　02-2776-5889～0
發行字號　局版台業字845號
法律顧問　蕭雄淋律師
總經銷　知遠文化事業有限公司
電話　02-2664-8800
初版　2022年4月
國際書碼　ISBN-13　978-986-509-316-7

本著作物由北京晉江原創網絡科技有限公司授權出版

定價260元
狗屋劃撥帳號：19001626
網址：love.doghouse.com.tw　E-mail：love@doghouse.com.tw